引きこもり魔法使いはお世話係を娶りたい

小桜けい
Kei Kozakura Presents

fairy kiss

この作品はフィクションです。
実際の人物・団体・事件などに一切関係ありません。

引きこもり魔法使いはお世話係を娶りたい

fairy kiss

1　お墓と約束

富裕な大国バーデンエルンの王都は、世界一賑《にぎ》やかな地と言われている。

リーリエが住み込みで勤める屋敷は、その喧騒溢《けんそうあふ》れる王都の中心地にあるが、魔法の結界のおかげで、穏やかな静けさが保たれていた。

高度な結界は、音の遮断だけでなく、用事がない者から建物の存在ごと隠してしまう。

これだけの結界を張り続けるには、相当の魔力を必要とするはずだが、屋敷の主《あるじ》――この国で史上最強と評される魔法使いのヴェンツェルにとっては、なんでもないことらしい。

今年で二十五歳になる彼は、十年前に隣国フォルティーヌとの戦で、まだ少年の身ながら大活躍をして国を勝利に導き、一躍英雄となった。

白銀の氷竜と、炎を吐く魔犬の使い魔を従え、勇猛に戦う少年魔法使いの物語は数々の詩や歌劇にされ、多くの人を感動させた。

ヴェンツェルの出自には謎の部分が多いものの、戦の後で褒美として貴族の地位を賜り、皆の羨望を浴びる王宮魔法士団の永久名誉団員にも登録されている。

加えて、眉目秀麗でスラリとした長身の美青年という、見た目も中身も非の打ちどころがなく完壁、と言いたいところだが……。

「故郷に帰るだって⁉」

うららかな日差しが心地良い初夏の朝。

食卓を挟んだ向かいで、ヴェンツェルが死にそうな悲鳴を部屋いっぱいにとどろかせた。

彼が腰を浮かせた拍子にテーブルが揺れ、食後の茶を淹《い》れたカップが倒れる。

ヴェンツェルのシャツにも飛沫《しぶき》がかかり、テーブルに零《こぼ》れた茶が広がる。

「わっ」

布巾を取りに行こうと、リーリエは急いで立ち上がった。こざっぱりしたワンピースの裾と、長い三つ編みにした金髪が動きに合わせて翻える。

近く退職を考えているので後任の募集をかけて欲しいと頼んだのだが、まさかこんなに驚かれるとは思わなかった。

だがリーリエが布巾を取るより早く、ヴェンツェルが短い呪文を唱えた。

彼の手がテーブルの上を撫《な》でると、零れた茶だけが消えた。続いて撫でたシャツも、薄茶色の点々とした滲《にじ》みが綺麗《きれい》さっぱりなくなる。

魔法で特定の成分だけを消すのは、非常に魔力を消耗するらしい。だから、浄化魔法を得意とする魔法使いですら、日常掃除用に魔法を使うより掃除メイドを雇いたがると聞く。

でもヴェンツェルは、これくらい簡単にできる。そして昔は、人を雇う必要なんてないと突っぱねていたのだ。

「新しい世話係の募集をしてくれだなんて、リーリエだけじゃ忙しいのかと思ったら……なっ、なんで、いきなり⁉」

ヴェンツェルがテーブルから身を乗り出し、リーリエは反射的にのけ反る。

「え、ええと……」

そっちこそ、なんでそんなに動揺するのだろう？

予想外の反応に戸惑う。

故郷の田舎を離れ、ここでヴェンツェルの生活全般の面倒を見る『世話係』を務めてから、もう三年が経った。

これだけ長く続いたのはリーリエが初めてらしい。

でも、彼に特別視されているなんて自惚《うぬぼ》れる気はなかった。

ヴェンツェルは誰にでも適度に愛想が良く、一応は使用人のリーリエに対しても、改まった態度を取られるのを嫌がる。

彼を嫉《ねた》む人から嫌みを言われてもヘラヘラ笑って受け流すし、一見はとても人当たりが良く親しみやすそうなのに、自分から誰かに歩み寄ろうとは絶対にしない。

人や物に対する執着が、ほぼ皆無だ。

屋敷にかけた結界みたいに、自分の周りに見えない壁を作り、とりわけ恋愛感情とかそういった深い心情に関しては、脳みそに入れるのさえ拒否しているようだ。

だから、いくら親しくされようと、故郷に帰ると告げれば『そっか。元気でね』と、あっさり送り出されると思っていた。

「リーリエがいなくなるなんて、嫌です！」

「俺もヤダ！　絶対に駄目！」

壁に映るヴェンツェルの影がグニャリと不自然に蠢《うごめ》き、可愛《かわい》らしい二つの声が響いた。

揃《そろ》いのスモックを着た小さな男の子が二人、影の中から飛び出して床にトンと降りる。

どちらも人間でいえば六歳から七歳くらいの愛くるしい見た目だが、本当は子どもでもなければ、人間でもない。

「リーリエ……僕たちが嫌いになってしまったんですか？」

サファイアみたいな青い瞳を潤ませ、銀髪の間から短い角が見える男の子は、白銀の巨体をした氷竜が真の姿の、使い魔のアイスだ。今は綺麗な白銀の鱗《うろこ》で覆われた短い尻尾がスモックの裾から覗《のぞ》いている。

「俺、もうつまみ食いしないし、お手伝いももっといっぱいするから！」

もう一人の使い魔フランも、今は黒髪に犬の耳がついた男の子にしか見えないが、本来の姿は口から炎を吐く巨大な魔犬である。

二人は、ヴェンツェルの影に住んでいる使い魔だ。

影の国に生きる、悪魔、と呼ばれる者たちには様々な姿形の者がいるけれど、人間の魔力を好む点と、同意なしで人間の魔力を吸うことができない点は共通している。

そこで古来の魔法使いは、ここことは違う次元にある影の国から悪魔を召喚して、契約する方法を考えた。

悪魔は召喚した魔法使いと契約を交わし、使い魔として働く間、主の影に住んで魔力を糧にもらうのだ。

ただ、人間は誰しも魔力を持っているが、その量は個人差が大きく、強力な使い魔ほど、主から吸い取る魔力も多い。

つまり、アイスとフランのように強力な使い魔と契約できるヴェンツェルは、相応の魔力量を持っているというわけだ。

「帰るなんて言わないで！」

とはいえ、リーリエのエプロンにヒシッとしがみつく二人は、角や犬の耳、スモックの下から少しはみ出ている尾を除けば、庇護欲《ひごよく》をそそる愛くるしい子どもにしか見えない。

使い魔である彼らは、ヴェンツェルの魔力を摂取するだけで十分生きていけるのだけれど、人間の食べ物も嗜好品として大いに楽しんでいた。

とりわけお菓子は大好物だそうで、毎日のお茶の時間にリーリエが出すおやつを、とても楽しみにしてくれる。

そんな幼く見える彼らではあるが、実のところ、リーリエよりもずっと長く生きているらしい。

ただ、正確な年齢は教えてくれず、普段はずっとこの幼児姿で言動もそれなりに子どもっぽいから、年上にはやはり思えなかった。

二人の尻尾や角、犬耳などは、人間の姿でも消せないそうだが、衣類で十分にごまかせる。

使い魔契約をした悪魔は、特に用がなければ主の影に潜みっぱなしでも生きていける。

ただ、アイスとフランは退屈を嫌うので、しょっちゅう人間に扮《ふん》して外に遊びに出たり、美味しいものを食べたりして楽しむのだ。

美味しいお菓子と、楽しいお出かけが大好きな可愛い二人は、今やリーリエにとって小さな愛しい弟みたいに思える存在だ。

「ほら。アイスとフランも、リーリエがいなくなるのは嫌だって」

勝った！　と、言わんばかりに、ヴェンツェルがフフンと鼻を鳴らす。

リーリエはアイスとフランが可愛くて仕方なく、おねだりに弱いというのを彼は知っているのだ。

「お、お願いだから聞いて！　皆《みんな》を嫌いになったから故郷に帰るわけじゃないわ！」

慌てて弁解し、故郷の父から届いた手紙を取り出すと、テーブルに広げて見せた。

「私、もうすぐ二十歳になるでしょう？　そろそろ故郷に帰って結婚するよう、父にお見合いを勧められているの。できればずっとここに勤めていたいけれど……」

「リーリエがここにいたいのなら、それでいいじゃない。お見合いなんか断っちゃおうよ」

「フランの言う通りですよ。王都では女性実業家だって珍しくないのに。結婚だけが女性の幸せだなんて考えはもう古いと、お父さんに手紙でビシッと言ってやってください」

たちまち息を合わせて抗議を始めたアイスとフランに、リーリエは肩を竦《すく》めてみせた。

「私の故郷は未《いま》だに、そういう古い考えが主流なのよ。二十歳を過ぎたら結婚しているのが当然、ってね。嫁ぎ遅れの娘が家にいると、親兄弟まで何かと肩身の狭い思いをするの」

「うわ。何それ」

「窮屈そうなところですね」

「そう言わないで。私は末っ子で家族皆に可愛がられたし、単身で王都へ働きに出たりして、あの村出身の娘としては随分と自由にさせてもらったんだから。これ以上、家族に迷惑をかけられないわ」

リーリエの父は、辺境にあるリープリッヒ村の長《おさ》だ。妻を早くに亡くしたが、再婚もせず五人の子どもを愛情たっぷりに育て上げた。

兄や姉も既に結婚して家庭を持ち、残る末娘のリーリエだけが気がかりだと言われれば、さすがにこれ以上の我が儘《まま》を言うのは気が咎《とが》める。

「でっ、でも！　お見合い相手が気に食わない男だったらどうするんですか？」

アイスが口を尖《とが》らせると、すかさずフランが「そうそう！」と相槌《あいづち》を打った。

「平凡で嫁ぎ遅れギリギリな私が、そう贅沢《ぜいたく》を言える立場じゃないし……もし相手に断られても、父は顔が広いからすぐに次の縁談を持ってくると思うのよ」

リーリエの返答に、使い魔コンビはがっくり落ち込んでしまったようだ。

フランは犬耳と尻尾がペタリと下がり、アイスもいつもは美しい光沢を保っている白銀の角が、どんよりくすんだ色味になってしまっている。

「……ここでの思い出は、故郷に帰ってもずっと忘れないわ」

心が痛むが、なんの慰めにもならない言葉をかけるくらいしかできなかった。

辺境に位置する故郷の村は、王都から馬車で一週間もかかる。

だからこの三年間、里帰りもしないでいたけれど、これで帰ったら二度と王都に来る機会はないかもしれない。

改めて寂しさが込み上げ涙ぐみそうになった時、ヴェンツェルがポンと手を叩《たた》いた。

「わかった。それなら、僕がリーリエと結婚すればいいんだ」

「え!?」

「そうすれば、リーリエは今まで通りここで暮らしながら、王都で結婚していると、お父さんを安心させられる。万事解決だ」

得意顔で頷《うなず》くヴェンツェルに、使い魔コンビが「おおっ」と尊敬のまなざしを向けた。

「なるほど！　たまにはヴェンツェルもいいこと言いますね！」

「名案じゃん！」

「結婚する気なんかなかったけれど、こういう使い道があってよかった。リーリエ以上の世話係なんてきっと見つからないからね。そういうわけで、僕と結婚しよう！」

満面の笑みで言い放たれ、リーリエは顔を引き攣《つ》らせる。

――だ・か・ら！　ヴェンツェルさんっ！　そういうところ――っ！

結婚は、そんな簡単な問題じゃない。

そもそも結婚の意味を理解しているのかと、ヴェンツェルの胸倉を摑《つか》んで問い詰めたくなる。

だいたい、ヴェンツェルが色恋や女性にまったく無関心なのは丸わかりだ。

彼の評判や容姿につられたご令嬢が、たまたま用事で王宮に行ったヴェンツェルに声をかけるのを何度か見たけれど、毎回ぶっ飛んだ無神経な返事で相手を激怒させる。

女性の方だって、ヴェンツェルに自分の勝手な理想像を押しつけていたところはあったが、彼もたいがいに失礼な言動をしまくりなので、どっちもどっちだ。

この三年間で……いや、初めて会った時から、色々と変な人だと知っていたじゃないか。

がっくりと項垂《うなだ》れ、リーリエは彼との出会いからここに勤めることになった経緯を思い起こした。


全ての始まりは、十二年も昔のこと。

当時七歳のリーリエは、その日も薄暗い早朝に、墓所のある村外れの丘へ向かっていた。

バーデンエルンは豊かで、文化の水準も高い。

辺境でも医療施設はそれなりに整っているが、それでも全ての傷や病は治せない。

リーリエの母は一年前、病に倒れて帰らぬ人となった。

「――リーリエ。お母さんは魂になっても、あの丘から家族を見守ってくれているんだよ。お前も元気に成長していく姿を見せて、安心させてあげなければね」

母の葬式の時、棺《ひつぎ》に追いすがり泣き続けていたリーリエは、父にそう言い聞かされた。

以来、酷《ひど》い悪天候で家族から止められた日を除けば、毎朝必ず丘へ行き、自分は今日も元気だと母の墓前に報告するのが日課となっていたのだ。

だが、慣れた道を半分ほど登ったところで、リーリエは異変に気づいた。

白み始めた空の下、遠くで妙な煙が上がり、どんどん近づいてくる。

もしや盗賊かと、とっさに木の陰に隠れて目を凝らせば、さらに驚いた。

田舎道を塞ぐほどの大群で押し寄せてくるのは、馬に乗った大勢の武装兵だった。

揃った武装品や整った隊列から、盗賊の類ではないようだけれど、この辺鄙《へんぴ》な村に武装兵団が来るなんて聞いたこともない。

急いで父に知らせなければと直感して踵《きびす》を返した途端、誰かに勢いよくぶつかってしまった。

「わっ」

いつの間にか後ろにいたその人が、よろけた身体を支えてくれ、リーリエは目を瞬かせて相手を凝視した。

そこにいたのは、見かけない少年だった。

歳は、十二から三くらいと思われる。信じられないほど綺麗な顔立ちで、身につけた黒いローブの胸元には、翼を持つ蛇の紋章が刺繍《ししゅう》されていた。

翼蛇の紋章がついたローブは、この国で魔法使いの頂点と言われる、王宮魔法士団の団員だけに許される装いらしい。学校で習ってきた兄が先日、得意そうに教えてくれた。

でも、まさか子どもと言っていいほどの少年が、その誉れある一員なのだろうか？　しかもこんな田舎に、なぜ？

少年はリーリエをちゃんと立たせると、村の方を示した。

「あの村の子？」

「は、はい。ぶつかってごめんなさい。私……急いで家に帰らないと……」

不気味な兵団といい、見慣れない少年といい、不思議なことが多すぎる。

とにかく村へ帰るべく走り出そうとしたが、少年がすっと横に動いてそれを阻んだ。

「君の足じゃ、奴《やつ》らが村に着く前に間に合わないと思うよ。それに、下手にウロチョロされると邪魔なんだよね」

「え？」

「ギーテさん……あ、僕の上司がさ、標的以外は怪我《けが》をさせたり殺したりするなって、凄《すご》く煩《うるさ》いんだ。標的ならよくて他は駄目とか、わけわかんないけど。仕事だから言われた通りにしなくちゃ」

気楽な世間話でもするみたいに物騒な言葉を並べて苦笑する少年に、ゾクリと背筋が寒くなった。

綺麗な顔には一見、呑気《のんき》そうな笑みが浮かんでいるのに、少年の黒い瞳は欠片《かけら》も笑っていない。

顔立ちが整っているだけに、ポッカリ開いた底なし穴みたいに虚《うつ》ろな瞳は不気味だった。

「そ、そうなの……？　私は子どもだからよくわからなくて……」

顔を引き攣らせて離れようとしたが、素早く少年に襟首を掴まれた。

「きゃああ！　何するの、離して！」

「だから、勝手に動かれて仕事の邪魔されたくないんだよ。君を巻き添えにして、ギーテさんにお説教されるのも嫌だし」

細身なのに少年は意外と力が強く、逃げようともがくリーリエを小脇にしっかりと抱えると、何か呟《つぶや》いてから地面を蹴った。

すると、少年の足がふわりと地面から浮いた。

「きゃあっ！」

まるで、背中に見えない羽でも生えているかのように、少年はリーリエを抱えたままぐんぐん上空へ昇っていく。

驚愕《きょうがく》に目を見開くと、もう随分と近づいていた兵団が、こちらを指さしている。

「あ、気がつかれちゃった」

少年は呑気に笑ったが、リーリエは青褪《あおざ》めた。

兵たちは明らかに少年を敵と認識しているらしく、弓矢をつがえて狙いを定めようとしている。

投げ槍《やり》を片手に、馬を走らせて丘を登ってくる兵もいた。

「ねぇっ！　あの人たち、攻撃してくるわ！」

「防御魔法をかけてあるから、僕に摑まっていれば大丈夫だよ。そうじゃないと、自分の攻撃で僕まで吹き飛んじゃう。そんなの、間抜けだろ？」

「え、それって……」

どういう意味かと尋ねるより早く、少年が片手を地面へ向け、呪文を詠唱した。

リーリエは魔力が少ないので魔法は使えないが、村には治癒師のお婆《ばあ》さんを始め、魔法を少し使える人もいる。

少年の唱えた呪文は、村の作物を荒らす獣を追い払うのによく使われる、衝撃波の魔法によく似ていたが……。

「はい。終わったよ」

少年に抱えられたまま、リーリエは声もなくはるか下の地面を見つめた。

さっきまであった丘は、少年の魔法が一瞬で消し飛ばした。

まるで、見えない巨大な悪魔の手で抉《えぐ》り取られたみたいに、丘も兵団もまとめて消え失《う》せた。

残っているのは、削られた地面の黒々とした穴と、砕けた木々の残骸だけ。

「僕は、この国に攻め入ろうとする敵を殺すのがお仕事なんだ。目立たないこのルートから襲撃があると、ギリギリで情報が入ったから……」

少年が何か言っていたが、リーリエの耳にはほとんど入ってこなかった。

――なくなってしまった。――お母さん。――あの丘から、見守ってくれているのだと信じて
……でも、それすらも、もう……。

「嫌ああ！　お母さんが、お母さんがあぁぁっ！」

視界が歪《ゆが》み、込み上げる感情のまま、泣き叫んだ。

「わっ！　暴れると危ないって」

落ちても構わないとジタバタ暴れるリーリエを、少年が慌てて押さえ込む。

「落ち着いてよ。巻き添えの負傷者を出してお説教されるのが嫌だって、言ったでしょ？　探査魔

法でこの辺りはくまなく感知したんだから。敵兵以外で近くにいた人間は、君だけだった」

少年は面白くなさそうに頬を膨らませたが、泣きじゃくるリーリエを宥《なだ》めようとしたのか、大きく溜息《ためいき》をついて少し声音を和らげた。

「もしかして、お母さんとはぐれたの？　でも、僕の使い魔がさっき村に連絡して、君以外は全員いると確認しているんだ。君のお母さんはきっと先に帰……」

「違う！　お母さんはあの丘にいたのよ！　去年、病気が悪くなって……村には帰れない」

しゃくり上げながら、リーリエは首を横に振った。

「あ……」

少年が小さく声を上げた。リーリエの母がどこにいたのか、察したらしい。

「お母さんはあの丘で眠りながら、ずっと私を見守ってくれているって、お父さんに教えてもらったの。だから私、もう泣かないで頑張ろうと……」

肩を震わせて嗚咽《おえつ》を零していると、ふわりと緩やかな浮遊感に包まれた。

少年は近くの草地にリーリエを降ろして、身を屈《かが》めて視線を合わせる。

「死んだらそれきりだ。お墓に入った人が見守ってくれるなんて、僕はあり得ないと思う」

「っ！」

心の支えにしていたものをバッサリと否定され、リーリエは目を剝《む》く。

強烈な怒りが込み上げ、ほとんど無意識に少年を叩こうと手を振り上げかけたが……。

「けど、それを信じていた君には、きっと本当だったんだよね」

「……え」

「君の大切な場所を壊して、ごめん」

胡散臭《うさんくさ》い笑みを消して謝る少年はとても悲しそうで、それを見ると込み上げていた怒りが一瞬で消えてしまった。

「僕は魔法で壊すのは得意だけど、治すのは得意じゃなくて……それに今は、自由にできることも結構少ない」

彼は、焼け焦げた地面と自分の手を交互に見て溜息をついたが、不意に何か思いついたように顔を輝かせた。

「そうだ！　君がお墓のお詫《わ》びに欲しいものを思いついたら、王宮へ面会に来てくれる？　僕にできることなら、なんでも一つ願いを叶《かな》えてあげるよ」

「王宮!?　そんなの無理よ！」

「大丈夫だよ。王宮魔法士団長官のギーテさんは、顔は怖いしちょっと煩いけど、子どもには優しいから。ヴェンツェルと『約束』をしたと言えば、きっと会わせてくれる」

「でも……」

ここから王都までは遠く、そもそも自分みたいな庶民が、ただの口約束で王宮を訪ねるなんてできっこない。

「リーリエ！　無事か!?」

不意に大声で呼ばれ、血相を変えた父がこちらへ駆けてくるのが見えた。

「お父さん！　この人が助けてくれて……」

父に手を振りながら後ろを向くと、ヴェンツェルと名乗った少年の姿は既になかった。

「あ、あら？」

キョロキョロと周りを見渡したが、あの目立つ赤い髪も黒いローブも、どこにも見えない。

しかし夢ではない証拠に、あの美しい丘は焼けたくぼ地となり、辺りには焦げ臭い煙が漂っている。

しっかり手を繋《つな》いで村に帰りながら、父は何があったか聞かせてくれた。

リーリエがヴェンツェルと遭遇した頃、村には巨大な黒犬と白銀の竜の姿をした二体の悪魔が現れたそうだ。

それがヴェンツェルの使い魔、アイスとフランの真の姿だと、当時のリーリエはもちろんのこと、村人も知る由はない。

大騒ぎになりかけたが、アイスとフランは王宮魔法士の使い魔だと礼儀正しく名乗り、隣国の不穏な動きからこの村を保護しに来たのだと、村人たちに説明したという。

少し前に、隣国フォルティーヌでは王位の交代があった。

若くして王位を得た新しいフォルティーヌ国王は、数々の才覚に恵まれ、魔法使いとしても優れた多才な人物だったが、同時に残忍な野心家でもあった。

自分に反対する家臣をまとめて捕らえ、悪魔召喚の儀式に捧《ささ》げる生贄《いけにえ》にすることで、影の国でも五本指に入る強力な悪魔と契約をしたという噂《うわさ》は、この村にも届いていた。

しかし、リーリエの住む村は国境付近とはいえ、フォルティーヌ領土との間には、橋もかけられない断崖絶壁の峡谷がある。

国境を超えるにはずっと迂回《うかい》せねばならず、あえて攻め込みに来るほど希少な産物もない。

もし本当に戦になってもここは大丈夫だと、村人は呑気に構えていた。

だが、フォルティーヌ国王は召喚した悪魔の力を使い、峡谷に一時的な魔法の橋をかけたのだ。

密《ひそ》かに精鋭を送り込んで辺境の村を襲い、そこを秘密裏の拠点にする。そしてバーデンエルンに戦を仕掛けて国境付近で争いに持ち込んだら、後方から挟み撃ちにする計画だったという。

リーリエが目撃したのは、その計画のために村を襲いに来たフォルティーヌの兵だったのだ。

村人はリーリエの無事を喜び、ヴェンツェルが敵兵を一掃する際、丘ごと吹き飛ばしたと聞いて驚いていた。

「――ヴェンツェル様が来てくださらなければ、墓所は残っても村の者は全員殺されていた。丘に眠っていた村の先祖たちもわかってくださるはず。なくなった墓所の代わりに慰霊碑を造り、我らの命の恩人たる魔法使いへの感謝を忘れないようにしよう」

重々しく父が言い、村人全員が賛同する中で、リーリエは気まずくてたまらなくなった。

ヴェンツェルがリーリエを敵ごと消し去らずに保護したのは、単に巻き添えにして上司に怒られるのが嫌だからだと言っていた。

ちょっと変で、不気味な人とも思ったけれど、彼が命の恩人なのは確かだ。

それなのにリーリエときたら、墓所が吹き飛んだのを泣き喚《わめ》くばかりで、助けてもらった礼の一つも結局言わなかった。

頭が冷えてくると、自分の酷い態度を思い出して、いたたまれなくなる。

恩知らずな子どもに怒るどころか、自分の魔法が壊すだけで治せないのを気にしていたような、ヴェンツェルの寂しそうな目が忘れられなかった。


その後すぐ、バーデンエルンとフォルティーヌの戦は本格化したものの、未遂に終わった奇襲計画が再び用いられることはなく、リーリエの住む村は戦火とも無縁で平和だった。

一方でヴェンツェルは、自分の使い魔とともに、最前線で勇猛に戦い続けていたそうだ。

氷の息で人を一瞬で凍らす白銀の氷竜と、猛火を吐いて鋼鉄の門も溶かす漆黒の魔犬。強力な二体の使い魔と、何よりも無限かと思うほどの魔力を持ち、高度な魔法を使いこなすヴェンツェルを前に、普通なら人間の兵などとても歯が立たない。

だが、フォルティーヌ国王が味方につけた悪魔も相当な魔法の使い手で、しかも悪辣だった。

フォルティーヌでは自国の兵を魔法で強化し強制的に怪物にしているとか、戦死者を生ける屍《しかばね》として蘇《よみがえ》らせてまで戦わせているとか、吐き気のするような噂が辺境にも届く。

戦は丸二年にも及んだが、やがてヴェンツェルがフォルティーヌ国王と件《くだん》の悪魔を倒したことで、バーデンエルンは完全に勝利を収めた。

王都で行われた凱旋《がいせん》パレードや、ヴェンツェルが爵位などの褒美を賜ったという記事の載った新聞は、村全体で読み回され、恩人の活躍に喜ぶ皆は祭り状態だった。

もちろんリーリエも嬉《うれ》しかったが、ヴェンツェルと会った時のことを思い出すと、小さな棘《とげ》のような後悔が未だに胸をチクチクと刺す。

彼に危機を救われた人は大勢いるそうだ。高貴なお姫様ならともかく、恩知らずな田舎娘なんて、ヴェンツェルはいちいち覚えてもいないだろう。

昔ヴェンツェルが言った『お詫び』を本当にくれなんて図々《ずうずう》しく訪ねる気はないし、もし訪ねたところで、国の英雄となった彼にお目通りできるとは思わない。

それでも、もう一度会えたらと願う気持ちは常にあった。

あの時の自分の無礼を詫び、助けてもらったお礼をきちんと言いたい。

……そんな密かな願いを、神様が気まぐれで叶えてくれたのだろうか。

また時が経ち、十六歳になったリーリエはある日、ひょんなことからヴェンツェルが王都の屋敷で世話係を一人募集していると知った。

たまたま行商人から買った乾物が、その募集用紙を使って包まれていたのだ。

一通りの家事ができ、誠実でやる気がある人物ならば、性別・年齢・身分は問わない。読み書きと算術、書類整理もできればより望ましいと記されている。

希望者は経歴を書いた紙を持って王宮に行けば、いつでも面接してくれるそうだ。

リーリエは村の学校を優秀な成績で卒業したが、跡継ぎの兄は未婚で姉たちも嫁いだので働きには出ず、実家の主婦として家事を一手に担っていた。家事は好きだし、大得意だ。

父や兄が忙しい時には、村を代表して作成する面倒な書類仕事も手伝っているので、帳簿のつけ方や税関係の用語だって多少はわかる。

だが、王都には数えきれないほどの人間がいて、働き口を求めているはずだ。

英雄となった魔法使いの屋敷で働けるなんて栄誉なことだろうし、記載をよく見れば、住み込みで給金も破格の超好待遇。

大勢の募集者が殺到し、いくら面接官が厳しくても、一人だけの募集ならすぐに決まってしまうだろう。

王都まで一週間もかかるのに、今から出向いても無駄だと自分に言い聞かせたが、どうしても紙を捨てられなかった。

募集を見たという口実があれば、指定された王宮を堂々と訪ねられる。

もう決まったと門前払いになる可能性は高いが、ヴェンツェルに別件のお礼だけでも言いたいと頼んでみたら……？

それなら面談は断られても、伝言くらい届けてもらえるかもしれない。

考えた末、ヴェンツェルへきちんとお礼を言えなかったのをずっと悔いていたと、父に打ち明けて、王都に行きたいと頼んだ。

父は驚いていたが、あの時のことは忘れていなかった。

「とにかく王都に行ってみなさい。募集が終わっていたら、お礼だけ言って帰ってくればいい」

そう快諾してくれた父に感謝し、駅馬車で一週間の旅をしてようやく王都に着いたが、あまりの賑わいに圧倒された。

何度も道を尋ねてやっと王宮に辿《たど》り着き、ヨレヨレになった募集用紙を衛兵に見せて用件を言うと、意外なことにまだ有効だという。

正確には、前回決まった人が辞めたので、昨日また新しく募集をかけ始めたらしい。

「その募集、もう何度もしているんだ。ヴェンツェル様は滅多に王宮へ来ないから、俺も直《じか》に話したことはないが、これだけ頻繁に世話係が辞めるなんてねぇ……随分と厳しい職場のようだし、やめて故郷に帰った方がいいんじゃないか?」

衛兵は、リーリエの田舎臭い旅行姿をジロジロ眺めてから、気の毒そうに肩を竦めた。

「ご心配ありがとうございます。ですがヴェンツェル様にお会いしたくこうして参りましたので、どうか面接をお願いします」

衛兵の忠告に驚きつつ、リーリエは粛々と頭を下げて頼んだ。

ヴェンツェルはちょっと胡散臭い笑い方をするし、なんだか風変わりな感じの人だとは昔も思ったが、そんなに悪い人だとも思えなかった。

何か事情があるのかもしれないし、そもそも面接をしたって受かる保証はない。彼と対面できるだけでも御の字だ。

長い廊下を通って小部屋に通され、ここで待つようにと衛兵に言われた。

「――王宮魔法士団長官のギーテだ。募集を見て、来てくれたそうだね」

ガチガチに緊張して待っていたリーリエは、濃い茶色の髭《ひげ》が顔の下半分を覆う壮年の男性を見て、一瞬キョトンとしてしまった。

何しろ、ヴェンツェルの屋敷で働く者を面接するのだから、当然ながら本人が来ると思っていたのだ。

リーリエの表情から、ギーテと名乗った男性はその思いを読み取ったらしい。

「ヴェンツェルでなく厳《いか》つい大男が出てきて驚いたかもしれないが、取って食いはしないので安心したまえ」

「いえ、そんな……失礼いたしました」

急いで立ち上がり、恐縮して頭を下げたリーリエに、ギーテは感じよく座るよう促し、自分も向かいの椅子に腰を降ろす。

確かに彼は熊のように厳つい容姿をしているが、王宮魔法士団の黒いローブをきっちり着こなす姿には気品が見て取れる。

それによく思い起こせば、リーリエがお詫びを思いついたら自分の上司であるギーテを訪ねろと、ヴェンツェルは言っていた。

口煩いとか説教がどうのとか悪態もついていたけれど、あれは本気で嫌いというより、親しいからこその軽口にも思えた。昔から、深く信頼を置いている相手なのだろう。

ギーテは、リーリエの持参した経歴書に目を通し、ヴェンツェルに救われた過去があるという部分を読むと、なぜか僅かに眉を顰《ひそ》めた。

何かいけなかったのだろうかと身を竦ませると、ギーテが経歴書を置いてリーリエに向き直った。

「簡単な質問をするので、正直に答えて欲しい」

「はい。なんでしょうか」

「君は、ヴェンツェルを我が国の英雄と尊敬しているのかな？　それで、あれの傍《そば》で働きたいとはるばる遠くからやってきたのだろうか」

数秒間、パチパチと瞬《まばた》きをしてリーリエはギーテを凝視した。

ここは当然、恩人でもある英雄に対し、尊敬していると即答するべきなのだろう。

だが『正直に答えて欲しい』と言ったギーテの目は真剣で、建前の綺麗ごとを言う気にはどうしてもなれなかった。

「私を含め故郷の者全員を助けていただいたのには、心から感謝しています。ですが、かなり妙な御方《おかた》だと、子ども心に思いました」

「ほう。なるほど」

ギーテの焦げ茶色の瞳がキラキラと興味深そうに輝き、促されるままリーリエはヴェンツェルと出会った時のことを全て語った。

「あの時のヴェンツェル様は、死を平然と語ったかと思えば、子どもだった私へ真摯に詫びたりして……ほんの少し話しただけですから、尊敬できるかなんてわかりません。ただ、命の恩人に私が無礼をしたのは事実なので、直接会ってお詫びとお礼を言う機会が欲しかったのです。そのために、私はここへ来ました」

「合格！」

唐突にギーテが叫び、向かいの椅子から立ち上がってリーリエの両手をガシッと握り締めた。

「根気よく募集を続けた甲斐《かい》があった！　経歴書を見れば大方わかるが、君は字も綺麗だし几帳面《きちょうめん》な性格のようだ。何より、他人の目や世間の評判に惑わされず、きちんとアイツを評価している！君ならきっと、今までのようなことにはなるまい」

ギーテは興奮気味にまくしたて、驚いて声も出ないリーリエの手をブンブンと振る。

「あの……今までのように、とは？」

なんだか不穏な言葉が引っかかって尋ねると、ハッとしたらしいギーテはようやく手を離してくれた。

「いや、失礼した。すまないが、詳細は道中で話すので、このますぐに俺とヴェンツェルの屋敷に向かって欲しい」

そう言ったギーテは、丁重ながら切羽詰まった様子で、とても断れる雰囲気ではない。

あっという間に、ギーテと一緒に馬車に乗せられてしまう。

さすがは王宮魔法士団長官の馬車と言うべきか、ふかふかの座席にクッションまで備えた上等の馬車は、狭くて硬い座席に腰が痛くなる駅馬車とは雲泥の差だった。

しかし、あまりに急な展開に、リーリエは優雅に馬車の乗り心地を楽しむ余裕もない。

旅行鞄《かばん》を両手で抱え、警戒気味にギーテを眺めていると、彼が少々気まずそうに咳《せき》払いをした。

「最初に説明しておこう。この募集は、ヴェンツェルの後見人であるのをいいことに、俺の独断で行っているものだ」

「……え？」

「情けない話だが、アイツの生活態度には手を焼いていてね。放っておくと、定例会議どころか、式典の参加まで無視しようとする。俺も忙しい身なので毎回引っ張っていくのも難しく、こうなったら専属の世話係を雇って尻を叩かせようと思ったのだよ」

ギーテが肩を竦め、困ったものだと言うように頭を振った。

ヴェンツェルはフォルティーヌ王国との戦が終焉《しゅうえん》した後、褒賞金で屋敷を買い、王宮には滅多に顔を出さなくなったそうだ。

王宮魔法士団の一員として席を置きながら、会議などを平気ですっぽかす彼に、当然ながら周囲は非難を向けた。

「……ヴェンツェルが英雄と持ち上げられて思い上がっているのだろうと、勝手な憶測をする者も多いが大間違いだ。本当のところ、アイツは戦が終わったら隠居してどこかで静かに暮らしたいと希望していた。だが、陛下と俺がそれを許さなかったのだよ」

額に手を当ててギーテは深い溜息をつき、事の詳細を話しだした。

豊かな土壌と交易に便利な地形を持つバーデンエルン王国は、昔から近隣諸国の垂涎《ずいえん》の的で、何かと侵略の危機に遭ってきた。

しかしフォルティーヌ王国との戦いに勝利したことで、圧倒的な魔力と使い魔を持つヴェンツェルの名前は諸外国にまで広がった。

今後もヴェンツェルが王宮魔法士団に籍を置くだけで、他国への十分な牽制《けんせい》になる。

国王はそう判断してヴェンツェルの引退希望を却下し、ギーテも熱心に彼を説得した。

そこでヴェンツェルは渋々ながら王宮魔法士団に留《とど》まったが、いわゆる不貞腐《ふてくさ》れモードになってしまったのだ。

屋敷にこもって魔法薬の研究に没頭し、王宮へ行く用件も平気ですっぽかす。嫌ならクビにしろ。むしろ早くそうして欲しいと言わんばかりの態度を取り続ける。

そうして困ったギーテは、ヴェンツェルの世話係を雇おうと思いついた。

彼を尊敬し慕う者が傍にいれば、自分は必要とされているのだと実感して不貞腐れるのをやめるだろうと考えたが、そう上手くはいかなかった。

そもそも、不貞腐れモードに入っていなくても、ヴェンツェルは元から非常にマイペースな変わり者だ。彼に憧れて雇われに来た者は、それを受け入れられなかった。

世間で勝手に創り上げられた、品行方正で人格者という英雄像を思い描いていたのに、こんなのはヴェンツェルを名乗る偽物だと激怒した者すらいたらしい。

ただ、彼が戦で数々の大活躍をしたのは紛れもない事実だ。王都が奇襲に遭った時も、彼が見事に防いだことは、市井の人々の記憶に鮮烈に残っている。

よって、彼に幻滅して辞めた『世話係』や王宮魔法士団の同僚が悪口を言っても、有名人への嫉妬だろうと、市井では相手にされないのだという。

「――そういうわけで、ヴェンツェルに必要な人材として、君を雇うよう推薦しに行く。いくら嫌われようと、俺はアイツの後見人で上司だからね」

話を締めくくったギーテが自嘲気味に苦笑し、どう答えたものかリーリエは困った。

つまり、国の安全を願う王と王宮魔法士団長官に、ヴェンツェルは自由を阻まれた形になり、自棄になっているというわけか。

彼だって、英雄以前に一人の人間だ。国のために犠牲になれと言われたら、酷いと怒るのは当然だと思う。

かといって、リーリエはその結果、何も知らず安全に暮らせていたわけだ。そんな自分が、偉そうに述べられる意見なんて、一つも思いつかなかった。

「ええと、色々な立場がありますよね……ところで、住み込みで勤めると書いてありましたが、現在のところ私以外に、ヴェンツェル様の屋敷で雇われている人はいないということですか?」

ひとまず話の流れを変え、他に重要な疑問を尋ねることにした。

貴族など富裕層は、多数の使用人を抱えるのが普通だと聞く。

だから、今回の募集は一人だけでも、ヴェンツェルほど有名で身分も得た人物の屋敷なら、他の使用人が大勢いると思い込んでいたのだ。

リーリエの父も、年頃の娘が一人だけで若い男性の家に住み込むと知っていたら、さすがに今回の応募には行かせなかったはず。

「ああ。そういうことになるが、何もヴェンツェルと二人きりというわけでもない。アイツの使い魔が二人いるし、そもそもやたらと女性に手出しするような男ではないよ。色々と問題がある奴ではあるが、それだけは俺の名誉にかけて誓ってもいい」

リーリエの言いたいことを察したらしく、ギーテが片目を瞑《つぶ》った。

「使い魔……」

内心で首を傾《かし》げた。噂に聞く巨大な氷竜と魔犬が住めるなんて、よほど大きな家なのだろうか。

「それに、屋敷には結界が張ってあるから、周囲に妙な目で見られることも……おっと、着いたな」

馬車が停まったのは、二軒の店に挟まれた、赤いレンガ造りの古びた屋敷の前だった。

「あら？」

窓から隣の店を見て、リーリエは小さく声を上げた。見覚えのある店だった。

「さっき王宮に行く途中、そこのお店で道を聞いたんです。でも、お店の間にはレンガの塀があっただけだと思ったのですが……」

「結界が張ってあると言っただろう？　その時、君はここに用事がなかったから、見えなかっただけだ」

ギーテが笑い、馬車を降りるべくリーリエに手を貸してくれる。

玄関の石段に足をかけた瞬間、あれほど煩かった都の喧騒がパタリと消えた。

怖いくらいの静けさの中、ギーテが何度か呼び鈴を鳴らし、しまいに「ヴェンツェル！　新しい世話係を連れてきたんだから、居留守はやめろ！」と怒鳴ると、ようやく扉が開いた。

「ギーテさん、もう世話係はいらないと言ったじゃない。悪いけど、その子には帰ってもらって」

戸口に寄りかかってヘラリと苦笑した青年は、すっかり背が伸びて大人びた顔立ちになっていたが、間違いなく九年前に会ったヴェンツェルだった。

ただ、相変わらず整った顔立ちだったが、不健康に青白くて目の下には隈《くま》が目立ち、あの張りつけたような胡散臭い笑顔も、いっそう虚ろに見えた。

「お前が規則正しい生活をするのなら、俺も使用人の紹介なんてお節介などせずに済む。顔色が悪くなっていく一方だぞ。また面倒臭がってロクに食べてもいないんだろう」

ギーテが顔をしかめてお説教をしたが、ヴェンツェルはヘラヘラした嘘《うそ》臭い笑顔のまま、首を横に振った。

「その子もどうせ、すぐに辞めちゃうよ。英雄ともてはやされた魔法使いが、こんな自堕落な変人だとは思わなかったって」

「いや、彼女はお前に過剰な期待など……」

「この間の子もそうだった。最初は、完璧な人間なんかいないとか色々言っていたけど、実際は夢を見ていたよ。僕に勝手な理想を抱いて近づこうとしたあげく、勝手に裏切られたと罵って去るんだ。そんなの、お互いに不幸なだけじゃない」

そのままヴェンツェルが扉を閉めようとするのを見て、リーリエはほとんど無意識に一歩踏み出した。

「待って！　覚えていないかもしれないけれど、私は貴方に助けられたんです！　そのお礼を言いたくて……！」

一瞬、ヴェンツェルの動きが止まり、彼がチラリと視線だけ向けた。

「ふぅん、律儀に来てくれたのにごめんね。君の言う通り、助けた相手も殺した相手も多すぎて、いちいち覚えていないんだよ」

あっさりと彼は言ってのけたが、急に何かに気づいたように目を見開き、振り向いた。

「あ……お墓の子だ」

「そっ、そうです！　リープリッヒ村が隣国に奇襲されそうになった時、お墓参りに村を離れていた私を助けてくれて、ありがとうございました！」

思い出してくれたのかと胸が熱くなり、深々と頭を下げる。

「別に、仕事だったからやっただけだよ。それよりここに来たということは、お詫びに欲しいものが決まったの？」

「いいえ。お墓は村で慰霊碑を建てましたし、私もあの時は無礼だったと反省しています。ヴェンツェル様に何か強請るなんてできません。むしろ私がお詫びをしなくてはと申し出に……」

しかし、それを聞くなりヴェンツェルの顔から作り笑いが消えた。

「は？　何それ……それじゃ、まずい……」

目を見開いた彼は、心なしかいっそう青褪め、焦ったように声を上擦らせた。

「すみません、何か……」

失礼なことでも言ってしまったのかと不安になると、ヴェンツェルが大きく息を吐き、気を取り直したようにまた胡散臭い微笑《ほほえ》みを浮かべる。

「いや……とにかく、僕は自分の意志で君に約束をしたんだから、無礼とか気にしないでいい。約束通りに君の望みを言ってよ」

「でも……」

「だからさ、高級品が欲しいとか、都会で暮らすツテが欲しいとか、なんでもいいんだよ。欲しいものの一つくらい、思いつくだろう？」

彼の口調には苛立《いらだ》ちさえ滲み、リーリエを困惑させた。

まるで、リーリエが何か強請らないのは、かえって酷い迷惑だと言われているような気にさえなってくる。

「リーリエ君、俺からも頼む。君が、ヴェンツェルと何か約束をしていたのなら、きちんと果たさせてやってくれ」

なぜかギーテからも妙に真剣に頼まれてしまい、困惑した。

「ええと、だったら……ギーテ長官の紹介を受けて、私をここに勤めさせてください！」

思わず、そんな言葉が口から飛び出た。

虚ろに笑うヴェンツェルが、なんだかとても寂しそうに見えてたまらなかったのだ。

早くに母を亡くして悲しかったけれど、リーリエには優しい父と兄姉《きょうだい》がいた。寂しくて泣きたい時には、いつも誰かが傍にいてくれた。

でも、今のヴェンツェルは昔会った時より、ずっと不気味で……悲しくて寂しそうだ。

リーリエと、大事な家族や村の人たち皆の命を救ってくれた彼に、少しでも自分ができることを見つけたい。

そのために、まずはここにいたいと思った。

「はぁ!?」

目を剝いたヴェンツェルを見て、ギーテがニヤリと口の端を上げた。

「なんでもいいと言ったのは、お前自身だぞ。ヴェンツェル」

「っ！　……わかったよ。そんなつまらない願いでいいなら、勝手にすればいい」

不貞腐れたようにヴェンツェルが口を尖らせた。

「君を見込んで正解だった。俺はこれで帰るが、何かあればいつでも連絡をくれ」

満足そうな笑顔でギーテはリーリエの肩を叩き、さっさと馬車に乗り込んで帰ってしまった。

取り残されたリーリエが呆然《ぼうぜん》と馬車を見送っていると、不機嫌そうな声が後ろから届いた。

「で、君はなんて名前なの？」

考えてみれば、経歴書はギーテに見せただけで、まだ一度も名乗っていなかった。

「リーリエ・シュベルトです！　ヴェンツェル様、これからよろしくお願いします」

急いで名乗ると、彼が苦虫を嚙《か》み潰したような顔になり、首筋をポリポリ掻《か》いた。

「じゃあ、リーリエ。僕の家に住み込むのなら、まずはその敬語と様づけをやめてくれるかな。王宮にいるみたいで、背中がムズムズするんだ」

「じゃあ……ヴェンツェルさん、と呼べばいいのかしら？」

おずおずと尋ねると、ヴェンツェルは黙って頷き、踵を返した。そして首を捩《ねじ》り、肩越しに振り返って口を尖らせる。

「早く入りなよ。とりあえず、君が僕のことを嫌いになるまでいればいい」

そうしてリーリエはこの日から、『ヴェンツェルの世話係』となったのだった。

（……最初はむしろ、世話係なんていらないと突っぱねていたくらいじゃない）

三年前のヴェンツェルはあんなに面倒そうだったのに、今や退職を必死で引き留めようとする彼を前に、リーリエは戸惑う。

ギーテから聞かされていた通り、当時のヴェンツェルの生活態度ときたら、酷いとしか言えなかった。

部屋の埃や特定の汚れを清める魔法だって、その気になれば軽々と使えるのに、研究室と兼任している自室だけ綺麗なら問題ないと、他は散らかり放題。

自炊もしなければ、外食に出かけて美味しいものを食べる気もない。

パンやチーズやリンゴなど、そのままでも食べられるものを買ってくるくらいだが、それだってきちんと三食とっているわけではなかった。

アイスとフランは彼の魔力が食事なので問題ないけれど、顔色が悪いとギーテが心配し、勝手に募集をかけてまで、ヴェンツェルの傍に人を置きたがったのも納得である。

しかし、世話係などもういらないと突っぱねていたヴェンツェルだが、自身で約束した結果のせいか、リーリエが世話を焼きだしても文句は言わなかった。

現在のところ、彼はもっぱら自室にこもって魔法薬の研究に勤《いそ》しみ、国の英雄という言葉からイメージされがちな、重要な任務や暮らしとは無縁だ。

リーリエも故郷にいた頃は、ヴェンツェルも大出世したならさぞ華やかな生活をしているだろうと思っていた。

けれど、再会した彼が相変わらず変な人で、上司に頭を抱えさせる問題児だとしても、リーリエと故郷の村全体の恩人なのには変わりない。

それに、今までの世話係がすぐに辞めてばかりだというから、よほど使用人に横柄な態度でも取っていたのかと思ったが、そんなことはまるでなかった。

敬語は使わないでくれと、互いに対等な立場でいることを好みつつ、必要なものは遠慮なく言って欲しいとか、リーリエが快適に暮らせるよう気を配ってくれる。

最初は警戒してヴェンツェルの影から出てこようとしなかったアイスとフランも、リーリエが黙々と勤めるうちに、懐いてくれるようになった。

規則正しい生活をするようになったからか、ヴェンツェルは相変わらずマイペースだけど顔色も良くなり、あの悲しそうな雰囲気はいつしか消えていた。

そして……。

「リーリエもこのまま勤め続けたいなら、僕と結婚するだけで全部上手くいくじゃないか。お給金も今まで通り支払うし、何も変わることなんかないんだよ。最高じゃない？」

最高に輝いた笑みで、最低のプロポーズをしてきたヴェンツェルに、リーリエは顔を引き攣らせる。

「いやいや！　ヴェンツェルさん！　そういう問題じゃないわよ！」

――本っっ当に！　人の気も知らないで!!　私が故郷に帰ってお見合いすると決めたのも、貴方に恋をしたって望みゼロだと、やっとの思いで諦めたからなんですけどぉぉ!?

フツフツと、勝手な憤りが湧いてくる。

何か、これといったきっかけなんて心当たりがない。

ただ、ヴェンツェルがリーリエに向ける笑みが、この三年間のうちにいつの間にか変わっていた。

胡散臭い作り笑いでなく、とても魅力的な笑みを向けられると、ただの好意と思いながらも胸が高鳴って仕方ない。

それを何度も繰り返すうち、すっかり彼に恋をしている自分に気づいた。

だが、ヴェンツェルは相変わらず恋愛には興味がまったくなく、理解すらしていないようだ。

だいたい、彼とリーリエでは身分も容姿も釣り合わない。傍で親しく接してもらえるだけでも十分だ。

そう思わねばと、何度も自分に言い聞かせて押し隠した。

そんな折に来た見合い話は、望みのない恋に疲れていたリーリエの心を大いに揺さぶったのだ。

父の人を見る目は信用しているから、隣村の若者だと熱心に推す見合い相手は、きっと良い人だろう。

それに、リーリエが遠く離れた王都から戻って近場で暮らす方が、父は安心すると思う。

ヴェンツェルへの恋は綺麗な思い出として心にしまい、郷里に帰って親の勧める結婚をするのが、自分には分相応の生き方ではないか。

考え抜いた末にそう結論を出したのだが、まさかこんな風に引き留められるなんて……。

「結婚は、都合とかだけでするものじゃないでしょう？　事情があるのならともかく、大好きで生涯一緒にいたいと思える相手を選ぶべきよ」

そう言った途端、ヴェンツェルが怪訝《けげん》そうに眉を顰めた。

「それじゃ、リーリエのお見合い相手は、大好きで生涯一緒にいたい人なの？　手紙を見る限り、まだ会ったこともない相手みたいだけど」

「うっ！」

見事に痛いところを突かれて呻《うめ》く。

「さっきは、家族に迷惑かけたくないから結婚すると言っていたけど、どっちがリーリエの本音？　それに、僕はリーリエが大好きでずっと一緒にいたいと思うから、結婚しようと言ったんだよ。それでも駄目？」

一気に畳みかけられ、困って目を泳がせた。

「そ、それは……」

——だって、貴方の『好きで一緒にいたい』って、単に退職の引き留めだから！

自分の好きな人から、恋愛感情もなく便利な人材だと求婚されるより、知らない人とお見合い結婚をした方がいくらかマシ……と、説明するなんて惨めすぎる。

どうやってこの場を逃れるか必死に考えていると、アイスとフランが急にさっと背を向けて、嘆いているかのように小さな手で顔を覆う。

「やっぱり、リーリエはここにいるのが嫌になったから、適当なことを言って離れようとしているのかもしれませんよ。シクシク」

「俺、凄く悲しいなぁ。シクシク」

わざとらしく嘘泣きをしつつ、指の隙間からチラチラと視線を向けられ、ぐっと息を詰まらせる。

可愛い悪魔たちは、リーリエにかすり傷一つだってつけないけれど、こういうところはタチが悪い。遠慮なくグサグサとこちらの罪悪感を抉り、思い通りにしようと迫るのだ。

「あの……言い訳ばかりでごめんなさい。でも、ここが嫌になったわけじゃないのも、お見合いを簡単に断れないのも本当なのよ」

まずは素直に謝り、自分のプライドが許す範囲で事実を述べることにした。

「お見合いをすると書いた返事は、もう父のもとに着いて、先方にも伝わっているはずよ。今さら断るなんて大迷惑をかけてしまうのだから、まずは父に相談をしてからでないと……それに結婚する相手は、私を苦労して育ててくれた父が認めた人にしたいの。自分の一存では決められないわ」

溜息交じりに説明すると、ヴェンツェルがポンと手を打った。

「わかった。だったら、僕がリーリエのお父さんに頼んで、結婚の承諾をもらえばいいわけだ」

彼が頷き、テーブルに広げたままの手紙に両手をかざす。

「ヴェンツェルさん？　何を……」

嫌な予感がして尋ねたが、ヴェンツェルは答える代わりに呪文の詠唱を始める。

詠唱が進むにつれ、彼が手をかざした手紙から銀色の光の粒子が浮き上がってきた。多数のそれは空中で集まり、半透明の銀色をした小鳥を形作る。

そして、ヴェンツェルが詠唱を終えると同時に、半透明の小鳥は翼を動かし、ガラス窓をすり抜けて目にも留まらぬ速さで飛び去った。

「通信魔法、まさか……」

ヒクヒクと喉を引き攣らせて問うと、彼がニコリと笑う。

「僕の通信魔法なら、リーリエの故郷だって一瞬で着くはずだ」

彼が使った魔法は、術者が頭に念じたメッセージを届ける通信魔法だ。

送りたい相手の持ち物があれば、相手がどこにいようとも魔法の小鳥は見つけられる。相手に魔力がなくても、術者にたっぷり魔力があれば返信させるのも可能だった。

今の場合、手紙は受け取ったリーリエではなく、それを書き記した父のものとみなされたわけだ。

「そんな、勝手に……一体、どんなメッセージを送ったの⁉」

「僕にできる代償ならなんでも支払うので、リーリエのお見合いは断って、彼女を僕と結婚させてくださいと、送った」

「さっきから断っている、私の意志は⁉」

「自分の一存じゃ決められないと言ったのは、リーリエだろ？」

「うぅ……」

またもや墓穴を掘り、頭を抱える。

こうなったら、父が唐突な要求に対し、毅然《きぜん》と断るのを期待するしかない。

（はぁ……返事が来るまで気が重いなぁ……）

あの通信魔法は、術者の持つ魔力量によって届く速度がかなり変わる。魔道具としても売られていて、標準の魔力を有したものなら、リーリエの故郷まで数時間というところだ。

ただ、この魔法は初歩的なので魔力がそこそこあれば使え、日常的に最も多く活用されているものなのに、ヴェンツェルがこれを使うところは今まで見たことがなかった。

他の魔法や、時にはわざわざ普通の郵便を使ったりするから、もしかして彼にも苦手な魔法の一つもあるのではと密かに思っていたが、どうやらその気になればちゃんと使えたようだ。

とにかく、ヴェンツェルがいくら強い魔力を持っていても、あんなに遠い辺境の村までの往復だ。それなりに時間はかかるはず。

父が返事に悩む時間を除いても、半日以上は待つだろうと思っていたところ……。

「ヴェンツェル、返事が来たよ！」

窓の外を眺めていたフランが、嬉しそうに叫んだ。

「え、もう⁉」

あの距離をこんな短時間で⁉　しかも、父も即答したということ⁉

リーリエが驚きの声を上げると同時に、通信魔法の小鳥が窓をすり抜けて飛び込んできた。

半透明の小鳥はテーブルに着地すると、ヴェンツェルの方を向いて嘴《くちばし》を開いた。

『ヴェンツェル様！』

小さな嘴から出た野太い声は、少々……いや、かなり上擦っていて、非常に興奮していると察せられた。

久しぶりでも聞き間違えるはずはない。確かに父の声だ。

『ほ、本当にリーリエを妻に望まれるのでしたら、こちらこそぜひお願いいたします！　見合いの相手には事情を説明し、責任持って別の縁談を用意するので、ご安心ください！』

――お父さぁぁぁん!?　私が近くにいないのは寂しいと散々手紙で嘆いて、村に戻ってお見合いするよう熱弁していたわよね!?

国の英雄から求婚が来たら一瞬で掌返《てのひらがえ》しかと、ガックリ力が抜けて、リーリエはテーブルに突っ伏す。

しかし、魔法の小鳥が伝える声はまだ終わらなかった。

『この三年間、娘からの便りには、いつもヴェンツェル様のことが書かれておりました。とても風変わりだが、根は親切な御方だと。貴方を恋い慕い、幸せに暮らすリーリエの姿が目に浮かぶようで……』

「わっ！　それ以上はお願いだからやめて！」

リーリエは顔を真っ赤にして、ガバッと起き上がる。

田舎育ちの娘が王都で無事にやっていけるかと案じる父に、近況報告の手紙はこまめに書いており、そこには自然と一緒に暮らすヴェンツェルの名を出していた。

ヴェンツェルは相変わらず変わったところがあるけれど、根は親切で優しいし、使い魔と仲良くしている姿も微笑ましいとか。

彼の好物を作っていると、子どもみたいにソワソワ台所に覗きに来るのが可愛いとか。

リーリエが熱を出した時、大袈裟《おおげさ》なくらい心配して熱心に看病してくれたとか……。

ただ、彼を恋い慕っているなんて書いたことは絶対にないけれど、文面から滲む気持ちを、父に見抜かれてしまっていたようだ。

余計なことを言われないよう、あたふたと小鳥を摑もうとした。

でも、魔法でできた半透明の身体は、幻みたいにリーリエの指をすり抜け、喋《しゃべ》り続ける。

『……それでも私は、娘を近くに置きたいという身勝手な親の考えを捨てきれず、リーリエに見合いの話を持ちかけました。あの子が大人しく帰ってくるのなら、貴方との仲はそれまでだったのだろうと』

可愛らしい小鳥の嘴から語られる父の声は、涙を堪《こら》えているように掠《かす》れていた。

『どうか、娘をよろしくお願いします』

そう言い終わると、通信魔法の小鳥はふっと消えた。

「へー」

「ふーん」

見れば使い魔コンビがテーブルに肘をつき、硬直したリーリエをニヤニヤと眺めている。

「リーリエはヴェンツェルが大好きで、お父さんへの手紙にまで書いてたのかぁ」

「故郷を悪く言って、すみませんでした。リーリエのお父さんは娘想いの良い人ですね」

「あ、あれは……」

よかったよかったと頷き合うアイスとフランを前に、いっそう顔が熱くなっていく。

だが、肝心のヴェンツェルがキョトンと目を丸くしているのに気づき、急にサァッと冷たいものが背筋を伝った。

呆気《あっけ》に取られたように黙っているヴェンツェルは、まさかリーリエが自分に特別な感情を抱いているなんて、露ほども思っていなかったのだろう。

とにかく引き留められればいいと、気楽に『結婚しよう』なんて提案したものの、思わぬ展開に戸惑っているのか……。

ドクドクと心臓が激しく脈打ち、テーブルの下で足が震える。

ついさっきまで、退職を思い留まらせたいがために求婚されるなんて、惨めで嫌だと思っていた。

それが、自分を引き留めたのを後悔されるのではと思ったら、なぜか求婚された時より何十倍も嫌な気持ちになったのだ。

いや……本当は突然の求婚に混乱して戸惑いつつ、微《かす》かに期待していた。

――彼も、私を特別に想ってくれたからこそ、こんな予想外の行動に出たのでは？

そんな期待を勝手にして、ただの退職の引き留めでは嫌だと言えば、好きだとか愛しているとか少しでもそんな類の気持ちを聞けるのではという考えが、どこかにあったのだ。

とっさに、リーリエはテーブルの上の手紙をポケットに突っ込み、精一杯の平然を装って微笑んだ。

「ヴェンツェルさんは良い人で、私は楽しく暮らしていると手紙で知らせていただけよ。それなのに、お父さんは求婚と聞いて、勝手に盛り上がってしまったみたい」

内心がどうであれ、父へ宛てた手紙に彼への恋心なんて綴《つづ》らなかったから、嘘ではない。

「……あ、そういうこと」

ハッと、我に返ったようにヴェンツェルが瞬きをした。

「ええ。だから、その……ヴェンツェルさんにはもちろん、好意は持っているけれど、恋愛感情とかは気にしないで欲しいというか……」

しどろもどろに呟くと、彼が神妙な顔で頷いた。

「わかった。とにかく、リーリエが辞めないで残ってくれるなら、僕はそれだけでいい」

「そ、そうよね……私も今まで通りに暮らせれば、それで……アハハ……」

危なかったと、リーリエは密かに溜息を呑み込む。

やっぱりヴェンツェルは、リーリエと今まで通りの気楽な雇用関係を望んでいた。

そしてリーリエは……悔しい気もするが、どんな形であれ、ヴェンツェルの傍にいたいと思う。

引き留められた理由に落胆しつつ、人への興味が皆無なはずの彼から、こんなに熱心に必要だと求められるだけで十分に特別扱いされたと、嬉しくなってしまうのだ。

同時に、リーリエを引き留めたのは間違いだったと、彼に後悔されるのがとても怖くなった。

だから、迷惑がられるに違いない片想いなんて、ずっと知られないままの方がいい。

(だいたい、私の行動だって、最初から褒められたものじゃなかったわよね)

密かに溜息をつき、己を振り返る。

結婚はそんなに簡単なものじゃないなんて言いながら、リーリエこそいい加減なことをしようとしていた。

父に勧められるまま見合い結婚をすれば、叶わぬ初恋をふっきれるし世間体も取り繕えてちょうどいいだなんて、相手にも失礼極まりない。

あのまま自棄になって見合いをし、そのまま話が進んで本当に結婚したとして、きっと心の中でリーリエはずっと、夫になる人とヴェンツェルを比べてばかりだっただろう。

きっと、これでよかったのだ。

「それじゃあヴェンツェルさん、改めてこれからもよろしく」

精一杯明るく微笑んで手を差し出すと、ヴェンツェルは優しく握り返してくれた。

「……僕には、どうしてもリーリエが必要みたいだ。留まってくれて、本当によかった」

三年前の素っ気なさが嘘のような、屈託のない笑みと温かな手の感触が嬉しいのに、チクリと胸が痛んだ。

(ヴェンツェルさんみたいに凄い人から、必要だと言ってもらえているのよ。これ以上を望むなんて贅沢を願ったら、バチが当たるわ)

本当に嫌だ。

恋愛感情こそなくても、彼に親愛と信頼を向けられていると、素直に喜んで満足したいのに……。

求婚するのなら、ちゃんと愛して欲しい。親愛と信頼だけで満足なんてできない！　そう喚く貪欲な自分が、心の奥にいるのが忌まわしい。

「そうだ！　形だけでも一応は結婚すると、ギーテ長官にも早く事情を報告した方がいいんじゃないかしら？」

急いで彼の手を離し、努めて明るい張り切った声を上げた。

老齢に差しかかったリーリエの父は、遠い王都まで来るのは難しいから、形だけの結婚だとバレる心配はないと思う。

だが、頻繁に会うギーテには、最初から事情を話しておいた方がいいだろう。

ヴェンツェルの生まれ育ちや、アイスとフランを使い魔にするに至った経緯について、未だにリーリエはほとんど知らない。

ヴェンツェルは早くに身寄りを亡くしたが、とあることから王に魔法の才を認められ、後見人となったギーテに王宮で通じる基礎教養を叩き込まれたそうだ。

なので、未だにヴェンツェルはギーテを苦手だと言いつつ、頭の上がらない部分があるようだ。

「うん。それじゃ、僕は部屋に行くね。ギーテさんには通信魔法で知らせておくよ」

ヴェンツェルはそう言うと、素早く踵を返して食堂を出ていった。


「……変な感じ」

自室に戻ったヴェンツェルは机に突っ伏し、独り呟いた。

ヴェンツェルの私室と仕事部屋を兼ねているここは、お世辞にも片づいているとは言えなかった。

魔法薬研究の材料が詰まった棚と、大型の書棚が部屋の大半を占拠し、床にも大瓶や書棚に入りきらない本が散乱している。

危険な薬品や恐ろしい呪術関連の小物もあるので、リーリエにもここだけは勝手に片づけないよう厳重に忠告してあった。

だから年中散らかり放題なのだが、魔法で清めているので埃《ほこり》っぽくはない。

それに、分厚いカーテンを閉めて魔法の灯りだけをともしている部屋は、薄暗くひんやりして静かで、いつも心が落ち着く。

日光を防ぐのは薬品が変質するのを避けるためだけれど、何よりもヴェンツェル自身、この適度な薄暗さが性に合うのだ。

自分の忌まわしい生い立ちを証明しているようで複雑な気分だが、子は親を選べないし、体質も嘆いたって変わるものではない。

しかし、今日ばかりはお気に入りの薄暗さも、先ほどからのモヤモヤした気分を沈めてくれなかった。

「おかしいよね。リーリエがいつかここを去っても、僕は引き留めるつもりなんてなかったはずなんだけどなぁ」

ボソボソと独り言を呟いても、反応をする者は周りにいない。

アイスとフランは影に戻ってこないから、きっとリーリエの手伝いでもしているのだろう。

使い魔は基本的に、主の指示に従う義務があり、好きな時に影へ呼び戻せる。

ただ、アイスとフランは使い魔である以前に、ヴェンツェルの大切な相棒たちだ。なるべく自由に生きて欲しいから、よほどの必要がなければ命令はしたくない。

溜息をついてヴェンツェルは身を起こしたが、まだ何もやる気になれず、椅子の背にぐったりともたれる。

三年前にリーリエが来た時、正直に言えば彼女を助けたことなんてすっかり忘れていた。

幼い頃からずっと、ヴェンツェルは誰かを殺したり、殺されそうになっている人間を護衛したりと、そんなことばかりしていたのだから。

人間の死は常に周りに転がっていて、彼女に言った通り、いちいち覚えていられない。

今回はもうさすがに世話係を断るつもりだったのに、昔の自分がつまらない感傷でリーリエと『約束』を交わしていたせいで、そうもいかなくなった。

なんて馬鹿なことをしたのかと、あの時は少年時代の自分を呪いたくなったくらいだが、どうせ彼女もすぐに暇《いとま》を申し出るだろうと思った。

実際、過去にギーテが連れてきた世話係の中にも、例の戦でヴェンツェルが戦う姿を遠目に見て、自分の住む地を救ってくれた恩人と呼ぶ者は何人かいた。

そして勝手に、ヴェンツェルは人々のために尽くすのが生き甲斐の聖人であるべきと決めつけ、そうでないと知ると『信じていたのに裏切られた』と勝手に失望していくのだ。

だが、リーリエはヴェンツェルを過剰に持ち上げもしなければ、勝手な失望もしなかった。

天井をぼんやりと見上げ、彼女がここに来て最初の秋の出来事を思い出す。

『――僕が他の団員に疎まれているのは承知だし、別にいいよ。ただ、コソコソ意味のない陰口を言う暇があるなら、僕を追い出せるよう嘆願書の一つでも出すとか、もっと頑張ってくれればいいのになぁ』

あの日、ヴェンツェルはリーリエを連れ、王宮魔法士団の定例会議で王宮を訪れていた。

毎月の最終日に、王宮魔法士団は決まった部屋で会議を行い、その月の働きや今後の予定について話し合う。

会議の内容や今後の記録を書き留めるために、団員は秘書の同席が認められていた。

以前ならヴェンツェルは、ギーテに無理やり引っ張ってこられなければ欠席して、報告書も白紙で提出していたが、リーリエが来てからは、会議に遅刻もせず提出書類も完璧だった。

何しろリーリエがこまめにスケジュール管理をしているうえ、ニッコリ笑って『食事を嫌いなものだらけにされたくなければ、書類はきちんと書いてくださいね』と、圧をかけてくるのだ。

代わりに、真面目にやれば好物のフルコースを作ってくれる。

子ども扱いみたいでちょっと悔しいが、彼女が育った『普通』の家庭を間接的に体感できているようで嬉しくもあり、気づけば真面目に書類作成も会議出席もやるようになっていた。

しかし、無事に会議を終えて帰る途中、団員の幾人かが廊下の隅で、『今のヴェンツェルは、過去の栄光に胡坐《あぐら》をかいて何もしていない。あの戦が終わった時点で王宮から下がらせるべきだった』と陰口を言っているのを、偶然聞いてしまったのだ。

例の戦で大敗したフォルティーヌ王国は、バーデンエルンの属国となったが特に酷い扱いは受けず、新たな王は寛大な措置に感謝して良好な関係を築いている。

他国の動向も大人しく、あの戦を最後に、バーデンエルンで大きな争いや事件は起こっていない。

時折、地方から魔物討伐や盗賊退治の嘆願が寄せられることもあるけれど、ギーテの判断で、ヴェンツェルは一度もそれらの戦闘に参加しなかった。

ヴェンツェルが戦えば、ある程度の敵は瞬殺できるが、それは味方にいい影響ばかりもたらすわけではなかった。

圧倒的すぎる力を見た者は、自然とヴェンツェルに頼り、自分は何もしないでも勝てると思い込むようになってしまう。

フォルティーヌ王国との丸二年に渡る戦で、十分に思い知ったが、中途半端に手抜きをして味方に死傷者を出すよりはマシだと我慢した。

ギーテもそれを承知で、ヴェンツェルだけで討伐が可能なのは事実でも、いざという時に王宮魔法士が腑抜《ふぬ》け揃いになっては困ると、皆に説明してあった。

それでも多くの団員は、ヴェンツェルが今ではキツイ仕事を仲間に押しつけ、自分は医務室用の魔法薬を作る簡単な役目しか果たさないと、不満を持つ。

王宮に来れば、遠回しな嫌みや陰口に遭遇するのは珍しくなく、いつもなら聞き流してすぐに忘れる。

ただ、気づかれないよう素早くその場を離れたものの、戦が終わっても王宮に留まるよう国王に引退を却下されたのを思い出し、あの時のムカムカが少し蘇った。

それでつい愚痴を零してしまうと、リーリエが足を止め、いつになく真剣な表情になった。

『今のヴェンツェルさんだって、怪我や病気を相手に治療法を探る闘いを、ちゃんとしているわ。画期的な傷病の薬を開発しても、自分の手柄ではないとすっかり隠してしまうから、皆は知らないのだけれど』

彼女は悔しそうに唇をきゅっと噛んでから続ける。

『母が命を落とした病は、当時こそ不治だったのに、今はヴェンツェルさんの作った魔法薬で治るもの。あの病で亡くなる人や、悲しむ家族がいなくなって嬉しいわ。ヴェンツェルさんは魔法薬作りも天才だと、正当な評価が周囲に広まれば、あんな陰口は叩かれないでしょうけど……』

『あ〜、それはちょっと……』

面倒臭い展開になりそうだなと、苦笑して言葉を濁した。

リーリエが来てからの半年で、彼女は相当にできる子だと感心したし、性格もかなり気に入っていた。

ヴェンツェルは掃除なら魔法でできるし、料理は最初からする気がない。

だから、魔道具を家に置くなんて考えたこともなかったが、最初に世話係を雇えとギーテから言われた時、家事用の魔道具も一揃いまとめて押しつけられた。

世話係が次々と辞めても屋敷に残ったままの魔道具を、リーリエは効率よく使いこなして家事をテキパキ済ませる。会議についてくれれば、経験豊富な秘書みたいに卒なく仕事をこなしてみせる。とりわけ料理は上手で、菓子作りも得意だから、アイスとフランなんてたちまち胃袋を摑まれてしまった。

ヴェンツェルだって、リーリエの作る料理は素直に美味しいと思うし、熱心に世話は焼いても余計な口出しはしないという、彼女の絶妙な距離感は心地良い。

だからリーリエの口から、正当な評価がどうとか言いだされたのは意外でもあり、少し落胆した。

やはり彼女も、結局はヴェンツェルに『理想の英雄像』であれと、求めているのだろうか……と。

ヴェンツェルは王宮勤めを続ける条件として、自分で開発した魔法薬の成果は、全て架空の人物の成果としてごまかすように、ギーテにお願いしている。

戦の後で、傷病用の魔法薬を研究し始めたことに、特に深い理由はなかった。

それまでの人生で、壊したり殺したりするのが多すぎたから、今度は逆をやりたくなったのかもしれない。

薄暗い静かな部屋で薬を作るのは心が落ち着いたし、意外と向いていたようだった。

でも、また騒がれて無責任に期待を寄せられるのは嫌だから、医務室の魔法薬を補充しているだけということにしてある。

そこまでの理由はともかく、魔法薬の開発を周囲に隠している件がリーリエにバレたのは、ほんの偶然だった。

褒賞金くらいは受け取れと、ギーテを通じて国王が寄越《よこ》した手紙を、台所の隅に放置してすっかり忘れていたのを、彼女に発見されたのだ。

『僕は世間から高い評価を受けるより、アイスとフランと静かに暮らせる方がずっといい。できることなら王宮勤めだってさっさと辞めて、王都を離れたいんだ。……それが、ずっと前から変わらない僕の気持ちだよ』

英雄なんて言われているくせに覇気がないと、呆《あき》れられるかなと思ったけれど、予想は外れた。

『ええ。知っているわ』

リーリエは、神妙な面持ちで頷いた。

『ギーテ長官から、昔ヴェンツェルさんが引退したいと申し出たのも、全部聞いているもの。……ただ、世界一賑やかなこの王都にいるからこそ、実験材料も豊富に手に入り、作れた魔法薬もあるんじゃないかしら？』

『え……』

意外な切り返しに面食らったが、少し考えて、なるほどと思った。

材料がなくては実験ができず、この地ほど何もかも簡単に手に入る場所は、他にない。もし地方に引きこもっていたら、今まで作った魔法薬のほとんどは完成させることができなかっただろう。

『君の言う通りだね』

『だから……ごめんなさい。ヴェンツェルさんには不本意でも、私は貴方が王都に留まってくれて嬉しい』

複雑そうに微笑む彼女に、なんと答えたらいいかわからず沈黙したが、不思議と悪くない気分だった。

それからも、リーリエは何も変わらずヴェンツェルと接してくれて、彼女が傍にいるのが妙に心地良く感じるようになった。

そして——いつの間にか自分は、彼女がいないなど耐えられなくなっていたようだ。

朝から妙にソワソワしていたリーリエに、また世話係の募集をかけてくれと頼まれ、『故郷に帰ろうと思う』と聞いた瞬間、滑稽なくらいに狼狽《うろた》えた。

そして直後、彼女が辞めると言いだしたのはヴェンツェルを嫌いになったわけではないというのを聞き、また驚くほど安堵《あんど》している自分に気づいた。

——まだ機会はある。なんとしても、どんな手を使っても、リーリエを引き留めたい。

どうしてここまで彼女に拘《こだわ》るのか、我ながらよく理解できないまま、酷い焦燥感に突き動かされたのだ。

彼女を引き留めるためには、自分と結婚させればいいと思いつけたのは幸いだった。

リーリエは随分と驚いたようで、絶対に無理だと言い張っていたが、彼女の父親も快諾してくれたのでホッとした。

ついでに、リーリエが以前から父親宛ての手紙に、自分のことを好意的に書いてくれていたのも初めて知り、凄く驚いた。

しかも恋愛なんて自分には理解不能と遠ざけていたのに、彼女にそれなりに気に入ってもらえているなんて聞いたら、妙に胸がドキドキして、また不思議と悪い気分ではなかった。

どういう風にこの気持ちを表現すればいいのかと、呆気に取られたまま考え込んでいたが……。

「わかってる、わかってる。リーリエが僕に恋してたら、故郷に帰って見合いするなんて言いだすはずないもんね。手紙に書いていたのはただの好意だって、あんなに念を押さなくたって、わかってるよ」

勘違いするなと言うように必死で否定されたのを思い出し、ヴェンツェルは『わかってる』を連発して口を尖らせる。なんとなく、あれは面白くない気分だった。

机の引き出しからギーテの血判が押された小さな厚紙を取り出し、通信魔法の呪文を唱えた。

通信魔法といっても、先ほどリーリエの父に宛てたものとは違う種類のものだ。

メッセージを鳥の形に変えて届けるものは、差出人だけが魔法を使えれば問題なく、かなり高価ではあるが誰でも使える魔道具にもなって市販されている。

だが、今ヴェンツェルが使っているのは、魔道具にできないさらに高度な通信魔法だ。魔法を届ける相手の血が染み込んだものが必要で、しかも相手も同じ魔法を使えなければ通じない。

ただ、魔力を繋げている間はどんなに離れていようと、すぐ傍にいるように会話を続けられるので、細かなやりとりをするのには非常に便利だ。

ちなみに、紛らわしいのでこちらの通信魔法は『遠方会話魔法』とよく称される。

厚紙を摘《つ》まんだまま目を瞑り、耳の奥で魔法の立てる呼び出し音をしばらく聞いて待っていると、不意にその音がプツリと切れた。

『お前の方からかけてくるなど珍しいな。何かあったのか？』

ギーテの声が、すぐ傍にいるように耳の中へ響く。

遠方会話魔法が届くと、誰が自分にかけてきたのか自然とわかるようになっている。話す気があればそのまま魔力を使って声を繋げるが、拒否して弾《はじ》くこともできた。

リーリエが来る前は、しょっちゅうギーテからこの魔法で呼び出されては無視を繰り返していたので、家に直接押しかけられたりしたあげく、世話係を雇うよう強制されたのだ。

「うん。これだけ焦ったのは、戦が終わって初めてじゃないかな」

リーリエが家族の評判を下げないために結婚しなくてはならず、故郷に帰って見合いをするのだと言いだしたので、自分と表向きだけ結婚してもらうことにした……と、今朝の騒動を手短に話す。

『なっ⁉　本当に、リーリエ君と結婚を⁉』

「そう。だって僕と結婚すれば、リーリエは故郷に帰らなくたっていいんだからね」

『彼女に、あのことは打ち明けたのか？』

「何も言わないよ」

緊張を孕《はら》んだ声音の問いに、ヴェンツェルはあっさりと答えた。

「今までと変わりなく暮らすなら、わざわざあんなことを教える必要はない。リーリエがそれで逃げたら、僕はまた以前みたいな状態に戻っちゃうだろうし、アイスもフランも落ち込んで使い物にならなくなる。ギーテさんは、今度こそ胃に穴が開くんじゃない？」

少し意地が悪いかなと思ったが、脅すように付け加えた。

ギーテはヴェンツェルの目つけ役を国王から命じられているが、それ以上に何かと気にかけ、世話を焼いてくる。少し鬱陶しいと思う時もあるけれど、嫌いではない。

ただ、リーリエは平穏に暮らしてきた娘で、世の中の汚くて暗い部分も見慣れているギーテとは違う。ヴェンツェルの秘密を聞いて、平然としていられるとも思えない。

これぱかりは、余計な口を挟んで欲しくなかった。

しばしの沈黙の後、彼の深い溜息が聞こえた。

『だが……いや、こういうのは他人が余計な口出しをすべきではないな』

ギーテは軽く咳払いをし、普通の声の調子に戻った。

『なんにせよ、結婚すると決めたのなら、早速手続きに取りかかるべきだ。陛下には俺からこの件をお伝えし、できるだけ早く謁見の時間を伺っておく』

謁見という面倒臭い単語に、ヴェンツェルは渋面になる。

「結婚するだけなのに、陛下に謁見する必要があるの？」

『お前は陛下直属の魔法士だぞ。主君に報告をするのは当然の礼儀だ』

呆れたように言われた。

『もちろん謁見はリーリエ君と揃ってのものだから、詳細が決まり次第、彼女にも連絡をする。謁見の基本的な作法は覚えているな？　婚約報告に必要な知識は、後で教えてやる』

「はいはい」

『返事は一度だ！　まずは陛下に婚約の報告をして、それが済んだら、結婚式の日取りを決める』

「……けっこんしき」

自分とは無縁すぎて異国の言葉みたいに思っていた単語を、思わず繰り返した。

『教会や規模などをどうするか、リーリエ君とよく相談するがいい。決まったら教えてくれれば、なるべく希望に沿えるよう協力するぞ』

「ギーテさん。僕は、結婚式なんてやるつもりはないよ」

『なんだと？』

「考えてみてよ。一生愛し合うと誓いますか？　って、強制的に約束をさせられるんだ。僕は愛なんてわからないし、もしわかっていたとしても、生涯に渡る約束なんて、僕にはリスクが高すぎる」

普通の人間なら、口先だけの約束なんて、質屋の証文より簡単に破棄できる。

でも、ヴェンツェルにはそれができない事情があるのだ。

「結婚しますって、役所に届け出だけすればいいじゃないか。リーリエは故郷での体裁を気にして結婚したかっただけで、僕も今まで通りの生活が送れれば……」

『ヴェンツェル、確認するぞ』

唐突にギーテが、お説教モードの声になった。

しかも、かなり本気で怒っているやつだ。

嫌になるほど聞いた声のトーンに、条件反射でヴェンツェルはビクッと肩を跳ねさせた。

「……何を？」

『お前が！　形だけの結婚などと提案をしたせいで！　リーリエ君は見合いをやめ、故郷に帰るのもやめることになった！　そうだな⁉』

「う、うん。そういうことになる」

『一人の女性の未来を変えておきながら、それに対してリスクを負いたくないだと⁉　ふざけるな！　リーリエ君がどうしてこんな結婚を引き受けたのかは知らんが、お前のその調子では、いつ愛想を尽かされても不思議ではないぞ！』

「っ⁉　待ってよ！　リーリエだって最初は色々言っていたけど、最終的には求婚を受けてくれたし…………あ」

——結婚は、都合とかだけでするものじゃないでしょう？　事情があるのならともかく……。

今朝、何かを諦めたような遠い目でそう告げたリーリエの姿が、不意に脳裏に蘇った。

彼女は親の勧める見合い相手にこそ面識も未練もなかったようだが、やけに寂しそうだった横顔が、今さらながら気にかかる。

あの時のヴェンツェルときたら、リーリエを自分のところに引き留めることだけで、頭がいっぱいだった。

本当に、身勝手で無神経だ。

（もしかして、リーリエは……）

誰かを好きになり、この人とならずっと一緒にいたいと思った経験があるのだろうか？

リーリエの父は娘想いで話のわかりそうな人なのに、自分の望む結婚を切り出さなかったのは、彼女の言うところの『事情』があったのかもしれない。

顔から血の気が引いていくのを感じた。

リーリエは最終的にヴェンツェルの提案に乗ったが、思えばほとんど自棄になったみたいな雰囲気もあった。

そのことに今まで、気づかないふりをしていただけだ。

『何か、早速自分の行いに悪い心当たりがあるのか？』

急に黙ったヴェンツェルに、ギーテが疑わしそうに問いかけた。

「……別に、なんでもない」

上手く答えられないまま背筋に冷や汗が伝う。

『なぁ、ヴェンツェル』

ギーテの声が、幾分か柔らかいものになった。

『正直に言えば、お前がリーリエ君に全てを話していない以上、この結婚を素直に祝福していいのか判断しかねている。だが……お前が彼女に愛を抱いたことは、喜ばしく思っているんだ』

「僕が、彼女に愛を？」

思わず目を瞬かせた。

『そうでなければお前みたいな男が、結婚してまで彼女を自分のもとに留めたいとは思わないだろう。それに傍《はた》から見ても、段々とお前がリーリエ君を特別視し始めていたのは明らかだったからな』

「特別視って……」

やっぱり理解しがたく、ヴェンツェルは首を傾げた。

「リーリエは大好きで、離れて欲しくないのも確かだよ。でも、誰かを愛するなんて、好きなのとどう違うのかわからない。彼女に会うよりもっと昔から、僕はアイスとフランが大好きで、ギーテさんも……まぁまぁ好きだよ。それだって愛になるわけ？」

『なるほど。俺も、まぁまぁは好かれていたのか』

なぜか、ギーテは愉快そうに笑いだした。

「すぐにお説教しなきゃ、もう少し好きになるかもね」

『教えてやろう、ヴェンツェル。必要な時には褒め、必要な時には叱るのが、分別のある後見人というものだ』

遠くにいるギーテの姿は見えないけれど、長い付き合いのせいか、彼がニカリと笑っているのが目に浮かんだ。

「それじゃ、分別のある後見人さんに質問。僕が、これから彼女にどう接するのが一番だと思ってる？」

『そうだな、ひとまずは陛下への謁見を済ませて正式に彼女と婚約し、もう少しお前は、今の件をよく考えてみるといい』

「わかった」

『ちなみに、お前が結婚式で生涯の愛を誓った後、彼女に愛想を尽かされて捨てられても、自身で約束を破ったことにはならんだろう。少なくとも、使い魔の身は安全なのだから、その時は安心して捨てられろ』

「ちょ……ギーテさん⁉」

『結婚とはそう簡単なものではない。女性に形式だけの結婚を持ちかける身勝手な男は、常に『離縁』の言葉を胸に刻んでおけ』

それだけ言うと、ギーテは魔法の通信を切ってしまった。

しばし呆然としてから、応える者はいないと承知で、疑問を呟く。

「リーリエは……本当は、誰と結婚したかったのかな」

明るく人当たりの良いリーリエは、王都でも知り合いが大勢できたようだ。

商店街で馴染《なじ》みの店員とか、顔見知りの常連客とか……楽しそうに語ってくれる彼女の話には、色んな人の名前が出てくる。

でも、ヴェンツェルは彼女の交友関係について、自分から何か質問をしたこともなければ、実際に会っているところを目にしたこともない。

アイスとフランは、リーリエについて商店街へ買い物に行くのが大好きだけれど、ヴェンツェルは会議など必要最低限でしか、彼女とは出かけないよう努めていた。

決して、リーリエと出かけるのが嫌だというわけではない。

単にヴェンツェルは、もう誰であっても必要以上に近づきたくない。うっかり心を許し、万が一にでも裏切られて痛い目に遭うのが嫌なのだ。

だから、あえて最初から他人と一定の距離を取るようにしている。

誰に傷つけられようと、こちらが傷つけようと。捨てても、捨てられても。その相手を遠い距離に感じれば、痛みは薄くて忘れやすい。

だからギーテのように仕方のない相手を除けば、誰にでも適度に愛想よく最低限だけ接して、深く関わらないようにしてきた。

だけど……。

「いや……誰だろうと、関係ないよ。リーリエは誰にも渡さない」

ごく自然にそんな独り言が零れ、驚くと同時に気づいた。

リーリエが退職を願い出た時だって、家事をする人材が欲しいだけなら、他を探したってよかったはずだ。この広い国に、有能な人間なら大勢いる。

本当に困ると思って嫌だったのは、リーリエがいなくなることだ。

「う、わぁ……」

意識した途端、急激に顔が熱くなって、心臓がドクドク鳴りだした。

三年間も同じ家に暮らしていて、今さら、こんなことを思うのは頭がおかしいのかもしれない。

でも、手放したくないほど好きだと意識したら、やっと気づいたのだ。

「……リーリエって、凄く可愛い」

頭を抱え、今しがた気づいたことをぼそりと呟いた。

彼女は、とてつもなく魅力的な女の子だ。

まず、ヴェンツェルに変な理想を抱きもせず、三年も付き合える時点で、相当に慈愛に満ちた精神なのは間違いない。

顔が良いのは以前から知っていたが、美人にも様々な種類がある中で、ヴェンツェルは可憐《かれん》な彼女の顔立ちが一番好みだと思う。

それから意外と怖がりらしく、以前に商店街の催しで怪談話を聞いてしまったとかで、仮にも悪魔であるアイスとフランを抱き締めて帰ってきたのも可愛かったし……。

改めて、彼女の好きだと思うところを数え上げていると、背後の扉がいきなり大きな音を立てて開いた。

「ヴェンツェル～！　リーリエがお昼にミートパイを作ってくれるって」

「挽《ひ》き肉を買いに行くので、僕たちもお肉屋さんについていきます」

リーリエが残ることが決まり、よほど嬉しいのだろう。

これ以上ないほど上機嫌なアイスとフランが、スキップしながら部屋へ飛び込んできたが、二人は顔を赤くして硬直しているヴェンツェルを見て首を傾げた。

「あれ？　ヴェンツェル、なんか顔が赤いけど……」

「本当ですね。珍しい。熱でもあるんですか？」

「そ、そうじゃない。元気だよ。ただ、リーリエのことをちょっと考えていたら……それより、帽子と上着を取りに来たんだろう？」

リーリエのことを考えて赤面していたのがなんだか妙に気恥ずかしく、目を泳がせて二人の視線を避けた。

使い魔は人間と契約中、相手の影に住み着いているので、ある程度の私物もその中に持ち込む。

「そうそう。お出かけの準備をしに来たんです」

アイスが言い、フランとともに素早く影に飛び込むと、すぐに外出用の身支度を終えて出てきた。

二人は、色違いで仕立てた頭をすっぽり覆う帽子と、丈の長い初夏用の薄い上着に、ポシェットを片掛けして出てくる。

揃いの帽子と上着は、リーリエが二人に作ってあげた力作だ。

彼女は裁縫も得意だし、末っ子だったので弟が欲しかったと言い、使い魔コンビが人目を気にせず一緒に外出できるよう工夫を凝らした服を、しょっちゅう制作している。

この装いも角や尻尾をごく自然に隠しており、二人は可愛い普通の男の子にしか見えない。

加えて、彼らの外出着には全て、ヴェンツェルがちょっとした魔法をかけていた。

屋敷の結界魔法を応用したもので、二人の正体を知らない人には、極端に印象をぼやけさせる効果がある。

何年も成長しない姿を見ていても、世間で有名になっている名前を呼び合うのを聞いていても、ヴェンツェルの使い魔だと気づくことはない。

しかし、支度ができたというのに、二人はじーっとヴェンツェルを眺めて動こうとしない。

まだ顔が赤いのかと気になり、頬を手で擦《こす》った。とにかく今は一人になりたい。

「早くしないと、リーリエが待っているんじゃない？」

遠回しに早く行けとせっつくと、二人は無言で頷き合い、ふふっと意味深な笑みをヴェンツェルに向けた。

「ヴェンツェルもリーリエを好きになって、そういうことに興味が出てきたんだね～」

「人間の成人男性だったら、正常な生理現象みたいですよ。邪魔しちゃいましたね」

「……は？」

明らかに、自慰の最中だったとでも誤解されたらしい。

二人は人間姿での見かけこそずっと子どもでも、ヴェンツェルを赤ん坊から育てたくらいには大人なのだ。

そそくさと出ていこうとした二人を、慌てて摑んで引き留めた。

「言っておくけれど、彼女をネタにして性的なこととか、考えてないからね。リーリエが好きなのは違いないけど、凄く良い匂いがするとか、気がついただけだよ」

必死に言い訳をするも、アイスとフランのニヤニヤは止まらない。

「そういうことにしておくね」

「それから、さっきの気持ち悪いセリフ、リーリエの前では言っちゃ駄目ですよ」

言いたいことを言い、キャッキャと笑いながら二人が出ていくと、ヴェンツェルはぐったりと椅子の背にもたれた。

「まったく、勝手に変な想像しないで欲しいな。いや……リーリエとなら、確かにしたくないわけじゃないけど……」

実際、リーリエには離れて欲しくないし、なんならもっと近づきたい気さえするのも確かだ。

あの綺麗な髪に触れて、しなやかな身体を抱き締めてみたい。

女性を抱きたいと思ったことは一度もなかったのに、リーリエを抱けたらどんなに幸せだろうか……と、つい夢想しかけてハッとした。

普通なら、結婚した男女は堂々と身体の関係を持てるのだろうが、自分たちの場合は別だ。リーリエがヴェンツェルにある程度の好意を持ってくれているといっても、別に結婚したかったわけではない。

だからこそ単なる親しい相手への好意と恋愛感情は別のものだから、気にしないでくれと、父親から通信魔法の返信が来た時に必死で言っていたのだろう。

ただでさえ強引に結婚を承諾させたのだ。リーリエにこれ以上、呆れられるようなことを迫ったら、今度こそ本気で愛想を尽かされかねない。

ギーテの厳しい忠告を思い出し、ヴェンツェルはブルッと悪寒に身を震わせた。

これ以上の失敗は、絶対にしないよう心がけなければ。

口煩いと腹が立つ時もあるが、気の合う世話係がいずれ見つかると勧められていたように、リーリエと出会えたのも彼のお節介があってこそだ。

なんだかんだ言ってギーテの意見は正しい場合が多く、ヴェンツェルを思いやってくれている。

（……おまけにギーテさんは既婚者で、奥さんとも凄く仲が良いしなぁ）

子どもの頃、ギーテの屋敷でしばらく世話になったが、歪《いびつ》な育ち方をしたヴェンツェルにも理解できるほど幸せそうな夫婦だった。

自分には無縁な幸せだと思っていたが……もし、その幸せが自分にも掴めるなら、なんでもする。

ヴェンツェルは再びギーテに遠方会話魔法をかけ、もう少し詳しく助言を求めることにした。

2　謁見とその他諸々

ギーテが訪ねてきたのは、リーリエの退職騒動ぎが起きた、翌日の午後だった。

「すみません。ヴェンツェルさんたちは昨日の昼過ぎから出かけたきり、まだ帰ってこないんです。ギーテ長官がいらっしゃるのは承知なので、すぐに戻ると思いますが……」

一人で留守番をしていたリーリエは、ギーテを応接室に案内しながら、肝心のヴェンツェルの不在を告げた。

彼は昨日、お昼のミートパイを猛烈な勢いで食べ終えると、ギーテが翌日に訪問することをリーリエに告げ、それまでには戻ると慌ただしく出かけたのだ。

詳しくは言えないがとても大切な用事だとかで、アイスとフランもついていった。

「構わんよ。リーリエ君と二人で話したいこともあったので、ちょうどよかった」

ギーテは言い、リーリエがお茶と手製のクッキーを出して向かいに座ると、神妙な面持ちで切り出した。

「結婚おめでとう……と、素直に言いたいところだが、ヴェンツェルから一通りの事情は聞かせてもらった」

溜息交じりに言われ、リーリエは背筋に冷や汗が伝うのを感じた。

「不謹慎だと思われましたら、申し訳ありません」

ギーテは貴族にしては珍しく恋愛結婚を貫き、愛妻家でオシドリ夫婦として有名だ。

そんな彼だから、日頃は柔軟な考え方をする大らかな人とはいえ、一見、両者の打算だけで決めたこの結婚を不快に思っても無理はない。

「責めるつもりは毛先ほどもない。ただ、ヴェンツェルはどうも人との関わりについて不器用なところがある。聞けば、リーリエ君は見合いをする予定だったのを、かなり強引に求婚されたようではないか」

ギーテが一度言葉を切り、真剣な目でリーリエを見る。

「一時の勢いに流されてしまっただけならば、今のうちに求婚を拒否した方が互いのためだ。できる限り相談に乗るので、君の率直な意見を聞かせて欲しい」

口調は穏やかだが視線は鋭く、不安定な自分の心を見透かされたようで、リーリエは一瞬言葉を詰まらせた。

このまま一生、好きな人の傍で本当の想いを隠したまま暮らすのは辛《つら》いと、嘆く自分が心の中にいる。

一方で、今まで彼のもとを去った数多い世話係の一人となり、いつかヴェンツェルにすっかり忘れられてしまうよりマシじゃないかと主張する自分もいる。

相反する気持ちは、昨日から数えきれないほどリーリエの中で戦い続けているが、結局はいつも後者が勝つのだ。

「その……最初は驚きましたが、お話を受けてよかったと思います。父に勧められていた見合いは、嫁ぎ遅れだと故郷での外聞が悪いという、それこそ周りに流されて決めようとしたものですから」

「そうか……」

「無理に故郷で見合い結婚をするよりも、私はここでの生活を続ける方が幸せになれそうです。ヴェンツェルさんもそれを望んでくれたのなら、利害の一致というものですね」

ニコリと微笑んで話を締めくくると、ギーテの表情が和らいだ。

「リーリエ君もそう言うのならば、俺がこれ以上口を挟むことはあるまい。……改めて、婚約おめでとう」

「ありがとうございます」

「ところで、謁見についてヴェンツェルから聞いているかな？　陛下にお話ししたところ、早速だが、謁見は二日後の午前中にと決まった」

「はい……」

ギクリと、リーリエは緊張に身を強張《こわば》らせた。

ヴェンツェルから昨日、どうも国王陛下に婚約報告の謁見をしなくてはいけないらしいと聞き、卒倒しそうになった。

王宮魔法士団の定例会議が毎月あるので、この三年間で王宮にもだいぶ慣れた。

でも、まさか自分みたいな庶民娘が、『婚約しました』なんて物凄く個人的な用件で、国王陛下に謁見する日が来るとは思いもしなかった。

しかも、二日後とはまた早急である。

「そう緊張しなくてもいい。陛下にお会いしたことくらいあるだろう」

リーリエの引き攣った顔を見て、ギーテが噴き出した。

「そ、そうですけど……式典の時に遠目に拝見するくらいで……」

「詳細はヴェンツェルが戻ってから説明するが、簡単に言えば、陛下にお辞儀をして祝福のお言葉をいただくだけの、短い謁見だ。リーリエ君も、ここに来てから基本的な作法は身につけたのだから、問題なくこなせるはずだ」

朗らかな笑顔で説明されると、そこまで身構えなくてもいいかと思えてくる。

それに、故郷では正装ドレスなんて縁のない生活をしていたけれど、ヴェンツェルと王宮を訪れる機会もあるのだからと、ギーテに基本の立ち居振る舞いを一通り教えてもらっておいて助かった。

「はい。失礼のないよう気をつけます」

随分と気が楽になって微笑むと、ギーテが満足そうに頷いた。

「それから謁見用の正装ドレスだが、時間もないので候補をこちらでいくつか見繕っておいた。当日、朝早くに王宮で身支度を整えるよう手配しておく」

「いつも、ありがとうございます」

リーリエは感謝を込めて深々と頭を下げた。

王宮魔法士団の定例会議なら、無駄に着飾る必要もない。王宮を歩くのに見苦しい服装でなければよく、こざっぱりしたワンピースなどで十分だ。

ただ、式典などの場に同行する時はそうもいかない。

一応は世話係という使用人なのだから、侍女服でヴェンツェルの後ろに控えれば十分だと思うが、リーリエを従えているみたいで嫌だと彼に拒否された。

しかし、ドレスも宝飾品も好きなだけ用意すると言われたところで、複雑な衣装の着つけや髪結いは、他人の手を借りなければとてもできない。宝飾品もこまめに磨く必要があり、洗濯も保管も手間がかかる。

困ってギーテに相談したところ、ドレスや装飾品は普段から王宮で保管して、必要な時に着替えられるように手配してくれたのだ。

「いや、こちらこそ礼を言わなくては。リーリエ君のおかげで、ヴェンツェルは見違えるように生き生きとして、幸せそうに暮らしているんだからな」

そう言って目を細めたギーテは、とても嬉しそうに見えた。

彼は、静かな場所で暮らしたいというヴェンツェルの望みを却下し、王都に留まるよう命じていることに、かなり引け目を感じているようだ。

自分はヴェンツェルを道具のように利用しているから、嫌われても仕方ないのだと、何かの折に寂しそうに零した時がある。

でもリーリエが見る限り、ギーテは精一杯ヴェンツェルへ愛情を込めて接しているし、ヴェンツェルの方もなんだかんだ反抗しつつ彼を慕っているはずだ。

そんなことを思った時、玄関の方からドタバタと賑やかな音が響いた。

「遅くなってごめん！　買い物に手間取った！」

応接室に駆け込んできたヴェンツェルは、家を出た時のまま、旅装用のマントを身につけ頑丈なブーツを履いていた。

「どこに買い物に行ってきたんだ？　まるで戦場か危険地帯にでも行ってきたような格好だぞ」

ギーテが怪訝そうに首を傾げ、リーリエも疑問に思っていた点を尋ねる。

「ちょっと、近くの地底湖までね。買い物はその帰りにしたんだ。それより……」

ヴェンツェルが、とっておきのサプライズを用意した子どもみたいに、へヘッと得意そうに笑った。

「アイス、フラン！　婚約記念のプレゼントを出してよ！」

彼が床に映った自分の影に声をかける。

「婚約記念の、プレゼント……？」

ヴェンツェルの口から出るとは到底思えない単語に耳を疑っていると、彼の影がグニャリと歪んだ。

「はーい！」

アイスとフランが、何かまばゆく光る大きなものを抱えて影から飛び出すと、煌《きら》めく虹色の光が部屋中に散乱する。

眩《まぶ》しさから反射的に目を閉じたリーリエは、ゆっくりと瞼《まぶた》を開けて驚愕した。

「え……それ、もしかして……」

使い魔コンビが両腕で高々と抱え上げているのは、子どもくらいの体長がある、虹色の巨大な魚だった。

色とりどりな半透明の鱗は、一枚一枚が分厚く硬質で、まるで全身が宝石の塊のように見える。

「七色宝石魚《なないろほうせきうお》だよ。婚約した女性には、宝石や綺麗な服を贈ると喜ばれるって、ギーテさんが教えてくれたんだ」

ヴェンツェルが使い魔たちから宝石魚を受け取り、リーリエに差し出した。

唖然《あぜん》として、リーリエは七色のまばゆい魚を眺める。

この魚の無傷な鱗は、同じ色をした最上級の宝石よりも希少とされるそうだ。

ただ、警戒心が強く獰猛《どうもう》なので捕まえるのには困難を極め、やっとの思いで獲《と》っても、大抵は肝心の鱗をほとんどボロボロにしてしまうとも聞いた。

だが、目の前にある魚に目立った傷はなく、目も眩《くら》まんばかりの鱗は燦然《さんぜん》と輝いている。そして……はっきり言って、結構生臭い。

「どんな宝石にするか悩んだけど、どうせならリーリエがあっと驚くようなものを贈りたいなと思って、これにしたんだ」

「え、ええと……」

満面の笑みを浮かべるヴェンツェルに対し、リーリエは思い切り顔を引き攣らせた。

驚かせる目的なら、確かに大成功だ。

あまりの驚きに頭が混乱して、今の状況にどう言えばいいのかわからない。

確かに、とてつもなく高価な贈り物であるのには間違いない。間違いない……のだが……。

「こら。リーリエ君にいきなりこれを丸ごと贈っても、困らせるだけだろうが。あと、生臭くてかなわんから、とりあえず冷凍保存の魔法をかけておけ」

ギーテが横から、ヴェンツェルの頭にゴスっと手刀を入れるとともに、これ以上ない的確なツッコミを入れてくれた。

「えっ⁉　これ、駄目だった⁉」

「宝石って、高価なほどいいのでしょう⁉」

「だから言ったじゃん！　やっぱり宝石魚より、食べて美味しい魚の方がよかったんだよ！」

ギョッとしたようにヴェンツェルとアイスが目を剝き、フランが口を尖らせる。

やっと驚愕の硬直から解けたリーリエは、申し訳なく思いつつも、ゆるゆると首を横に振った。

「せっかく用意してくれたのに、ごめんなさい。私には高価すぎて不釣り合いというか……」

どれほど高価なものだろうと、リーリエにはせいぜい、保冷庫に入れて眺めるくらいしかできそうにない。おまけに、あんなに大きな魚を保冷庫に置いては、肝心の食料が入れられなくて困る。

まさに、無用の長物である。

「困らせるつもりじゃなかったんだけど……ごめん」

ヴェンツェルがショボンと肩を落とし、呪文を唱えた。

彼の手からキラキラした霜が降って魚が凍りつき、カチコチになったそれを使い魔たちが、ヴェンツェルの影の中に投げ込んだ。

普通なら床にぶつかるはずの凍った魚は、使い魔たちの手から影に触れると、するりとその中に消えていく。

「まぁ、そう落ち込むな。意気込みは十分に伝わってきたぞ」

ギーテはヴェンツェルと使い魔たちの手に浄化魔法をかけると、励ますようにニコリと笑った。

「リーリエ君が構わなければ、信頼できる宝石職人を紹介するので、あの鱗から好みの宝飾品をいくつか作ってはどうだろうか？　手間賃は残りの鱗で支払えるし、宝飾品に加工すれば嵩張《かさば》らない。普段は身につけないにしても、今後の式典出席などで使い道はあるだろう」

素晴らしい提案に、リーリエは目を輝かせて頷いた。

式典でドレスアップする機会もあるとはいえ、自分では宝石を買ったこともないから、オーダーするという発想は思いつかなかった。

「はい！　お手間をかけますが、紹介してください」

あの魚を丸ごと渡されても困るのは確かだが、ヴェンツェルはリーリエを喜ばせようと懸命に考えてくれたのだ。

その事実が何よりも嬉しくて、胸が高鳴ってしまう。

（それに、婚約の贈り物を熱心に探してくれたなんて……本当に恋愛結婚みたい）

必要だと言われたのを言葉通りに受け取らず、愛されているかもしれないと勝手に期待して、また惨敗するのは嫌だ。

だから、もう勘違いしないようにと決めたはずなのに、早速心が揺れ動き出す。

たとえギーテが婚約者に贈り物をと入れ知恵しても、ヴェンツェルは自分がそうしたいと思わなければ、あっさり『必要ないよ』で済ますだろうに。

真剣に贈り物を考えるなんて、それほど大事に思ってくれているのかと、期待したくなる。

「ヴェンツェルさん、ありがとう。本物の七色宝石魚を見たのは初めてで、凄く驚いたわ。それで、今さらだけれど、ギーテ長官が勧めてくださったように、身につけられる品に加工していいかしら？」

ドキドキしながら尋ねると、ヴェンツェルが安堵したように口元を綻ばせた。

「もちろん。リーリエにあげたくて獲ってきたんだからね」

その時、アイスがくいくいとヴェンツェルのマントを引っ張った。

「ヴェンツェル、こっちも早く渡しましょうよ」

「これは大丈夫だと思うよ」

見れば傍らにいるフランが、今度は金色のリボンをかけた平べったい紙の大箱を持っている。

ヴェンツェルが頭を掻き、気まずそうに箱を受け取ってリーリエに差し出す。

「帰るのが遅れたのは、こっちの買い物に手間取ったからなんだ。どれがリーリエに似合いそうか、悩んじゃって……でも、気に入らなかったらまた別のものを探すから、ハッキリ言って欲しい」

「ええ……まずは、開けさせてもらうわね」

受け取った紙箱の表面を見れば、富裕層に人気だと有名なドレスメーカーのものだった。

嵩張るドレスが入っていそうな箱ではないが、さっきの魚の件があるから、どんな度肝を抜くものが出てくるかわからない。

ヴェンツェルと使い魔コンビ、それにギーテが見守る中、緊張しながらリーリエはリボンを解いて箱を開いた。

「……素敵」

箱の中に入っていた夏物のワンピースを広げ、リーリエは思わず感嘆の溜息を零した。

リーリエの瞳と同じ空色の生地で仕立てられ、襟元には繊細な花模様のレースがあしらわれている。短い袖は控えめなパフスリーブで、全体的に上品ながら気取りすぎた感じはしない。

お洒落《しゃれ》な外出着といった雰囲気で、デザインも細部に至るまでリーリエの好みにピッタリ。

これをショーウィンドウで見かけていたら、きっと目が釘づけになっていただろう。

しかも聞き間違えでなければ、ヴェンツェルはリーリエに似合いそうな服を、苦労して探し回ってくれたとか……。

「ええと……気に入ってくれたってことかな？」

ぼうっとワンピースを眺めていると、ヴェンツェルに声をかけられてハッとした。

「ええ！　嬉しすぎて、夢でも見ているみたい。なんてお礼を言っていいか……」

「うむ。これはリーリエ君に似合いそうだな」

ギーテも感心したように頷き、アイスとフランは嬉しそうにハイタッチしている。

「リーリエを喜ばせたかったんだから、僕にはその反応が一番のお礼だね」

ヴェンツェルが、まるで愛おしい相手を見つめるように目を細めて微笑む。

でも、きっと彼にとっては、ただの親愛の情だけだ。

勘違いするなと自分に言い聞かせようとするも、いっそうリーリエの心臓は鼓動を激しくしていく。

（もし……ヴェンツェルさんを異性として好きだって、ちゃんと告げたら……）

彼は、今までと変わらぬ関係でいいと言ったけれど、リーリエがきちんと気持ちを告げたら、無下にしないでくれるかもしれない。

ヴェンツェルを見上げてドキドキとそんな空想に耽《ふけ》っていると、不意に彼が「あっ」と声を上げ、ギーテに振り向いた。

「言っておくけど、七色宝石魚は僕だけで獲ったからね！　規則通り、アイスとフランには道中の魔物にも一切の手出しはさせてないよ。二人には、影に魚を入れて運ぶのを手伝ってもらっただけだ」

「面白そうだから、ついていっただけですよ！」

「本当だって！」

途端に、必死な様子で弁解し始めた彼らを眺め、ギーテが溜息をついた。

「俺は、お前たちを信用している。だが、使い魔を伴って高価な獲物を狩ったと世間に知られれば、使い魔に関する法を破ったと邪推されるのも当然だ。今後は気をつけるように」

「はーい」

ヴェンツェルとアイスとフランが、三人揃って、少々不貞腐れたような返事をした。

注意されて反省しているような返事にはあまり聞こえないが、彼らの心境を思うと、リーリエは先ほどの浮かれた気分も吹き飛んで胸が苦しくなる。

バーデンエルンの法律で、使い魔が戦闘を行っていいのは、国の有事に関することだけと定められている。

魔法使いは、召喚した使い魔に自分の魔力を与え、引き換えにある程度の命令や行動の制限をすることができる。

しかし、悪魔というのはそもそも人間を見下している者が多く、アイスやフランのように契約者と家族同然に暮らす方が珍しいそうだ。

喧嘩《けんか》をして使い魔契約の解消をするだけならともかく、命令をわざと曲解して契約者を困らせたり、時には殺してしまうこともある。

自分が召喚した使い魔を扱いきれず、周囲に甚大な被害を及ぼしてしまった事件は、昔からいくつも起きた。

やがて、悪魔召喚と使い魔の所持は国の許可と登録が義務づけられ、一般的な狩りを含めた私用での戦いに用いるのは一切禁じられるようになったのだ。

苦労して悪魔と契約を交わしても、私用に使えないのでは意味がない。

そのために、内密に悪魔召喚をして、違法に使い魔を所持する者もいるようだが、現在の国内で正式に使い魔を所持しているのはヴェンツェルだけだ。

そして彼は、アイスとフランを自分のために利用しようなんて絶対に思っていないが、影の国では自由に狩りを楽しんでいた彼らに、ここでは法で窮屈な思いをさせていると気に病んでいる。

「あ、あの！　ギーテ長官、そろそろ謁見の詳細を伺ってもよろしいでしょうか？」

空気を変えようと、リーリエはパンと手を叩いて声を上げた。

「ああ、そうだったな」

「じゃ、僕たちはこれで失礼します」

「おやつもらってくね！」

ギーテが長椅子に再び腰を降ろし、使い魔コンビはテーブルの皿からクッキーを両手に持てるだけ持つと、さっさとヴェンツェルの影に入る。

そしてリーリエはヴェンツェルと、二日後の謁見について、真剣に話を聞き始めた。


――二日後。

リーリエは正装ドレスに身を包み、宮廷服の上に王宮魔法士団のローブを羽織ったヴェンツェルと、謁見に赴いた。

バーデンエルンの王宮は、灰色の石材で造られた堅牢《けんそう》で巨大な建造物だ。

広大な敷地内にはいくつもの別棟があり、中心にそびえる一際高い本殿が、王の住まいと政務の場になっている。

その中で、最も高貴な場所とされるのが玉座の間——国王が謁見を執り行う広間である。縦に長い玉座の間は、壁からアーチ型の高い天井まで白と金で統一され、等間隔に並ぶ天窓から陽の光が降り注ぐ。

奥の玉座は少し高い位置にあり、扉から続く長い深緑のカーペットは、玉座の手前の階段から深紅のものに分かれている。

深紅のカーペットを踏めるのは、玉座の主のみというわけだ。

広間の両脇に並び立つ近衛《このえ》兵の間を、リーリエはヴェンツェルにエスコートされて歩き、深緑のカーペットの端で足を止める。

ヴェンツェルが膝を折ってお辞儀をするのに合わせ、スカートを引いて深く腰を屈めた。窓から差し込む初夏の日差しを反射し、光沢のある絹地がキラリと輝く。

ギーテが用意してくれた謁見用のドレスは、ライムグリーンの絹地にレースとリボンが品よく飾りつけられた、夢のように美しいものだった。

今朝は早くから王宮に赴き、式典の時などにいつも身支度を助けてくれる腕利きの侍女にドレスの着替えや髪結い、化粧などを一通りしてもらった。

ドレスは華やかでも窮屈だから、普段からこうした装いをしたいとは思わない。でも、たまにドレスアップする非日常感はワクワクして結構好きだし、馴染みの年配侍女も気さくで優しい人だ。身支度をしながら彼女とお喋りするのは楽しい。

しかも、ヴェンツェルと婚約したので陛下に謁見すると聞いた彼女は、特に気合を入れて髪型や化粧を凝ってくれた。

そのせいか、身支度を終えたリーリエを見たヴェンツェルは、予想外の反応を示した。

一瞬目を見開いて微動だにしなくなったかと思うと、一気に顔を輝かせて、リーリエの周りをグルグル回って色んな角度から眺め始めたあげく、『いつものリーリエも可愛いけど、こういう綺麗な感じも好きだな』と言ってくれたのだ。

彼は普段から、女性の外見について褒めも貶《けな》しも一切しない。

リーリエに対してもそれは同じだったから、予想外の褒め言葉に驚き、舞い上がりそうになった。きっと、七色宝石魚やワンピースの時と同じく『婚約者はなるべく褒めておくように』とでもギーテにアドバイスされたのだろうが、単純な自分は褒められればやっぱり嬉しくなる。

「面を上げよ。立つことを許可する」

落ち着いた威厳のある男性の声が広間に凛《りん》と響き、リーリエは顔を上げて姿勢を正した。

隣でヴェンツェルも立ち上がり、端整な顔から一切の表情を消して、玉座を真っ直ぐに見上げる。

バーデンエルンの国王ユストゥスは、壮年に差しかかる男性だ。

母親の身分が低かったので、若くして即位したものの国内貴族の反発が強く、苦労も多かったと聞く。

だが、毛皮の縁取りのついた王の衣装を身につけ頭に冠を戴《いただ》いた姿は貫禄《かんろく》と風格に満ち、そんな過去を微塵《みじん》も感じさせない。

文武に優れ、時には苛酷な決断も容赦なく行う厳しさを持ちながら、使用人にも気さくに接する一面もあるというユストゥス陛下は、今や貴族から庶民にまで幅広く名君と慕われている。

「ヴェンツェル、お主が婚約すると聞いて驚いたぞ。実に喜ばしく思う」

「ありがたきお言葉に、感謝いたします」

上機嫌な様子で発せられた国王の言葉に、ヴェンツェルは胸に手を当てて粛々と答えた。

王宮魔法士団のローブの下に、クラヴァットと胴着を合わせた優美なデザインの宮廷服を着た彼は、元の美貌がいっそう際立っている。

ギーテに叩き込まれたという宮廷作法も完璧で、どこかの王子様と言われても納得してしまいそうだ。

「うむ。それで、ヴェンツェルの伴侶となるのは、そなたに違いないのだな」

国王の視線がこちらに移り、リーリエはさっと頭を垂れて身を屈める。

「はい。リーリエ・シュベルトにございます」

緊張で声が上擦りそうになるのを堪え、お辞儀をして名乗ると、国王が快活に笑って拍手をした。

「そなたは美しいうえに、秘書としても有能だそうだな。これからも、ヴェンツェルを公私ともに支えてやって欲しい」

玉座の間には近衛兵だけでなく、貴族の廷臣も何人か控えている。

血筋や家柄を重視する彼らの前で、リーリエを『秘書』と改まった表現で示してくれたのは、ユストゥス陛下の気遣いだろう。

「不肖の身ながら、精一杯尽くさせていただく所存にございます」

リーリエが返礼を述べると、国王は再びヴェンツェルへと視線を移した。

「幼かったそなたと初めて会った時のことは、今でも昨日のように覚えている。そなたに婚約報告をされる日が来るとは……よく成長したな」

若干皺《しわ》の寄った目元が、感慨深そうに細められる。

（そういえば、ヴェンツェルさんの子ども時代を知っている人間は、陛下とギーテさんくらいだそうね……）

気のせいかもしれないが、ユストゥス陛下の『成長したな』という声音は、特に優しく聞こえた。

ヴェンツェルが大人になり結婚することを喜ぶ以上に、何かもっと深い意味があるように思える。

「身寄りのなかった私に目をかけ、生きる場所を与えてくださった陛下への御恩は、忘れません」

一方で、ヴェンツェルは粛々と答えてはいたが、よく見れば僅かに照れ臭そうで、いささか居心地が悪いという様子だ。

いつもは相手の身分や性別を問わず、誰にお世辞や辛辣な嫌みを言われても、基本的には平然と作り笑いを返すだけなのに。

ヴェンツェルが極稀《まれ》にこうした反応を示すのは、リーリエが知る限りでは他に、ギーテに何か褒められたり嬉しいことを言われたりした時だ。

ヴェンツェルは未だ、王宮に勤めるよう命じられている件に関しては、ユストゥス陛下とギーテに腹を立てているそうだ。

それでも、子ども時代から世話になった恩人には違いないと、複雑な思いもあるのだろう。

ユストゥス陛下もそれを承知なのか、いっそう笑みを深めると、手を一振りした。

謁見が終わったという合図だ。

リーリエはヴェンツェルと一礼をし、深緑のカーペットの上を、来た時のようにしずしずと歩いて退室した。


(――はぁ、緊張した……)

玉座の間を出て少し通路を歩き、人気《ひとけ》のない場所まで歩くと、もう限界だった。

リーリエは壁にもたれ、ドクドク鳴る胸元を押さえて、大きく肩で息をする。

謁見は僅か数分だったのに、何時間にも感じられた。

緊張が解けた反動《ほど》により、顔は青褪めてスカートの下では足がガクガクしている。

しかし、謁見が滞りなく済んでホッとする。

後はギーテに報告をして、着替えて家に帰るだけだ。

「大丈夫?」

不意に、ヴェンツェルに顔を覗き込まれたかと思うと、あっという間に、リーリエは彼に横抱きにされていた。

「えっ!?」

「具合が悪くなったなら、医務室に連れていくよ」

「すっ、少し緊張しただけよ。だから、あの……」

床とヴェンツェルを交互に眺め、降ろして欲しいと目線で訴える。

たまたま人目がなかったとはいえ、王宮には大勢の人がいる。

大怪我をしているわけでもないのに、大袈裟に抱きかかえられる姿を、うっかり誰かに見られたら恥ずかしい。

人の手を借りるのに慣れている身分ではないし、家族以外の男性と手を繋いだこともないのだ。

アイスとフランとはしょっちゅう繋いでいるが、彼らは弟枠なので別である。

「そっか……」

心なしか残念そうな雰囲気で、ヴェンツェルはリーリエを丁寧に降ろす。

「あ、でも……心配してくれたのは嬉しいわ。ありがとう」

慌ててフォローを入れると、ヴェンツェルがパッと顔を輝かせた。

「当然だよ。僕には、リーリエが必要なんだから」

婚約を受け入れた時と同じような言葉に、またツキリと胸が痛んだ。しかも、前よりもずっと痛くて辛い。

リーリエが本当に欲しい評価は『必要だから傍にいてくれないと困る』ではなく『愛しているから傍にいて欲しい』というものだ。

親愛だって、一つの愛の形ではないか。一緒にいるのを求められるだけで満足しろと、自分を諭そうとしているのだけれど上手くいかない。

先日ヴェンツェルが婚約記念の贈り物をと張り切ってくれたのは、困った部分もあったとはいえ、凄く嬉しかった。

今日だって、正装した姿を綺麗だなんて言われて、密かに有頂天になった。

だから、彼が少しずつリーリエを特別に想い始めてくれたのかもしれないと、いやおうなしに期待が膨らんでしまうのだ。

そんなリーリエの思いも知らず、ヴェンツェルは目を細めて眩しそうにこちらを見つめている。

順調に事が進んで嬉しいのはわかるが、そんなに幸せそうな顔をされると、まるで本当に愛する相手を見つめているみたいに思えてしまうではないか。

「ところで、ギーテ長官も報告を待っているでしょうから、謁見が無事に終わったと早く言いに行きましょうよ」

ヴェンツェルの視線を避けるよう、さりげなさを装ってリーリエはギーテとの待ち合わせ場所へ行く方向へと顔を逸《そ》らした。


本殿からギーテの執務室がある二番棟に行くには、屋根つきの回廊を使った方が早いが、白い砂利道が敷かれた美しい庭を通っていくことも可能だ。

今日は天気も良く、外の空気を吸って謁見の緊張を解したいので、リーリエは庭を通っていこうとヴェンツェルに提案する。

「よく晴れてるなぁ」

庭に出たヴェンツェルが片腕で顔を覆い、雲一つない空を仰いだ。

「本当に、気持ちの良い天気ね」

よく晴れた青空に、リーリエは目を細める。

今年は気候が良いせいか、庭の草木はいっそう青々としているような気がした。季節の花も美しく咲き乱れ、かぐわしい香りに惹《ひ》かれて蝶《ちょう》が飛び回っている。

今朝はまだ薄暗い早朝に王宮を訪れたのだが、身支度をして謁見の順番を待つ間に、陽はすっかり高く昇った。

眩しい太陽の光に目を細めるヴェンツェルの横顔は、相変わらずドキリとするほどに綺麗だ。

(これで、人に対する興味をもっと普通に持っていたら、王都中のご令嬢が放っておかなかったでしょうね)

その場合、リーリエは世話係に雇われることも、ヴェンツェルと再会して叶わない恋をすることもなく、こうして求婚をされることも、複雑な思いに悩むこともなかっただろうが……。

「ヴェンツェル！」

張りのある女性の声が背後から響き、リーリエとヴェンツェルは振り返る。

思った通り、白い砂利道の向こうには、細身のドレスの上に王宮魔法士団のローブを羽織った若い女性が立っていた。

宝石のバレッタで留めたハシバミ色の巻き毛は手入れが行き届き、透明感のある肌もしみ一つない。切れ長の瞳に鋭い光を湛《たた》えた、全体的に華やかで勝ち気な雰囲気の漂う美女だ。

そして今、リーリエが最も会いたくないと思っていた人物でもある。

リーリエはとっさに逃げ場をキョロキョロ探したが、この距離ではごまかせない。

彼女は踵《かかと》の高い上品な靴を履いているのに、よろけもせず憤然と砂利道を足早に進み、すぐに近くまでやってきた。

「こんにちは、アルベルタ」

ヴェンツェルが振り向いて足を止め、リーリエも隣で深々とお辞儀をした。

華やかな美女――アルベルタ・ヘッセンは富裕な侯爵家の令嬢だ。

年齢はリーリエより一つ上で、現在のところ、王宮魔法士団で唯一の女性団員でもある。

先日、使い魔コンビはリーリエの故郷が古い考えだと酷評したが、王都だって独身を貫いて社会的地位を築き上げた女性なんてほんの一握りの猛者だ。

建国以来数百年の歴史を持つ王宮魔法士団も、去年の春にアルベルタが初の女性団員に任命されるまで、どれほど魔法の才に優れようとも女性というだけで入団は不可だった。

しかしアルベルタは、実力で男性に劣るか試して欲しいと国王に直訴し、非常に難解な試験に見事合格してみせたのだ。

前代未聞の快挙を成し遂げた彼女に、国中の女性が熱狂したというし、当時はリーリエもアルベルタの評判を聞いて、凄いと憧れさえ抱いた。

彼女が王宮魔法士団に入れば、毎月の定例会議で会えるのだと楽しみにしていたくらいだ。

しかし……。

「貴方が宮廷服で王宮にいるなんて何事かと思ったら、陛下に婚約の報告ですって？　結婚する気はまったくないと、以前から何度もわたくしに言っていたのは、嘘だったの!?」

挨拶を返すどころか、噛みつくように怒鳴り始めたアルベルタに、やはりこうなったかとリーリエは身を竦める。

アルベルタは魔法以外の勉学や武芸にも通じた、才気溢れる美人だ。

おまけに名のある侯爵家の一人娘で、いずれは婿をとって家督を継ぐという彼女の心を射止めんと、多くの男性が夢中になっている。

ところが、どうしてか彼女はそうした求婚者に洟《はな》も引っかけず、よりによって名誉や恋愛に欠片も興味のないヴェンツェルに、婿となって欲しいと頼み続けているのだ。

しかも、毎回あっさりと断られるのに、懲りずに顔を見れば素早く寄ってきて、考え直して自分の婿になれと誘う。そして断られて激怒し、また会えば近寄ってきて……の繰り返しだ。

フられ続けている事実を彼女がどう思っているのかはともかく、毎回傍にいて一部始終を見ているリーリエとしては、なんとなく気まずくてたまらない。

だから、アルベルタを魔法士として凄いとは思いつつ、段々と顔を合わせるのが苦手になってしまったのだ。

そのうえ、あれほど結婚したがっていたヴェンツェルが、彼女に比べれば美貌も身分もはるかに劣るリーリエと婚約したなんて知ったら、その怒りはどれほどになるか……考えたくもない。

「嘘じゃないよ。少し前まで、結婚する気なんか本当になかったからね。でもリーリエから、故郷に帰ってお見合いをしなくちゃいけないと聞いて気が変わった」

ヴェンツェルがまるで悪びれない笑みを浮かべ、リーリエを片手で示した。

「わぁぁ！　ヴェンツェルさん、詳細をお話しするのはまた後ほど……」

今日は定例会議もない日だから、よほど運が悪くなければアルベルタと遭遇することもないだろう――そう楽観的に考えていた自分を恨んだ。

慌ててヴェンツェルを止めようとしたが、遅かった。

「リーリエにはずっと傍にいて欲しいと気がついた。だから、故郷に帰ってお見合いするよりも、王都で僕と結婚して欲しいと求婚したんだよ」

「……は？」

あっけらかんと言い放ったヴェンツェルの言葉に、アルベルタがポカンと口を開けて間の抜けた声を発した。

しかし、すぐさま我に返ったらしく、リーリエに鋭い眼光をギロリと向ける。

「今の話は本当なの？」

地獄の底から響いてくるんじゃないかと思うような声に、震え上がるのを懸命に堪えて返事をした。

「求婚といっても、今までの仕事ぶりを買っていただき、退職を引き留められただけというか……話を聞いた父も賛成で、見合いは断ることになったので……」

「ふ、ふぅん」

アルベルタが、一応は納得したとばかり鷹揚《おうよう》に頷いた。

だが微笑む口元はヒクヒク僅かに震えているし、目はまったく笑っていない。

「あのさ、リーリエ……」

ヴェンツェルが少し気まずそうに何か言いかけたが、アルベルタがキッと彼を睨《にら》んで口を開いた。

「事情はわかったわ。でも、そこまでして彼女を引き留める必要があるの？　わたくしと結婚すれば人脈は大幅に広がるわよ。もっと優秀な人材をいくらでも雇えるわ」

どうだ、と言わんばかりに豊かな胸を張ったアルベルタを、ヴェンツェルはキョトンと一瞬眺めたが、すぐににこやかな作り笑いを浮かべた。

「必要はあるよ。僕が結婚したいのは君じゃなくて、リーリエだからね」

「っ！」

情け容赦もなく真っ向から拒否され、アルベルタの顔が一気に引き攣る。

そんな彼女を前に、リーリエは居心地の悪さに冷や汗を滲ませた。

ヴェンツェルは、普通に当たり障りのない会話をするなら問題はない。でも、相手に対して恋愛感情はまったく持っていないし、自分には必要ない存在だと、時々遠慮の欠片もなく口に出してしまう。

彼の見た目や国の英雄という評価に惹かれた令嬢を怒らせるのは、いつだってこういうところだ。

それで大抵の令嬢は二度と話しかけてこないのに、アルベルタは違う。

彼女も毎回、ヴェンツェルの取りつく島もない対応に激怒するのだが、絶対に諦める気はないと断言してつきまとい続けているのだ。

何があったのかは知らないが、よほど彼を婿にしたいのだろう。

「じゃ、これで話も終わったことだし。リーリエ、行こうか」

「勝手に終わらせないで！」

アルベルタが、行く手を阻むようにさっと前に回り込んだ。

いつもなら、ヴェンツェルの返事に激怒して去っていくのだが、今日はリーリエとの婚約が決まったとあり、本当に引き下がる気がなさそうだ。

ヴェンツェルもそう思ったらしく、面倒臭そうに軽く肩を竦めた。

「わかった。じゃ、手短に頼むね」

「あ、相変わらず……」

相当頭に来ているらしいアルベルタは、ブルブルと全身を戦慄《わなな》かせていたが、何度か大きく深呼吸をすると、気を取り直したように姿勢を正して口を開いた。

「庶民から貴族になった貴方を、陰で馬鹿にする血統第一主義者は、王宮魔法士団の中にも少なくないわ。でも、わたくしと結婚して子どもを作れば、建国以来続く由緒正しい侯爵家に貴方の血が入るのよ。自分より実力の劣る相手に嘲られたままで、悔しくないの？」

「別に」

だいたい予想していたが、やはりヴェンツェルが興味なさそうにあっさり答える。

「不当な扱いを受けているとか、少しは気にしなさいよ！」

「そう言われても……だいたい、婚約についてあれこれ言わないで欲しいな。陛下にちゃんと謁見も済ませてきたんだから」

ヴェンツェルが宮廷服の襟元を指で摘まんで見せた。

「っ……謁見くらい、彼女と婚約破棄して、わたくしとやり直せばいいのよ！」

ブチッと、血管の切れる音が聞こえそうなほど、アルベルタが憤怒に顔を赤くした。

怒った彼女は既に見慣れていたが、ここまでの勢いは初めてで、リーリエは思わずたじろぐ。

「だいたい、契約結婚ができるのなら、わたくしの方がもっと先に……っ！」

しかし、彼女は火でも吐きそうな迫力で怒鳴りだしたが、不意にリーリエを見て口を押さえた。

ケホケホとむせ込みつつ、目を白黒させて黙る。

「アルベルタ様、どこか具合でも？」

急に様子のおかしくなった彼女に、心配になって手を差し伸べたが、鋭く睨んでパシンと手を叩かれた。

「触らないで。貴女は勤勉で身のほどを弁《わきま》えた賢明な女性だと思っていたのに、残念だわ。大人しい素振りをして、ヴェンツェルに取り入る機会をずっと狙っていたのね」

「取り入る……？」

フン、とアルベルタが軽蔑も露《あら》わに鼻を鳴らした。

「考えたら、ヴェンツェルが自分と結婚させてまでただの使用人を引き留めるなんて、変じゃない。ひょっとして貴女、結婚してくれなければ故郷で悲惨な見合い結婚を強いられるとでも、嘘をついて媚《こ》びたのではなくて？」

「どうしてそうなるのですか⁉」

仰天し、リーリエは大きく首を横に振ったが、アルベルタはいっそう口元を歪める。

「聞けば、貴女ほど長く勤めが続いた世話係は、初めてなんですってね。要領よく人に取り入る才能だけはあるみたいじゃない。計算高く媚びて結婚を迫ったと、早く白状した方がいいわよ」

「誤解です！　仮に私がそうして結婚を迫ったところで、ヴェンツェルさんがそれで了解するなんて、あり得ませんよ！　そのまま見捨てないにしても、ギーテ長官あたりに丸投げして済ませると思います！」

ヴェンツェルを指し、思わず叫んでしまった。

事実無根の非難をされて腹が立ったのもあるが、長年の付き合いだ。冗談抜きにそうなるとは容易に察せられた。

「うんうん。さすがリーリエは、僕のことをよくわかってる」

アハハ、とヴェンツェルが呑気に笑う。

だが、アルベルタは自分の考えを曲げる気はないらしく、いっそう表情に嫌悪をみなぎらせた。

「だ、だったら……貴女はわたくしより、自分がヴェンツェルに選ばれるだけの価値があると、胸を張って言えるの⁉　なんの取り柄もない、ただの田舎娘のくせに！」

次の瞬間、リーリエは自分の身に何が起こったのか理解できなかった。

「……？」

ヴェンツェルと並んでアルベルタと向き合っていたのに、気づけばリーリエは、守られるように彼の後ろにいた。

「アルベルタ。本当に不当な扱いというのはね、君が今、リーリエに対してやっているようなことだよ」

こちらに背を向けているので、ヴェンツェルの表情は見えない。

だが、彼の声は恐ろしく冷ややかで、見慣れたローブの後ろ姿が、まるで別人のように感じる。

向き合っているアルベルタの顔から、みるみるうちに血の気が引いていくのが見えた。

「君は、僕が自分の思い通りに動かないのを、彼女のせいだと一方的に決めつけ罵倒した。そのうえ、誤解だと説明をされても自分の非を認めず、さらに侮辱するなんて酷いんじゃないかな」

「で、でも……」

「僕も、自分が不愉快だと思えば気になるし、怒るんだよ。これ以上、彼女に不当な扱いをするのなら、君を敵と認定して排除にかかる」

「っ……」

アルベルタは唇を噛んで鋭くヴェンツェルを睨み、無言で踵を返した。

彼女が肩を怒らせ、そのまま砂利道を引き返して去っていくのを、リーリエは呆然と見送る。

ザクザクと砂利を蹴散らす音が遠ざかっていき、アルベルタが角を曲がって姿を消すと、ようやくヴェンツェルが振り向いた。

眉を下げて気の抜けた顔で苦笑している彼から、先ほどの恐ろしい気配はもう跡形もない。

「アルベルタは焦ると判断力が鈍りがちなのが欠点だと、ギーテさんも心配してるんだ。もう一度やるほど馬鹿な子じゃないと思うから、今回だけは大目に見てあげてくれる？」

「誤解さえやめてもらえれば、気にしないわ」

そう答えたものの、アルベルタの心境を思えば少し胸が痛んだ。

「彼女はきっと、本当にヴェンツェルさんを好きなのよ」

何度も激怒させられながら、諦めず求婚し続けた彼女は、きっと多くの令嬢のように、ヴェンツェルのうわべの評判や容姿だけに惹かれたのではないはず。

真剣な求婚を相手にされず、世話係を引き留めたいなんて理由であっさり結婚されるなど、彼女の身になればさぞショックだろう。怒りで取り乱すのも無理はない。

込み上げてくる、なんとも言えない苦い感情に任せて呟くと、ヴェンツェルが首を横に振った。

「彼女は僕を利用したいだけで、好きなわけじゃないよ」

「利用？　でも、あんなに熱心に……」

言いかけた途端、砂利の上に映った影が蠢き、アイスとフランが飛び出してきた。

「ヴェンツェル！　外に出るのを邪魔するなんて、酷いじゃないですか！」

「アイツよりリーリエの方が一億倍もいいって、言ってやりたかったのに！」

憤然と睨む使い魔コンビは、ヴェンツェルに影から出るのを阻まれていたようだ。

ちなみに、影の中にいる間は周囲の景色を見ることはできないが、音は聞こえるらしい。

「どんなに些細《ささい》な口喧嘩であれ、使い魔を用いた私闘は厳禁！　って、耳にタコができそうなほど言われているだろう？　ここでアルベルタと揉《も》めたら、三人まとめてギーテさんにお説教くらう羽目になる」

肩を竦めたヴェンツェルにそう言われると、使い魔コンビが思い切り顔を歪めて呻いた。

アイスとフランも、ギーテを嫌ってこそいないが、苦手には思っているようだ。

「わかってますよ。でも、今日はアルベルタが妙にしつこいから、つい……」

「俺だって、いつもなら我慢するけどさ」

悔しそうに口を尖らせた二人を、リーリエはしゃがんでぎゅっと抱き締めた。

「二人とも、心配してくれてありがとう」

フォルティーヌ王国との戦で、ヴェンツェルとともに活躍したアイスとフランは、その圧倒的な強さが国中に知れ渡っている。

英雄とともに戦った使い魔とはいえ、所詮は悪魔。いつ暴れだしてもおかしくないから注意しろなんて、したり顔で触れ回る人たちがいるのも事実だ。

しかし、都合のいい時だけ戦力として頼り、普段は悪口に言い返すのも許されないなんて、まるで便利な道具扱いではないか。

自分がその立場なら、どんなに悔しいか、リーリエにも容易に想像できた。

それでも、ヴェンツェルと静かに暮らせるならと大人しくしているアイスとフランは、本当に強い心を持っていると思う。

「アルベルタ様も頭に血が上っていただけでしょうけれど、はっきり問いかけてくれたおかげで、私にもアイスとフランが喜ぶ取り柄があったと思い出したわ」

ふふっと、リーリエは目を細めて二人に笑いかけた。

「そうそう！　リーリエの作るおやつは格別なんだから！」

「こっちの世界なら、使い魔は主の魔力だけでも生きていけますけど、僕たちにも楽しみは必要ですよ」

アイスとフランが顔を輝かせ、熱心に同意してくれる。

「じゃあ、今日はなんでもおやつのリクエストを聞くわよ」

リーリエが言うと、たちまち笑顔になったアイスとフランは、どの菓子をリクエストするかうきうきと語らい始める。

その様子をヴェンツェルが眺め、ホッとしたように微笑んだのが見えた。

（ああ、そうか……ヴェンツェルさんは自分のためというより、きっとアイスとフランのためだから、あんなに熱心に私を引き留めたのかも）

ヴェンツェルは日頃から、二人のためならなんでもすると公言している。

形だけの結婚をしてでも、リーリエを必死で引き留めようとするのは、アイスとフランが快適に暮らせるためにも『必要な人材』だからだ。

「ああっ、負けた！　シュークリームがー！」

「僕の勝ち！　ということで、おやつのリクエストは胡桃《くるみ》入りのケーキに決定です！」

リーリエが考え込んでいる間に、二人はおやつのリクエスト権をジャンケン勝負で決めていた。

勝利の高笑いをするアイスの横で、フランも「よく考えたら俺、胡桃ケーキも大好きなんだよな」

と、嬉しそうに尻尾をパタパタしている。

ヴェンツェルが本当に選び取ったのはリーリエではなく、使い魔と自分の幸せな暮らしなのだろうと、アルベルタに教えれば納得してくれるだろうか？

頭の隅でそんなことを考えながら、リーリエは胡桃入りケーキの材料が食料棚にあったか、記憶を辿る。

「乾燥胡桃が切れているから、帰りに買いに行かないと。付き合ってくれる？」

「はーい！」

「もちろん！」

王宮からヴェンツェルの屋敷まで、急ぐ時は馬車がありがたいけれど、馴染みの商店街でのんびり買い物をしながら帰るのも、なかなか楽しいものだ。

それに二人がいれば、重たい荷物もリーリエの影に入れてくれるので簡単に運べる。

はしゃぐ二人を微笑ましく見ていると、ヴェンツェルがやけに強張った表情で、こちらをチラチラ見ているのに気づいた。

「ヴェンツェルさん、どうかしたの？」

「僕も一緒に行きたい」

凄く緊張しているように早口で告げられ、リーリエは目を瞬かせた。

この三年というもの、ヴェンツェルは使い魔コンビにいくら誘われようと、必要以上に外出しようとはしなかった。

今日みたいに、リーリエたちが王宮からの帰りに買い物をすることになっても、賑やかな場所は苦手だと言って先に帰宅していたのだ。

アイスとフランも、やはり目を丸くしてヴェンツェルを凝視したが、すぐに笑顔で歓声を上げた。

「皆でお出かけするのは初めてね。楽しそう」

リーリエもそう言って微笑んだ。

今のアルベルタの一件があった直後だから、ヴェンツェルはまた何か起こった時に備えて、珍しく同行を申し出てくれたのかもしれない。

「じゃあ、早くギーテさんに報告を済ませちゃおう」

ヴェンツェルが嬉しそうに言い、足元の影を示す。

アイスとフランの小さな足がトンと地面を蹴り、その影に飛び込んだ。

ただ影が映っているだけのはずなのに、そこへ二人の姿が吸い込まれるように消えていくのは、何度見ても不思議な感じがする。

「リーリエ、行こう」

にこやかに促すヴェンツェルは、すっかりいつもと変わらぬ様子だ。

「ええ」

何を言われても呑気な彼を見慣れていたから、アルベルタを顔面蒼白《そうはく》にさせた時は驚いたが、考えてみれば初めて会った時にも、平然と敵の一部隊を瞬殺した人である。

ザクザクと砂利道を歩きながら、リーリエは彼との出会いを改めて思い返す。

未だにヴェンツェルには、よくわからない部分があるのは確かだ。

恩人で、相変わらず変わっていて……でも、無暗に人を傷つけるような人ではないと、それだけは知っている。

ギーテの執務室は、彼の人柄に合うどっしりと落ち着いた雰囲気の調度品で、品よく彩られている。

部屋の隅には二組の長椅子が向かい合った応接セットがあり、リーリエとヴェンツェルはその片方に並んで座るよう促される。

「ひとまず、謁見が無事に済んで何よりだ」

ギーテが嬉しそうにそう言った途端、ヴェンツェルの影から憤慨に満ちた声が響いた。

「その後が無事じゃなかったんですよ！」

「ここに来る途中、アルベルタがリーリエに酷いことを言っていじめたんだ！」

カーペットに映った影から、アイスとフランが飛び出てくる。

どうやら二人はまだ腹の虫が治まらず『上司に言いつけちゃうぞ作戦』に出たようだ。

「僕らに口喧嘩すら駄目と制約をかけるなら、他の部下もお行儀よくするよう、徹底して罰則でも与えてください！」

「そうだ、そうだ！　アルベルタのお尻を叩いてやって！」

「そ、その罰則はさすがに問題になるんじゃ……って、二人とも！　もう済んだことじゃない」

慌ててリーリエが宥めようとするも、行動を制限されている日頃の鬱憤もあってか、勢いよく二人は文句をまくしたてる。

アルベルタの言動も、声真似と寸劇までして見事に全部再現してしまった。

「……なるほど。リーリエ君には、部下の監督不行き届きで誠に申し訳なかった」

黙って一部始終を聞き終えたギーテに頭を下げられ、リーリエはいたたまれなくなる。

「ヴェンツェルさんがその場で注意してくださいましたし、私は気にしていません。ただ、アイスとフランは優しいので私を心配してしまって……」

しかし、恐縮してモゴモゴ呟くと、ギーテが首を横に振った。

「君が気にするかどうか以前に、陛下への謁見を軽視するような発言は大問題だ。彼女のためにも厳重に注意をしておくので、この件は俺に任せて欲しい」

「かしこまりました」

リーリエは神妙に頷き、ヴェンツェルと使い魔コンビも「はーい」と手を挙げる。

ギーテは厳しいが、本当に部下のことを真剣に案じている。そんな人だからこそ、ヴェンツェルたちも長く付き合い続けているのだろう。

「……ところで、帰る前に少しいいだろうか。実はお前と、アイスとフランに相談したいことがある」

ギーテが苦い顔になったのを見て、ヴェンツェルが首を竦めた。

「ギーテさんがそういう顔の時は、大抵ろくでもない用件だ」

「当然だ。厄介ごとをヘラヘラ笑って話せるか」

「では、私は席を外します」

重要な話のようだから、部外者はいない方がいいだろう。

リーリエは立ち上がろうとしたが、ギーテに手を振って制された。

「リーリエ君も、公私ともにヴェンツェルの補佐をしているのだから聞いて欲しい」

そう言うとギーテは、ポケットから折りたたんだ王都の地図を取り出し、テーブルの上に広げる。

使い魔コンビは、リーリエとヴェンツェルの膝にそれぞれちょこんと乗り、皆でそれを眺めた。

地図には、貴族や大商人といった富裕層の屋敷が並ぶ地区を中心に、赤いインクでいくつか丸が書き込まれている。

「違法に使い魔を所持し、詐欺行為を行っている輩《やから》がいたと、数日前に発覚した」

眉間に深い皺を寄せ、ギーテは地図を示して詳細を語り始めた。

巷《ちまた》ではここ最近、奇妙な事件が起きていた。

ある日突然、誰もいないのに花瓶が叩き割られたり、扉や窓が何度閉めても勝手に開いたり……

まるで、姿の見えない幽霊に家を荒らされているような現象が起きていたらしい。

赤い丸がついた場所は、いずれもその事件が起きた屋敷を示していた。

ちなみに被害者たちは特に交流もなく、目立った共通点も、金持ちというくらいしかないそうだ。

そして屋敷の住人が困っていると、異国の祈禱《きとう》師だと名乗る男が訪ねてくる。

故郷に伝わる呪いの気配を感じたと男は言い、これは屋敷の人間に強い恨みを持つ者が、呪術師を雇って呪いをかけているせいだと断言する。

普通は呪術師を倒さねばならないが、自分なら相手が誰かわからなくても呪いを防げると男は言い、見返りに多額の謝礼を要求するのだ。

社交界に生きる富裕層は、醜聞が広まるのを何よりも恐れる。

恨まれて呪いをかけられたなど外聞が悪いと、どの家も教会や王宮魔法士団に相談するより、胡散臭い見知らぬ男に大金を渡して全てなかったことにする方を選んだ。

実際、男が聞いたこともない奇妙な言葉を幾度か唱えると、宙から苦しそうな呻きが聞こえ、何も起きなくなったので、本当だったのだと皆は信じ込んでしまった。

ところが先日、巡回中の警備兵が、人目につきにくい場所で、奇妙な小鬼のような生き物と会話をしている不審な男を見つけた。

異国風のローブを着ていて顔は見えなかったが、男はこの国の言葉を流暢《りゅうちょう》に話しており、会話を盗み聞くと、とんでもない内容だった。

その男は無許可で悪魔召喚をし、使い魔に短時間だけ身体を透明にさせて、詐欺行為を行っていたようだ。

まずは目をつけた裕福な家に、姿を消した使い魔が忍び込んで暴れ、適当なところで遠い異国の祈禱師に扮した主が登場する。

そして自分なら内密に解決できると、家人に持ちかけて大金をせしめ、いかにもお祓《はら》いをしているような演技に合わせて使い魔は退散するというわけだ。

警備兵はその場で詐欺師たちを捕まえようとしたが、姿を消した使い魔に翻弄されているうちに、魔法使いの方に痺《しび》れの魔法をかけられ、まんまと逃げられてしまったそうだ。

「――それで事件の真相は発覚したが、警備隊の隊長は非常にプライドが高い。自分の部下が犯人を取り逃がした失態を挽回《ばんかい》すると強く主張し、違法の使い魔が関わっているのに魔法士団の協力は拒否された。しかし熱心に探しても、詐欺師たちの行方は未だに見つからないようだ」

やれやれと言うようにギーテが頭を振り、アイスとフランをチラリと見た。

「そういうわけで、これはただのお喋りだ。もし俺が、透明になれる悪魔を相手取ることになったらどう対処すればいいか、教えて欲しい」

アイスとフランは揃って、『これだから王宮って面倒臭い』と言いたげな顔になったが、日頃から世話になっているギーテの頼みを無下にする気もないようだ。

「その使い魔はおそらく、隠れ小鬼ですよ」

アイスが言うと、フランが小さな指で自分の鼻を指した。

「アイツらは短時間だけ透明になれるけど、本当に消えるわけじゃないんだ。その使い魔の匂いがわかれば、警備犬で追えるんじゃないかな」

普段は、可愛くてあどけない子どもにしか見えない二人だが、やはり彼らは悪魔で、昔は違う世界で暮らしていたのだと、こういう時にリーリエは実感する。

「なるほど。見えなくなるだけだから、壁をすり抜けたりはできないのか。それに、皿が宙に浮いていたという証言もあるから、手にしたものまで見えなくはならないんだな？」

真剣にメモを取るギーテに、使い魔コンビが揃って頷く。

「奴らが透明にできるのは自身の身体と、自分の体毛で織った衣服だけです。それくらいの魔法しか使えない下級悪魔ですが、姿を消しても大抵の悪魔には気配や匂いでバレますからね。よく盗みや覗きが見つかって懲らしめられてましたよ」

「そうそう。いつだったか俺も肉を盗まれそうになった。隠れ小鬼って、セコイ性悪が多いんだよな」

「あと、隠れ小鬼は透明になっている間は、なぜか貴金属と生物に触れないんですよ。それでなければ、もっと積極的に盗みをしたり面白半分に危害を加えようとしたでしょうね」

顔をしかめてアイスとフランが話し合っていると、ギーテがパシンと膝を打った。

「姿を消せるなら、普通に盗みをできるはず。まだるっこしい詐欺芝居などする必要もないと不思議に思っていたが、そういうことだったか！」

「……確かに」

リーリエも納得し、思わず小声で呟いてしまった。

同時に、もしそうでなかったら、盗みだけでなく被害者たちの命も危なかったのではと、ゾッとする。

アイスやフランのような強い悪魔なら、姿を消していても隠れ小鬼の存在に気づけるようだが、普通の人間はそうもいかない。

見えない相手に、いきなり階段から突き落とされる自分を思わず想像し、ブルリと悪寒に身を震わせた。

「とにかく、隠れ小鬼は一度見つけさえすれば捕まえるのは簡単です。フランの言う通りに警備犬を使ってだいたいの位置を特定し、ペンキでも投げつけてやるのはどうですか？　ペンキが付着してしまえば、身体を透明化していても輪郭が浮き上がりますから」

「ありがとう。さりげなく警備隊の耳に入るように流しておくとする」

ギーテが頷き、今度はヴェンツェルに視線を向けた。

「これで正体がわかったとはいえ、その使い魔が下級悪魔というのが気になるな。力のある悪魔よりも相手にするのは簡単だろうが、下手に追い詰めれば最悪の手に打って出る可能性もある」

「最悪の事態か。『悪食《あくじき》』にはならないで欲しいなぁ……」

心底嫌そうにヴェンツェルが呟くと、アイスとフランが吐きそうな顔になって両手で口元を覆った。

悪食とは、使い魔契約を交わした人間を殺し、その血肉を食べた悪魔を指す。

アイスとフランから聞くに、影の国と人間世界で違うのは、常に薄暗くて昼夜がないことと、人間の代わりに悪魔がいることくらいらしい。

形は違うけれど動植物もあり、悪魔も人間のようにそれらを食べて暮らしている。

他に大きな違いといえば、悪魔には血縁関係というものが存在しないという点だ。

彼らは無から生まれて無に帰る。

よって、人間のように夫婦となって子どもを生《な》すことはないが、同種族で群れたり、気が合った者と仲良くしたりと、社会生活は営むそうだ。

ある程度の力がある悪魔なら、人間の世界へ自由に訪れることもできる。しかし、人間から魔力を得るには普通、その相手と使い魔契約をしなくてはならない。

人間が召喚の儀式を行うと、召喚者の実力や生贄に使ったものの魔力の量に釣り合う悪魔に、人間世界への道が開かれるのだが、早い者勝ちで予兆もまるでないそうだ。

だから、使い魔契約に挑戦したかったのに、食事や入浴中で召喚に出遅れたと悔しがる悪魔もいるらしい。

人間と使い魔契約をしたがる悪魔が多いのは、それが影の国で最大の価値とされる基礎魔力量を向上させられる、唯一の手段だからだ。

大抵の悪魔は人間よりずっと寿命が長いので、数十年ほど契約をして別の場所で暮らすのも苦にならない。

そして無事に使い魔契約を終えて影の国に戻れば、増えた魔力量によってより良い職に就けるうえ、周囲から一目置かれるらしいが……。

契約の途中で主を裏切ってその血肉を喰う『悪食』を行えば、その場で使い魔契約は終了となって、手っ取り早く魔力を増幅できる。

しかも悪食をして増える魔力は、真面目に何十年も使い魔として務めて得られる魔力より、はるかに多いのだ。

普通に考えれば得なことだらけだが、それでも悪食をする悪魔は滅多にいない。

悪食は悪魔の間で酷くおぞましい行為と忌避され、そんなことをした奴はもはや仲間ではないと、影の国では徹底して嫌悪されるからだ。

この国の子どもはよく、『悪いことをすると悪魔に食べられる』と、戒めを込めて脅される。

だが意外にも、その行為は当の悪魔たちにとって、最大の禁忌だったのだ。

これはあまり人に知られていないので、リーリエもヴェンツェルのもとで暮らし始めてから、アイスとフランにそれを教えてもらい、とても驚いた。

ただ中には、同族から嫌悪されてでも力が欲しいと悪食をする悪魔もいる。それは特に、影の国で『下級悪魔』と呼ばれる力の弱い悪魔が多いそうだ。

上級と崇《あが》められるほど力が強い悪魔は、そもそも使い魔になる必要などない。その下に位置する中程度の魔力を持つ悪魔なら、使い魔契約を普通にするだけで上級悪魔にかなり近づける。

だが、下級悪魔を召喚するような魔法使いは、そもそも大した魔力を持っていないので、使い魔となって契約期間を満了したところで、得られる力もそれほど多くない。

それに、自分の実力を棚に上げて召喚した悪魔が下級なことに失望し、酷い扱いをする魔法使いもいる。

そして激怒した下級の使い魔が自棄になって主を殺し、どうせなら力をつけようと、悪食をするケースが目立つらしい。

「力が欲しいだけならわかるけど、それで悪食までするのは信じられない。俺は絶対に無理！」

「僕も断じて御免です！　使い魔契約を何度もして、地道に力をつける方がよっぽどマシですよ」

リアルに想像してしまったのか、アイスとフランはもう青白い顔で涙目になっている。

「法を犯した人間も悪魔も両方捕らえるのが理想だが、その隠れ小鬼とやらには要注意だな。自棄になって悪食をするくらいなら、いっそ影の国に逃げ帰って欲しい」

ギーテが重い溜息をついた。

彼が悪魔の習性に詳しいのは、ヴェンツェルたちとの長い交友が表面だけのものでなく、心を許されている証拠だろう。

「まぁ、万が一に備えてだ。男の身元はわからないので、使い魔契約を解除して証拠を消し、逃げてしまう可能性も十分にある。では、引き留めてすまなかった」

そう締めくくり、ギーテが立ち上がった。

「いえ、本日はお世話になりました」

リーリエもお辞儀をし、執務室の扉を開けて廊下に出る。

アイスとフランが続き、最後に執務室から出たヴェンツェルが、くるりと部屋の主を振り返った。

自然とリーリエも足を止め、肩越しに後ろへ視線をやる。

「ギーテさん、今日はありがとう。僕もリーリエに愛想を尽かされないよう頑張るから、黙って見守っていてよ」

こちらに背を向けているヴェンツェルの表情は見えなかったが、明るく声をかけられたギーテは一瞬、酷く顔を強張らせたように見えた。

「……お前の頑張りに期待するとしよう」

だが、ギーテはすぐに苦笑し、さっさと行けと言うようにヒラヒラと手を振る。
あはは、と呑気に笑って踵を返したヴェンツェルもいつもと変わらぬ様子だ。
一瞬、妙に不穏な雰囲気に見えたのは、気のせいだったのだろう。
リーリエは自分を納得させ、そっと彼らから視線を外した。

3　デートと困惑

執務室を出たリーリエは、着替えのためにヴェンツェルたちとは別の部屋に入った。

ドレスを脱いで家から着てきたワンピースに着替え、髪も普段通りの三つ編みに戻すと、やはりホッとする。

ちなみにワンピースは、先日ヴェンツェルから婚約祝いに贈られたものだ。

デザインには一目で惚《ほ》れ惚《ぼ》れしたが、着てみると寸法もちょうどよく、肌触りも着心地も抜群である。上品で適度に華があるので、普段使いにはもったいないが、お洒落が必要な外出にピッタリだ。

帰りの身支度を済ませたリーリエたちは、寄る場所があるからと馬車を断り、商店街に近い門から歩いて王宮を出た。

アイスとフランも耳や尻尾を上手く隠し、四人で他愛ないお喋りをしながら、慣れた道を歩く。

（……でも、ヴェンツェルさんとこうして外を一緒に歩くのって、考えてみれば初めてよね）

よく見知った景色の中を歩いていても、ヴェンツェルがいるだけでなんだか新鮮に感じる。

彼も、市井では目立つ宮廷服と王宮魔法士団のローブを影の中にしまい、簡素なシャツとズボンの上に、灰色の地味なローブを羽織った姿に着替えていた。

今日は暑いので上着を脱いでいる人が目立つが、ヴェンツェルが着ているローブには、アイスとフランの外出着と同じ魔法をかけてあるそうだ。

多くの人々が強く覚えているのは、戦で活躍していた、まだ少年だった頃のヴェンツェルの姿だ。知り合い以外には極端に印象を薄くする魔法をかけたマントをつければ、青年になった彼をヴェンツェルと認識できる人は、ほとんどいないらしい。

しかし、途中からやけに人が多いような気がしていたのだが、商店街へ向かうにつれてますます賑わいは大きくなり、広場を見て疑問が解けた。

「そういえば、今日は市の日だったわね」

すっかり忘れていたと、リーリエは出店でいっぱいの広場を眺める。

商店街の入り口にある広場では、月に一度の決まった日に、市場が開かれる。

石畳の上に布を敷いたり、荷車を屋台にしたりと、行商人が出店を並べて様々な品を売るのだ。

食べ物の屋台も多く出て、この界隈《かいわい》に住む庶民にとっては、大きな娯楽の一つだ。

リーリエも毎月、アイスとフランを連れて市場へ行くのを楽しみにしていたが、今回は謁見準備などでバタバタしていて、頭から吹き飛んでいた。

「市場って、こんなに盛大だっけ？　ちょっとしたお祭りみたいだね」

ヴェンツェルが人でいっぱいの広場を眺め、感心したように呟く。

「そういえば、いつも大盛況で出店希望者があぶれていたらしいの。それで、規模を広げると聞いたけれど、今回からだったみたいね」

珍しそうな食べ物や小物の屋台もあり、アイスとフランは楽しそうにあちこち眺めている。

好奇心旺盛な二人を微笑ましく思いつつ、リーリエはふと気になってヴェンツェルを横目で見た。

彼は、ちょっと買い物に付き添うだけのつもりだったはず。まさか、こんなに盛大に市が開かれているとは思わなかっただろう。

誰もが同じように、賑やかな場所を好むわけではない。

ヴェンツェルは人混みが苦手だと言ってなるべく外出を避けていたのに、大丈夫かと気になってしまう。

ソワソワしていると、不意にアイスとフランにスカートを引っ張られた。

「リーリエ。胡桃ケーキは明日にしてもらってもいいですか？　せっかくだから、今日は市場の出店をゆっくり見て回りたいんです」

アイスが玩具を売っている出店を指すと、フランもその隣にある串焼き肉の店を指した。

「俺も、串焼き肉とか色々食べたい！」

お小遣いは持ってきた！　とばかりに、二人は肩から下げたポシェットを叩いてみせる。

「ええと……」

思わず、チラリとヴェンツェルを見ると、彼が頷いた。

「市場を見るのも楽しそうだね。リーリエは、見物したくない？」

「えっ？　そ、それは、見たいけれど……」

それを聞くなり、アイスとフランはリーリエたちに背を向けて駆けだした。

「それでは別行動ですね。二人はゆっくりデートを楽しんで！」

「胡桃も、俺たちがお使いしておくからね！」

肩越しに元気よく言い、二人は素早く雑踏の中に消えていく。

「なっ⁉　デートって……待ってよ！」

慌てて追いかけようとしたが、すばしこい使い魔たちはもう見えなくなってしまった。

「どうしよう。見失っちゃった……」

キョロキョロと辺りを見渡していると、ヴェンツェルが肩を竦めた。

「必要なら影に呼び戻せるけど、リーリエは僕とデートするのは気が進まない？」

少し拗《す》ねたように言われ、耳を疑った。

結婚することになったとはいえ、今までと変わらない関係のはずだ。

世話係と雇用主が一緒に街を歩いても、デートなんて言わないんじゃないだろうか？

「そうじゃないわ。ただ、少し驚いただけで……」

戸惑いつつも消え入りそうな声で呟くと、ヴェンツェルがぱぁっと輝くような笑みを浮かべた。

胡散臭い作り笑いじゃない。

本当に嬉しそうで、目が離せなくなる。リーリエが惹かれた、魅力的な笑顔に息を呑む。

「よかった。デートなんて初めてだけど、こんなにワクワクするものとは思わなかったな。手始めに何をしようか？　リーリエは、どうしたいとか希望がある？」

無邪気に尋ねられ、リーリエはドキリとした。

今までの人生で、恋人ができた経験は一度もない。

故郷で男の子から好意を寄せられたこともあったが、いつもしっくりこなくて交際の申し込みは断ってしまった。

それでも『いつか好きな人と仲良く手を繋いでデートしたい』という夢くらいは、密かに持っていた。

（でも……ヴェンツェルさんのことだから、デートという表現も軽～く考えているのかもしれないわ）

使い魔コンビがリーリエと二人で過ごすことを『デート』と言ったから、ヴェンツェルは親しい異性と外出を楽しむだけの意味に捉えた可能性も……いや、彼の性格を考慮すれば、そう勘違いしている線が濃厚すぎる。

手を繋ぎたいなんて言ったら、変に思われてしまいそうだ。

「……とりあえず市場を見て、美味しいものでも探すのはどうかしら？」

無意識に、両手を後ろに隠して握り合わせ、まず無難と思われるコースを提案してみた。

「賛成。フランじゃなくても飛びつきたくなるくらい、あちこちから良い匂いがする」

市場の活気に影響されたのか、いつになく浮かれたような雰囲気の彼と、リーリエは並んで歩きだす。

（まさか、こうなるとは思ってもいなかったけど……）

今回は市場の規模が大きくなったおかげで、珍しい品を扱う店も多いようだし、見慣れた市場の風景より格段に賑やかなのは確かだ。

でも、それだけでなく、いつもとは全然違う感じがしてドキドキする。

なんだかんだ言って、ヴェンツェルと本当に恋人同士のデートをしているような気分になり、胸がときめいてしまうのだ。

「香辛料の取り揃えなら自信があるよ！」

「上等の生地だ！　手に取ってみてくれ！」

そこかしこで出店の主が声を張り上げ、市に特有の活気が辺りに満ちていた。

訪れている客も、老若男女問わずに、市の日を楽しんでいた。

美味しそうな屋台の食べ物に顔を綻ばせている者。

古道具の山の中に価値のある骨董品《こっとう》がないか熱心に探す者。

店主と白熱した値段交渉を繰り広げている者など、様々だ。

普段、あまり外に出ないヴェンツェルは、物珍しそうに辺りを見渡していたが、綿飴《わたあめ》の屋台を見るなり、興奮気味に声を上げた。

「リーリエ、綿飴だ！」

「ヴェンツェルさん、綿飴が好きなの？」

凄く熱のこもった声に驚き、思わず尋ねた。

「うん。昔、ギーテさんに初めてお祭りに連れていってもらって、綿飴を食べたんだ。世の中に、こんなに甘くて良い匂いがするものがあるなんて、信じられなかった。アイスとフランも菓子を食べるのは初めてだったから、皆で夢中で食べて……」

ヴェンツェルは目を細め、懐かしそうに語っていたが、途中で我に返ったらしくハッとした顔で口を噤《つぐ》んだ。

「……子どもだったとはいえ、我ながら大袈裟だとは思うけどね」

気まずそうに苦笑した彼に、リーリエは首を横に振る。

「私も初めて綿飴を買ってもらった時、雲を食べているみたいで、凄く感動したもの。今でもあの思い出は忘れられなくて、綿飴も大好きよ」

出店を見るたびに強請っていた綿飴も、大人になったら自然と目を向けなくなっていたが、急にあの懐かしい味が欲しくなってきた。

それにヴェンツェルから、普段は語らない子ども時代の話を聞けて、なんだか嬉しい。

木の棒に刺したふわふわの綿飴を一本ずつ買い、久しぶりの甘さに頬を緩ませる。

口の周りに、綿飴が白い髭みたいにくっついた姿を互いに笑い合うのも、楽しくてたまらない。

やがて、食べ終えて棒を屑《くず》かごに捨てた二人は、口の周りがすっかりベタベタになっていた。

「この人混みでは水場も混んでいるでしょうけれど、顔を洗いたいわね」

水場の混み具合を見ようとしたが、ヴェンツェルに手招きされた。

「リーリエ、ちょっとこっちに来て」

植え込みの伸びた枝が重なった、ちょうど人目につきにくい場所に促されると、彼が浄化魔法の呪文を唱えた。

先日、リーリエの退職願いに驚いてひっくり返した茶を、一瞬で綺麗に消した魔法だ。

「じっとしていてね」

そう言うと、彼がリーリエの口元に触れるか触れないかの距離で、撫でるように手を動かした。

「っ……」

直接触れられてはいないけれど、チリチリ痺れるような魔法の波動が伝わる。

故郷で怪我をして、治癒師のお婆さんに魔法で治してもらった時と、同じような感覚だ。

しかし、あの時は少しくすぐったいと思うだけだったのに、手をかざしているのがヴェンツェルだと妙に背筋がゾクゾクと疼《うず》く。

唇を固く引き結んで息を呑み、彼の手が離れると、思わずふぅっと息を吐いた。

「ありがとう。その……ちょっとくすぐったいけれど、とても便利な魔法ね」

たぶん、顔も思い切りしかめてしまっていたので、少し気まずい。慌てて言い訳した。

「どういたしまして。僕もくすぐったいから、できれば普通に洗う方が好きだ」

ヴェンツェルは気にするようでもなく、さっさと自分の口元も綺麗にする。

「綿飴は美味しかったけど、もう少しお腹に溜《た》まるものも食べたいな」

「ええ。色々と美味しそうなものが売っていたわ」

リーリエも同意する。

そろそろお昼なのに、朝から忙しかったせいで、今日はまださっきの綿飴しか口にしていない。

アイスとフランも、必要があればヴェンツェルに魔法で連絡を取れるそうだから、音沙汰のない彼らも市場を思い切り満喫しているのだろう。

リーリエたちのいる植え込みは、広場に隣接する教会の脇にある。

教会の中がやけに賑やかだと思ったら、正面の扉が両側に大きく開いて、結婚式の参列者と思《おぼ》しき男女がぞろぞろと出てくる。

「結婚式だったのね」

植え込みの外に移動すると、教会の近くに、花で飾られた屋根なしの馬車が停まっているのが見えた。

着飾って結婚式を挙げるのは、昔なら裕福な者だけの特権だった。

しかし今では格安で借りられる婚礼用の衣装や馬車もあるので、庶民も小規模ながらこういう式を行うようになって久しい。

参列者たちが馬車の前に並んで立つと、最後に礼装の花婿と、純白の婚礼ドレスに身を包んだ花嫁が現れた。

花嫁は、リーリエと同じくらいの年頃だろうか。

晴れの日に相応しい、幸せいっぱいの笑みを浮かべた彼女は、このうえなく輝いて見えた。

思わず見惚《みと》れているうちに、新婚夫婦は花飾りのついた馬車に乗り込む。

御者が鞭《むち》を鳴らし、馬がゆっくりと歩きだすと、参列者たちは拍手をしたりハンカチを振ったりして、それを見送る。

広場にたまたま市を見に来ただけで、この結婚式とは関係のない人の多くも、めでたいものを見たと盛大な拍手を贈っていた。

リーリエも知らないうちに目を輝かせて夢中で手を叩き、遠ざかっていく馬車を見つめる。

「……リーリエも、ああいう感じで結婚式をしたい？」

婚礼馬車が豆粒ほど小さくなるまで遠ざかると、それまで黙って眺めていたヴェンツェルに、いきなり尋ねられた。

「あ、私は……」

返答に困って、リーリエは視線を泳がせる。

正直に言えば、花嫁衣装にも結婚式にも、人並みの憧れはあった。

でも、ヴェンツェルとの間には親愛こそあるだろうが、それ以上の感情が芽生えるかもなんて、期待してはいない。

自分たちの結婚は所詮、世間体を取り繕ったり退職を引き留めたりという、見事に互いの都合だけで結ばれたもの。

そんな結婚で花嫁ごっこをしても、寂しく虚《むな》しい記憶として残ってしまいそうで嫌だ。

「その……せっかく花嫁姿になっても、遠方の父に見せるのは無理でしょう？　ヴェンツェルさんも、大勢人を呼ぶ催しの主催は苦手ではないかと思うけれど……」

「そもそもやったことがない。でも、きっと得意ではないと思うね」

思った通り、ヴェンツェルがあっさり頷いた。

「今日の謁見みたいに、結婚式も行う必要があるのなら、きちんとやるわ。けれど、お互いに必要ないと思うのなら、無理に行わなくてもいいんじゃないかしら」

平静を装って微笑みつつ、自己嫌悪で冷や汗が滲んだ。

もし本当に、結婚式についても何か決まりごとがあるのなら、ギーテから謁見について話があった時、一緒に聞かされているはずだ。

義務でなくて、どちらでもいいと言われれば、ヴェンツェルは結婚式などあえてやりたがらないだろう。

そう計算した上で、心にもない返答をした。

自分が惨めな思いをしたくないだけなのに、父親やヴェンツェルのことを考えて気遣っているんだとばかりに、恩着せがましく言い訳をして、狡《ずる》く逃げている。

「うーん。それは悩むなぁ……」

ところが、ヴェンツェルは結婚式が必要ないのを喜ぶでもなく、腕組みをして真剣な顔で悩み始めた。

「ヴェンツェルさん、どうかしたの？」

気になって尋ねると、彼は眉を下げてリーリエをじっと見た。

「ついさっきまで、結婚式をやらないでいいとリーリエに言われたら、喜んで必要ないと言ったはずなんだ。でも……」

ヴェンツェルが小首を傾げ、リーリエを上から下まで眺めた。

「さっきみたいな花嫁衣装をリーリエが着たら、最高に可愛いはずだよ。僕はそれを見たい。だから、結婚式が必要ないとは思えなくなった」

「ええっ⁉　そんな……」

お世辞は結構です！　と、普通なら言うところだが、リーリエは知っている。

ヴェンツェルは、女性に対してお世辞なんか絶対に言わない。

相手の身分が高かろうと、目も眩むような美人だろうと、心にもないお世辞でご機嫌を取ることはない。

魔法に関しては文句なしに天才でも、そんな器用なことは到底できない人なのだ。

（でも……だったら、どういう意味⁉　私と結婚するのは、今後も雇い続けたいからなだけよね⁉）

ヴェンツェルに苦手な催しの主催をさせるほど、リーリエは自分の花嫁姿に価値があるとは思えない。

グラグラと、心が揺れ動く。

何があったのかは知らないけれど、ヴェンツェルはあの求婚の後、急にリーリエを異性として好きになってくれたのだ……と、綿飴みたいに甘い考えが湧いて止まらない。

その一方で、冷静に叱咤《しった》する自分もいる。

そんな都合の良い奇跡が起こるものか。とんでもないオチが待っているはずだから、妙な期待は絶対にするな……と。

「リーリエ？」

混乱のあまり、頭を抱えてしゃがみ込んでしまうと、ヴェンツェルに心配そうな声をかけられた。

「そんなに結婚式をやるか悩むのなら、すぐに決めなくても大丈夫だよ。無理強いなんかしないから、リーリエがやりたいかどうか、ゆっくり考えて」

「あ、ありがとう……」

結婚式をするかどうかで悩んでいたわけではないのだが、と心の中で呟く。

「とりあえず今日は、デートを楽しもうよ」

「……ええ」

今は考えれば考えるほど、混乱してしまいそうだ。

少しだけ気持ちを切り替え、ただ彼と過ごす時間を堪能したっていいではないか。

深呼吸をしてリーリエは立ち上がり、ヴェンツェルと次の美味しい食べ物を探しに、屋台の並ぶ場所へ向かった。


市場では、美味しい食べ物が山ほど見つかる。

塩味の効いた肉の串焼き、さっぱりしたピクルス。スパイスの効いた揚げたての芋……。

リーリエは元からお祭り風の雰囲気が大好きだけれど、ヴェンツェルも屋台特有の食べ物にいちいちはしゃいだりして、意外と市場を満喫しているようだ。

専用の道具で氷をガリガリ削って作る氷菓も、暑い時期の屋台巡りには欠かせない。

リーリエは苺《いちご》味のシロップを、ヴェンツェルはレモン味を選び、木の器に盛られた氷菓を受け取って座る場所を探す。

今日は暑いせいか、氷菓の屋台脇に置かれたベンチはほとんど埋まっていたが、運よく近くに座っていた親子連れが席を立った。

まだ幼い金髪の可愛い女の子と、優しそうな夫婦だ。母親の腹は大きく膨らんでいるから、もうじき家族が一人増えるのだろう。

「お皿はあたしが返してくるね！　お姉ちゃんになるんだから、これくらいできるもん」

女の子は元気よく言い、両親の食べ終わった器をまとめて、屋台の返却口に戻しに行く。

両親はニコニコと嬉しそうにそれを眺め、娘が戻ると親子は手を繋いで歩きだした。

身重の母親と、まだ小さな女の子に合わせて父親もゆっくりと歩き、三人は談笑しながら去っていく。

幸せそうな一家の後ろ姿に、リーリエは幼い頃の自分と両親が重なって見えた。

まだ母の病が重くなる前は、両親の真ん中であんな風に手を繋いでもらって出かけた。

思えば、兄や姉たちもまだまだ親に甘えたかっただろうに、自分たちもやってもらったから順番だと、末っ子のリーリエにいつも両親を譲ってくれたのだ。

母が早くに亡くなったとしても、本当に自分は良い家族に恵まれた。

「家族って、いいなぁ……」

懐かしい思い出で胸がいっぱいになり、ついそんなことを呟いてからハッとした。

ヴェンツェルを見れば、やっぱり驚愕の表情で、言葉もなく目を見開いてる。

「あっ！　別に、変な意味じゃないわ！　仲の良い家族って、見ているだけで微笑ましいなと……」

子どもを作るためには、まず先に成すべき行為がある。

利害関係の一致だけで求婚したヴェンツェルは、リーリエとそういう行為をしようと最初から思っていないだろうし、ましてや子どもを作って温かな家庭を築くなんて、望んでいないのも当然だ。

「……そうだね。僕も、見ているだけでいい」

ヴェンツェルが複雑そうに微笑み、リーリエの胸がズキンと痛んだ。

（今回は予想通りの答えが返ってきただけで、傷つくことなんかないのに……）

上手く笑って会話を続けられる自信がなく、リーリエは俯《うつむ》いて氷菓を食べ始める。

ヴェンツェルも黙ってシャクシャクと氷菓を食べていたが、不意に何人もの大きな声が響いてきた。

「我々は、悪魔召喚の全面禁止を目標としています！」

「悪魔など、恐ろしい存在は徹底的に排除するべきなのです！」

「我々の活動に賛同してください！」

見れば、白百合の刺繍を入れた灰色のローブを着た一団が、大声を上げて歩いてくる。

老若男女混ざったその集団は十数人ほどで、悪魔がいかに危険で忌むべき存在かを叫びつつ、近くにいる人にビラを配っていた。

（やだ、ユピル教だわ）

リーリエは眉を顰め、さっと彼らから目を逸らした。

バーデンエルン王国では、昔から多数の神が同等に祀《まつ》られ、崇める神は人によって違った。

王都にはそれぞれの神のために百以上もの教会があるが、国からの寄付は平等に行われて信者の数で優劣もつけられないので、特に宗派争いなどはない。

ただ、その中で唯一異彩を放っているのが、厳粛さや規律を重んじ、世の悪いことは全て悪魔のせいだと主張する、断罪の神・ユピルを信仰する人たちだった。

「恐ろしい悪魔を、使い魔などという名目で、この世界に置くべきではありません！」

「かつて起きた、隣国との戦を忘れないでください！　悪魔が隣国の王を唆し、わが国でも多くの戦死者が出たのですよ！」

声高に叫ぶユピル教の信者に、興味津々に聞き入る者もいるが、迷惑そうに避ける人の方が多い。

過去に隣国の王を唆したのが悪魔とはいえ、自分たちを守ってくれたのは、同じように悪魔を使い魔に持つ魔法使いだ。

もともと、過激な思想の押しつけや強引な勧誘で敬遠されがちだったユピル教は、あの戦以来は格段に煙たがられているようだ。

市街地でも許可なしの布教をよくしていたが、苦情を受けて追い出されたと聞く。最近は見かけなくなったから、アイスとフランを連れて気分よくこの辺りを歩けていたのだが……。

「現に今、詐欺を働いた使い魔とその主を警備隊が追っています！　身近に迫った危険が、恐ろしくはないのですか⁉　次に狙われるのがご自分やご家族かもしれませんよ！」

芝居がかった仰々しいほどの大声に、ピクリとリーリエは耳をそばだてた。

どうやら、ギーテに聞いた違法使い魔の詐欺事件が、外に漏れているようだ。

富裕層の家なら召使いも多く抱えている。被害に遭った屋敷の使用人か、その知り合いにユピル教信者がいたのかもしれない。

とにかく、その事件で彼らは勢いづき、人の集まる市場に布教活動をしにやってきたのだろう。

しかし、事件を大袈裟に憂いてみせる彼らも、詐欺被害に遭ったというくらいしか情報がないらしく、具体的な被害や犯人の特徴などは何も口にしない。

それなら用はないと無視し、リーリエは赤いシロップをかけた氷菓に集中しようとしたが、どうしても耳に入ってくる大声にイライラしてしまう。

（あの戦で勝てたのは、ヴェンツェルさんがアイスとフランと一生懸命戦ったからなのに……それでも文句をつけるなんて、馬鹿じゃない⁉　都合のいい時だけ頼るなんて最低！）

王宮でアルベルタとの諍《いさか》いが起きた後、悔しそうに影から飛び出してきたアイスとフランを思い出して心が痛んだ。

彼らは自分たちの強すぎる力が脅威に思われるのを理解し、精一杯寄り添おうと常に耐え忍んでくれている。

確かに、人間を騙《だま》していいように操ろうとする悪魔もいるのだろうが、全てひとくくりにして欲しくはない。

チラリとヴェンツェルを横目で見ると、彼は匙《さじ》を持つ手を止め、ぼんやりと虚空を見つめていた。目線は気持ち良く晴れた青空に向けられているが、微かに眉を顰めた秀麗な横顔は、もっと何か遠くの……リーリエには見えない、何かとても苦い思い出を見ているように感じた。

彼がアイスとフランとともに戦い抜いた、フォルティーヌ国との戦は苛烈を極めたと聞く。

リーリエにとっては『もう十年も経った』でも、実際に苦労をした彼にとっては『まだたったの十年』かもしれない。

あの戦に関するユピル教の無責任な演説が耳に入り、辛いことでも思い出したのだろうか。

「ヴェンツェルさん……」

しかし、おそるおそる声をかけると、彼はさっと辛そうな表情を消し、こちらを向いた。

「氷菓ってさ、シャクシャク食べるのもいいけど、最後に溶けかけたのを一気に飲むのも美味しいよね」

ニコリと笑って言うなり、ヴェンツェルは器を傾けて、溶けかかった氷菓を美味しそうにゴクゴク飲み始めた。

「……ええ」

リーリエもそれに倣い、ほとんど溶けた氷菓の残りを一気に飲み干す。

冷たく甘酸っぱい水が喉を滑り落ち、嫌な気分まで洗い流してくれたようにサッパリした。

ユピル教の大声も聞こえなくなったと思ったら、腕章をつけた市場の係員が彼らの前に立ち、出ていくよう手で示しているのが遠目に見えた。

市場では、迷惑行為や勝手な出店はもちろんのこと、許可のないパフォーマンスや勧誘も禁止されている。ユピル教の人たちは許可を得ておらず、それを咎められたのだろう。

ホッとしていると、ヴェンツェルがリーリエの手から空の器をひょいと取った。

「これ、返してくるね」

「あ、ありがとう」

ヴェンツェルは素早く器を返却口に置いて戻ってくると、急にリーリエの手を片方取った。

「え……」

「家族連れだけじゃなくて、デートで手を繫いでる人も大勢いるよね。せっかくだから、僕もリーリエとやってみたくなったんだ」

ほら、と視線でヴェンツェルが示した先では、可愛い女の子が恋人と思しき青年と手を繫ぎ、嬉しそうに頰を染めながら歩いている。

「そ、そういうことなら……」

おずおずと、ヴェンツェルの手を握り返してみた。

昔、彼がリーリエを抱えて飛んだのはまだ少年の時だったから、あの時に触れた手よりも随分と大きいと感じる。

指も骨ばって長い、大人の男の人の手だ。

（ヴェンツェルさんは、ただ周りの雰囲気に乗っかっているだけだから……）

必死で自分に言い聞かせるも、カッカと全身が熱くなってくる。

――好きな人ができたら、仲良く手を繋いでデートしたい。

密かな望みが、意図せずに叶ってしまった。嬉しさと緊張が一緒に込み上げて、心臓が壊れそうなくらい激しく脈打つ。

やたらドキドキしてしまい、今度は手が汗ばんでくるのが気になって仕方ない。

「……あ！　あの辺に小物を売る店が集まっているみたい！」

苦渋の末、近くの出店の列を指して、さりげなく手を離す。

リボンや少し高価な銀細工の髪飾り、綺麗に色づけされた木彫りの飾りボタンなどが、地面に敷いた布の上に並べられた出店に、トコトコと小走りで近づいた。

メインで並べられているのは髪飾りだったが、隣に並んだ飾りボタンも、素敵なものがたくさんあった。クッキーやイチゴなど、可愛い食べ物の形をしたボタンもある。

(アイスとフランの服につけてあげたら、凄く似合いそう！)

兄姉にしてもらったように、自分も弟や妹を可愛がってみたいと、昔から思っていた。

だから、何を着ても似合う使い魔コンビに、おやつだけでなく服を作るのも楽しくてたまらない。生き甲斐と言ってもいいほどだ。

「そこの金髪のお姉さん！　あんたの綺麗な髪に映える髪飾りを、いっぱい用意してあるよ！」

中年女性の店主が、愛想の良い笑顔を浮かべてリーリエに手招きをする。

「ちょっとだけ、見てもいいかしら？」

ヴェンツェルに尋ねると、店主は目を瞬かせ、突然現れた者を見るように彼を凝視した。

リーリエが話しかけて、やっとヴェンツェルが傍にいるのに気づいたのだろう。

彼のローブにかけた魔法が、極端に印象を薄くして、存在に気づくことすら難しくしているからだ。

しかし店主はすぐに驚きを引っ込め、ヴェンツェルに愛想笑いを浮かべる。

「若い恋人同士には割引サービスするよ。兄さん、可愛い彼女にとっておきの髪飾りをプレゼントしちゃどうだい？」

「うん、リーリエに似合いそうなものがいっぱいあるなぁ。どれが欲しいの？」

上機嫌で髪飾りを購入しようとするヴェンツェルに、慌ててリーリエは首を横に振った。

「違うのよ。髪飾りを見たかったんじゃないわ」

リーリエとて年頃の女の子だから、綺麗なアクセサリー類は大好きだ。新しく素敵なものを手に入れれば、嬉しいに決まっている。

しかし、ヴェンツェルとは結婚が決まっていても、本当の恋人ではない。

婚約の贈り物なら、先日ちゃんともらった。今日だって、さっきから綿飴だの揚げ芋だの、色んな食べ物の代金を出してもらっているのに、そのうえ髪飾りまで強請るなんて図々しすぎる。

「私はただ、そこの飾りボタンがアイスとフランに……」

そう説明しかけた時だった。

「あれ？　リーリエちゃん！」

雑踏の中を、鳶色《とび》の髪をした背の高い青年が駆けてきた。

「あ……こんにちは」

反射的に挨拶を返したリーリエだったが、自分の前で止まった青年を何度か瞬きして眺め、ようやく誰だかわかって微笑んだ。

「クラウスさん。いつもと全然雰囲気が違うから、一瞬わからなかったわ」

クラウスは、馴染みのパン屋に勤める店員だ。

いつもは白い制服と、頭髪がすっぽり隠れる頭巾で頭を覆っているから、お洒落な半袖ジャケットに流行りの鳥打帽という装いは、かなり印象が違った。

声をかけられなければ、気づかなかったかもしれない。

クラウスの勤めるパン屋には小さなカフェコーナーもあって、そこでは子連れの客に小さな菓子パンをおまけにくれる。アイスとフランもお気に入りで、二人に強請られてよく連れていく店だ。

だからお店はいつも子連れ客で賑わっているため、配達を頼む人も多い。

以前クラウスも、雨の日に買い物は大変だろうと、配達を申し出てくれたこともある。

だが、長靴とレインコートを着た可愛い使い魔コンビを見るのは、リーリエにとって雨の日限定のお楽しみだ。

それに、普段は結界で見えないヴェンツェルの屋敷へ配達を頼むと、使い魔たちの正体にも気づかれてしまいそうで、丁重に断った。

三年も店に通っているのに、アイスとフランがちっとも成長しないのを疑問に持たれないのは、上着と帽子にかけた魔法の効果だ。

二人が有名なヴェンツェルの使い魔だと認識しない限り、名前で呼び合っているのを聞いても、すぐに忘れてしまうらしい。

そんなわけで、リーリエはクラウスとよく店でお喋りするけれど、勤め先についてははっきり口にしない。

彼もしつこく聞いたりはせず、リーリエはどこか近くの家で子守りとメイドをしているくらいに思っているようだ。

「市場が開かれる日は、お客さんがこっちに流れちゃって暇だからね。今日はお休みをもらって、俺も市場を見に来ているんだけど、リーリエちゃんに偶然会えるなんてツイてるなぁ」

クラウスは言い、人好きのする笑みを浮かべた。

容姿も愛想も良い彼は、買い物客のご婦人に人気があるせいか、パン作りよりカフェコーナーでの接客を主に担当している。

「リーリエちゃんだって、いつもと雰囲気が違うじゃないか。今日は珍しく一人みたいだし、凄くセンスの良い綺麗な服を着てさ。人違いでどこかのお嬢様かもしれないと、声をかけるのを躊躇《ためら》うところだったよ」

さすが、接客慣れしている人は褒め上手だ。

お嬢様云々《うんぬん》はお世辞が入っているにしても、ヴェンツェルが選んでくれたワンピースをセンスが良くて綺麗だと言われたのが嬉しくて、自然と顔が綻ぶ。

「今日は少し用事があったので、その帰りなの」

曖昧に濁すと、クラウスが急に意を決したように目を輝かせ、一歩踏み出してきた。

「帰りということなら、もう用事は終わったんだよね」

「ええ」

「よかったら、一緒に市場を回らない？　俺も一人だし、せっかくの休みに会えたなんて何かの縁だと思うんだ」

唐突な誘いに面食らったが、『今日は珍しく一人』と先ほど言われたのを思い出した。

クラウスはヴェンツェルと面識がない。加えてヴェンツェルが魔法で印象を薄くしている今、クラウスはリーリエが一人だと思っているのだ。

いつもと違う装いを褒めた手前、一人でいる常連客の女性に、社交辞令で誘いを申し出たというところだろうか？

「ごめんなさい。連れがいるので……」

「そうそう。彼女は婚約者の僕と、デート中なんだ」

不意に、ヴェンツェルの腕が背後から伸びてきて、腰を抱き寄せられた。

「きゃっ!?」

意外な行動にリーリエは驚いたが、クラウスの方がいっそう驚愕したようだ。

顎が外れそうなくらいあんぐりと口を開け、大きく目を見開いて、リーリエとヴェンツェルを交互に見る。

「こ、婚約!?」

「うん。彼女の父上にも許可は取ったし、正式な結婚の手続きもできるだけ早く済ませるつもりだ」

そう言ったヴェンツェルは、にこやかに微笑んでいるけれど、いつもの作り笑いとは違うような気がした。

じっとクラウスを見る目は冷たく、ゾクリとリーリエは背筋が寒くなる。

「そういうことで僕たちは忙しいから、失礼するね」

ヴェンツェルはリーリエの手を取り、やや強引に引っ張った。

「リーリエ、もう帰ろう」

「え？　でも、アイスとフランが……」

「家に着いたら、影から呼びかければ大丈夫だよ」

こちらを見もせずに、真っ直ぐに前を向いたまま言い、ヴェンツェルはスタスタと歩き始める。

クラウスにせめて挨拶くらいしていこうと思ったが、痛いほどに手を引っ張られる。

「あ……」

ヴェンツェルは、リーリエの手首を握る力を微塵も緩めず、先ほど結婚式を見た植え込みに向かった。

「ヴェンツェルさん⁉」

一体、今度はここになんの用かと思ったが、彼が小声で何か呪文を唱えると、辺りの景色が一変した。

広場の片隅にある植え込みにいたはずが、いつの間にかヴェンツェルの屋敷の前に戻っていた。

きっと、先ほど彼が小声で呟いたのは、高度な転移魔法だったのだろう。

ヴェンツェルは無言のまま石段を上がり、開錠の呪文を唱えて扉を開ける。

飛び込むような勢いで玄関に入り、大きく肩を上下させて息を吐くと、彼はようやくリーリエの方を見た。

「ごめん！　市場で色々なものを見たら、急に新しい薬品調合を思いついてさ。早く試してみたくて仕方なくなったんだ」

そう早口で告げられ、随分と久しぶりに、胡散臭い笑みを向けられた。

反射的に嘘だと思ったが、作り笑いを仮面みたいに顔へ張りつけた彼の周りには、見えない壁があるみたいだ。

その壁はとびきり硬くて、薄っぺらい言葉なんかで壊すのは無理だと本能的に感じ取ってしまい、問い詰める気力を奪われる。

「集中したいから、今日は夕食もいらない。僕はいないと思って放っておいて」

そう言って二階の自室に向かう彼の後ろ姿を、リーリエは黙って見つめるしかできなかった。


——信じられないほど、物凄く、とてつもなく、腹が立つ。

自室に戻ったヴェンツェルは、机に突っ伏してギリリと歯噛みをした。

クラウスに会ったのは今日が初めてだが、彼の名はよくリーリエの話に出ていたので、馴染みのパン屋の店員だとすぐにわかった。

クラウスは、ローブにかけた魔法によってヴェンツェルの存在を認識できず、リーリエが一人だと思って誘ったのだろう。故意に割り込もうとしたわけでないのは、理解できる。

でも、休日だか知らないが、リーリエにやたらと慣れ慣れしいのが、なんだかとても不愉快だった。

単純な怒りとはどこか違う、ムカムカした気持ちの悪い何かが腹の奥で渦巻いて、リーリエをクラウスに取られてしまうのではと、酷い焦燥感に駆られた。

（……リーリエが僕と婚約する前で、本当に一人でいたら、アイツの誘いに喜んで応えたのかも）

クラウスにお洒落をしていると褒められて、まんざらでもなさそうだった彼女の嬉しそうな顔を思い出し、ゾワリと背筋を冷たいものが走る。

利己的な求婚をしたヴェンツェルに、リーリエは何か事情がない限り、結婚は心から愛する人とするものだと、諭そうとしてきた。

彼女に『心から愛する人』や『何かの事情』があったか、未だにヴェンツェルは何も知らないし、それにクラウスが関わっているという確証もない。

ただ、リーリエの話から想像していた以上に、彼女はクラウスと仲が良さそうだった。そのことに、思いのほか自分は衝撃を受けたらしい。

「はぁ……」

力なく溜息をついたヴェンツェルの脳裏に、今朝からのことが次々と蘇る。

まず、朝一番に自分が贈ったワンピースを着て部屋を出たリーリエを見て、あまりに可愛くて言葉を失った。

女性の服を選ぶなんて生まれて初めてだったから、魔法で簡単に獲れた七色宝石魚より、あのワンピースを買う方がよほど難しくて悩んだものだ。

何よりも彼女がとてもあの服を気に入ってくれたことが嬉しく、ニコニコして眺めるくらいしかできなかった。感激がすぎると言葉も出てこなくなると、どこかで聞いたのは本当だったらしい。

それでも、自分はリーリエをちゃんと魅力的だと思っていると伝えたかったから、王宮で彼女が正装ドレスに着替えている間、何度も心の中で自分の感想を伝える予行練習をした。

その甲斐あって、今度は美しく気品溢れる正装姿になったリーリエに、またもや言葉を失いそうになったのを寸前で堪え、なんとか褒め言葉を口にできたのだ。

本当は、もっと百倍くらい賞賛したかったのだけれど、リーリエが可愛くて語彙力が霧散した結果、あれだけになってしまった。

今までも、リーリエが正装をしたり時々髪型を変えたりした時、可愛いなとは思っていたが、誰にも近づきすぎたくない気持ちが優先され、感想を告げるのを無意識に避けていたのだ。

そうだ。自分はリーリエが好きなのだ——そう自覚した途端、彼女が綺麗だと、物凄く思うようになった。

ユストゥス陛下も謁見の際、ヴェンツェルの変化を感じ取っていたのかもしれない。昔から、鋭く油断のならない人だ。

とにかく、陛下とギーテに対しては複雑な心境を抱いていたが、リーリエに出会えたことを考えれば、王都に縛りつけられたのを感謝していいとすら思っている。

ただ……リーリエの方ではやはり、ヴェンツェルにただの好意以上の気持ちは持っていないのだろう。

謁見の後、緊張から解放された反動で顔面蒼白になってもヴェンツェルの手を借りるのは拒否するし、アルベルタに対しても、自分はただ退職の引き留めをされただけだときっぱり言い切っていたのだから。

あの時、衝動的に身勝手な求婚をしたが、彼女を愛しているから必死で引き留めたのに気づいたと、リーリエに告げようと思った。

でも、アルベルタに遮られてタイミングを失い冷静になったら、今度は言いだしづらくなった。いきなり、リーリエが好きだと気がついたなんて調子のいいことを言われても、彼女だって困るだろう。

だから、一緒に出かけたいと告げて、まずは態度で示すことにした。

リーリエは驚いたようだが快諾してくれたし、折よく市が開かれていて、アイスとフランが気を利かせてくれて彼女とデートできることになったのは、最高に運がいいと思った。

本当は、薄暗く静かなところが一番好きでも、賑やかな場所もお祭りじみた雰囲気だって好きだ。ただ、そういうのが苦手だと言っておけば、一緒に出かけないかと誘われることもなくなる。それで、昔から親しくなろうと近づいてくる相手には、皆にそう言っていただけだ。

久しぶりに綿飴を見て懐かしさからつい過去を口走りかけてしまったり、急に現れたユピル教に苦い記憶を呼び覚まされたりしたが、リーリエとのデートは幸せでたまらなかった。

ただ……。

「家族、か……」

机にペタリと頬をつけ、苦々しい思いしかない単語を口にする。

氷菓の屋台で、仲睦《なかむつ》まじい親子連れをうっとりと見つめていたリーリエを見て、冷水を浴びせられたように浮かれ気分が覚めた。

彼女は優しくて、子どもが大好きだ。そして家族の愛情をたっぷり受けて育ったことが、会話の端々から容易に窺《うかが》える。

ヴェンツェルとは違い、彼女にとって『家族』は幸せの象徴らしい。

でも、彼女はヴェンツェルの存在を思い出したら、急に慌てて、家族を持つことに対する憧れなんかないように言いだした。

彼女の気持ちはわからないでもない。好意はあっても恋愛感情は持っていないと念を押した相手と、形だけ結婚したとして、夫婦生活を営み子どもを作るのは嫌なのだろう。

一方でヴェンツェルは本来、結婚して家族を作りたいだなんて微塵も思っていなかった。

だから、リーリエに形だけの結婚をしようなんて身勝手な求婚を平気でして、彼女に重要なことを打ち明けないまま、強引に婚約を承諾させたのだ。

その後でリーリエを愛していると自覚したけれど、相変わらずヴェンツェルは自分の出生の秘密を彼女に告げていないし、これからも告げる勇気はない。

自分は、最も憎んだ男と似たようなことをしているのだと、今さら気がついてゾッとした。

でも、もはやリーリエを手放すなんて考えられない。

嫌な気分をごまかしたくて、周囲にたくさんいる幸せな恋人たちみたいに彼女と手を繋いではしゃいだりしたが、その幸せもクラウスが出てくるまでの短い間しか続かなかった。

いきなり出てきて、馴《な》れ馴《な》れしくリーリエに話しかけるクラウスに苛立つと同時に、彼女に対する後ろめたい気持ちを残酷なくらい刺激された。

そして、最低な考えが頭をよぎったのだ。

結婚するのだからと強引にでもリーリエを抱いて、彼女との間に子どもを作ってしまえばいいのでは？

情に厚く優しいリーリエなら……きっと、あの女とは違う。子どもに八つ当たりで復讐《ふくしゅう》をしたり、見捨てて逃げるなんてできないだろう。

ヴェンツェルが彼女と子どもを大事にすれば、恋愛感情はなくても自分の大切な家族だといつか受け入れてくれるかもしれない。

そんな恐ろしいことを本気で考えてしまった自分に嫌気が指し、その場から逃げるようにリーリエと家に帰って、部屋に引きこもった。

このまま彼女と過ごしたら、本当にその欲求を抑えきれなくなりそうで、くるいそうに苦しい。

「嫌だ……アイツと同じようなことをするのも……リーリエに打ち明けて嫌われるのも……」

頭を抱え、ヴェンツェルは苦悩に呻いた。


その晩、リーリエは寝衣の上に薄い上着を羽織り、二階の廊下をうろうろしていた。

廊下の窓から見える夜空は、どんよりした雲に覆われ、昼間はあれほど良い天気だったのが嘘みたいだ。

足音がしないよう静かに歩きながら、自室の向かいにある『危険物あり・入室後は何があっても自己責任で』と記された札の下がった扉を何度も眺めてしまう。

この扉の向こうは、ヴェンツェルの私室だ。

ここに来た日、使用人なのに屋根裏どころか、主人と近い部屋……それも一番上等で陽当たりが良いと思われる部屋を使うよう言われた時は、面食らった。

でも、部屋はたくさん余っているのだし、ヴェンツェルは薬品の保存をする関係で、陽当たりが良くない方をあえて私室にしているのだと説明されて、なるほどと納得した。

……それはともかくとして、今は部屋から出てこないヴェンツェルが気になって仕方ない。

（考えてみれば……ヴェンツェルさんは最近、ずっと様子がおかしかったものね）

彼の部屋の扉を見つめ、リーリエは顔を曇らせる。

昼間、ヴェンツェルは屋敷に戻ってほどなく、影を通じて使い魔たちを呼び戻した。

しかし彼はリーリエに語ったように『新しい調合の研究に集中したいから』と、あからさまな嘘をつき、アイスとフランまで部屋から追い出したのだ。

使い魔たちも、ヴェンツェルの様子がおかしいと察したので、リーリエは別行動になってからのことを二人に話した。

市場では綿飴で昔を懐かしんだり、意外にも結婚式に興味を示したり、ユピル教の布教活動と遭遇して少し不愉快そうだったとか、偶然にクラウスと会ったとか……。

すると最後まで聞き終わったアイスとフランは肩を竦めて、『落ち着くまで放っておこう』と片づけたのだ。

そして、今夜は居間でお泊り会だと、昼間に買い込んできたお菓子と玩具を持ち込んで遊び始めてしまった。

（落ち着くまでって……もしかしてヴェンツェルさんは、慣れないことばっかりして、疲れてイライラしちゃったのかしら）

リーリエは静かな廊下に一人で立ち尽くし、二日前の朝に起きた大騒ぎを思い返す。

あの求婚以来、リーリエに対する彼の様子がおかしいのは確かだ。

まず、今日の謁見前に正装をあんなに褒められて、驚いた。

おまけに買い物に一緒に来て、デートだと楽しそうに言いながら市場を回って……果ては、リーリエの花嫁姿を見たいと言いだすなんて！

いつものヴェンツェルの性格を考えれば、まったく彼らしくないことばかりだ。

ギーテに、婚約記念の贈り物について教えてもらったと、大張り切りで七色宝石魚とワンピースを手に入れてきた彼を思い出す。

(……やっぱり、ギーテ長官から色々と吹き込まれて、相当に無理をしていたのね)

ギーテはヴェンツェルを大事に思っているから、形だけの結婚でも上手くいくようにと、色々と助言をしたのだろう。

そしてヴェンツェルも、ギーテにいつも反抗しているわけではなく、必要な教えは素直に聞いているのを、リーリエはよく知っている。

ヴェンツェルの『らしくない行動』の数々は全部、ギーテの助言を聞き入れて無理をしていたのだと考えれば、実に納得ができる。

「ヴェンツェルさん……少し、話があるの。入ってもいい?」

ついに我慢できなくなり扉を叩くと、ややあって低い声が返ってきた。

「扉の札を読んで、それでもいいなら入ってきなよ」

――『危険物あり・入室後は何があっても自己責任で』――

大きな字で記されたそれをもう一度眺め、リーリエは迷わず扉の取手を握った。

掃除が不要なので、ヴェンツェルの部屋には、まだ一度も入ったことがない。

注意書きは、部屋の中に危険物があるという忠告だとは知っている。

でも、今はただ彼と話がしたいだけだ。

この二日間というもの、ヴェンツェルの様子がおかしいのは求婚が関係しているのかと尋ね、もしそうなら無理はやめてくれと頼みたい。

市場でヴェンツェルと食べ物の屋台を回った時は、本当に楽しかった。ただしそれは、彼も心から楽しんでいるように見えたからこそだ。

婚約した相手への義務だからと無理をして、さも仲睦まじい婚約者らしく見えるように振る舞っていたのなら、全然嬉しくない。今まで通りのヴェンツェルの方が、よっぽどいい。

扉を少しだけ開くと、魔法灯火が少量ついた、薄暗い室内が隙間から見えた。

大型の書棚や薬品棚が部屋の大半を占拠している中、ヴェンツェルは部屋の隅にある書き物机の前に座っていた。

もうローブは脱いで、簡素なシャツにズボンを合わせただけの普段着になっている。

「何か急用?」

ヴェンツェルは椅子の背に片腕を乗せ、座ったまま上体だけ捩ってリーリエの方を向く。

口調も声音もにこやかで、愛想の良い微笑みを浮かべているけれど、舐《な》めないで欲しい。三年も傍にいたのだから、それが全部表面だけのものということくらい、簡単にわかる。

リーリエは部屋に入り、後ろ手に扉を閉めた。

「……もし、婚約したからと無理をして私に気を遣っていたのなら、やめて欲しいの」

「え、なんのこと?」

キョトンと目を丸くした彼に尋ね返されてしまい、予想が外れてリーリエは呆気に取られる。

「だ、だって、ヴェンツェルさんは最近、様子が変じゃない。あんなに気合を入れて婚約の贈り物を用意するとか……今日だって本当は、無理をして私とデートしていたから、疲れて不機嫌になったのかと……」

「アハハッ！　何それ、全然違うよ」

扉の前に立ち尽くしたまま狼狽えていると、いきなりヴェンツェルが大笑いして立ち上がり、リーリエの傍に来た。

「ヴェンツェルさん……？」

「心配してくれたのに、笑ったりして悪かった。でも、本当にリーリエが気にしているようなことはないいんだ」

リーリエの肩を宥めるように軽く叩き、ヴェンツェルが苦笑した。

「それならどうして、急に私を避けようとし始めたの？　アイスとフランまで……これでも貴方の世話係を三年もしているのよ。試したい調合を思いついたなんて苦しい嘘、すぐにわかるわ！」

ビシッと指摘するも、ヴェンツェルは白々しい作り笑いを浮かべるだけだ。

「あ、バレちゃったんだ。まぁ、ちょっと悩みごとはあるけど……リーリエに対しては、自分がそうしたいと思った通りに行動しているだけだよ」

「…………」

戸惑いながら、リーリエはヴェンツェルを見上げた。

ニコリと、綺麗な顔に胡散臭い作り笑いを浮かべているのに、今のはどうしても嘘を言っているようには聞こえなかった。

何か、彼なりに思うところや事情があるのだろうか……？

「そ、そうだったのね……私、変なことを言っちゃって……ごめんなさい」

自分のために彼が無理をしていたと思い込むだなんて、自意識過剰だったと、恥ずかしくてたまらない。カァッと頬が熱くなる。

ヴェンツェルが何か一人で悩んでいるのなら、それはそれで気になるし、こっちまで悲しくなる。でも、リーリエに気疲れしたのが原因ならともかく、違うとはっきり言われてしまえば、やたらに詮索するのも失礼だろう。

「あの……じゃあ、もし気が向いたら、また一緒に出かけない？　市の日でなくても、商店街には美味しいものを売るお店がたくさんあるわ」

使い魔たちと綿飴を初めて食べた思い出を、とても幸せそうに彼が語っていたのを思い出し、少しでも気晴らしになればと提案してみた。

「私のお勧めは、パン屋さんのカフェコーナーよ。ほら、今日会ったクラウスさんが勤めているお店なんだけれど、雰囲気も良いから大好きで……」

言いかけた言葉は、激しい音で強制的に中断された。

ヴェンツェルの両手が、リーリエの顔のすぐ横を通って、閉まっている背後の扉に強く打ちつけられたのだ。

リーリエを腕の中に閉じ込めるみたいに、彼は扉に両手をついたまま、こちらをじっと見つめる。

眉根を寄せて傷ついたような……それでいて険しい目をしていた。

何かを堪えるようにぐっと唇を噛み締めてから顔を上げた彼は、仄《ほの》かな魔法の灯りに照らされて、見たこともない笑みを浮かべていた。

あの胡散臭い作り笑いでもなく、本心と思われる魅力的な笑みでもない。

まるで、泣きだしそうなのに笑っているような、歪で変な笑みだ。

「なんで、そんなこと言うのかなぁ？　せっかく、こっちは必死に我慢してたのに……」

「ヴェンツェルさん……？」

「うん……よくわかったよ……リーリエは、全っ然、何もわかっていないんだってね」

凄《すさ》まじい怒りの気配を本能的に感じ取り、ビクリとリーリエは肩を震わせた。

今日の昼、アルベルタを青褪めさせた彼の後ろ姿だけでも、一瞬怖いと思ってしまったが、今の怖さは比べものにならない。

「ご、ごめんなさい……」

震える声を、必死で絞り出した。

「私、勝手に勘違いして、ヴェンツェルさんの邪魔をしたりして……すぐ自分の部屋に戻るわ」

思えば部屋に押しかけて、自分に気を遣っているんだろうなんて自惚れ発言をした時点で、相当にイラつかれても無理はない。

勝手にヴェンツェルの気持ちを理解した気になって余計なお喋りをしたあげく、ついに怒られている自分は、なんて無様で滑稽なんだろう。

何もわかっていないと、彼に言われてしまうのも当然だ。

泣きたいくらいの自己嫌悪に襲われ、そそくさと出ていこうとしたが、ヴェンツェルは両脇につ
いた手を動かしてくれない。

「駄～目。僕ももう覚悟を決めたからね。部屋になんて戻らせない」

綺麗な顔に笑みを浮かべた彼が、目だけはまったく笑っていないまま、不意にリーリエを抱き締
めた。

「っ⁉」

彼がリーリエの耳元に唇を寄せ、聞き覚えのない呪文を囁《ささや》く。

その瞬間、ドクンと心臓が強く脈打ち、爪先から脳天までを何か得体の知れない感覚が駆け抜け
る。

「ひ、あぁぁっ！」

ゾクゾクと全身が震え、リーリエは自分でも意識しないまま、甲高い悲鳴を上げた。

「あ……はぁっ……あ、ぁ……なに……これ……っ」

肌が衣服に触れる感触が。自分を抱き締めるヴェンツェルの体温や腕の感触が。

全てが鮮烈な快楽になり、ガクガク震える足から力が抜けていく。

とても立っていられず、ヴェンツェルの胸元に寄りかかると、彼が低く笑った。

「今のリーリエの身体は、ちょっとした刺激でも強い快楽に感じるはずだ。昔、娼館《しょうかん》でたまたま知
り合った魔法使いが教えてくれたんだよ。まさか使う時が来るとは思わなかったけど、どんな魔法

でも覚えておくものだね」

「っ⁉　なんで、そんなこと……」

告げられたとんでもない言葉に、リーリエは涙で潤んだ目を見開く。

この三年間、アイスとフランが近くにいなくたって、ヴェンツェルがリーリエを口説いたり手を出そうとしたりすることは、一切なかった。

前に一度、うっかり浴室の鍵を閉め忘れて、着替え中の姿を見られた時だってあるけれど、まったく気にする素振りもなかった。

だからこそ安心して勤めていた一方で、自分は彼にとって性愛の対象になることはないのだと諦めていたのだが……。

「あの男にも、他の誰にも……絶対に渡さない」

ヴェンツェルが眉を顰めて、何か呟いた。

「え……？」

しかし彼の声は小さく、自分の心臓が激しく鳴る音が耳の奥に響いて、リーリエにはほとんど聞き取れなかった。

「……なんでもないよ。リーリエが他のことなんか考えられないくらい、気持ち良くしてあげる」

ヴェンツェルが、ニコリと形だけの笑みを浮かべる。

歪に笑いながら……真っ暗な、奈落の深淵《しんえん》みたいな瞳でリーリエを見つめる。

「……っ」

怖い。怖くて、たまらない。

それなのに、抱き締められているだけで、ゾクゾクと快楽が全身を苛《さいな》む。

衣服越しに肌が擦れると、そこに魔力が通ったみたいなむず痒《かゆ》い刺激が走った。

「あ、んぁっ……っ」

身体を大きく震わせ、リーリエは甘い悲鳴を漏らす。全身が茹《ゆだ》ったように熱く、瞳が潤んで生理的な涙が火照った頬に伝い落ちた。

ヴェンツェルがゴクリと喉を鳴らし、視線を注いでいるのを感じる。

みっともない顔を見られまいと、必死で顔を背けようとしたが、片手で顎を掴まれて彼の方を向かせられる。

たったそれだけにも、背筋が震えるほど感じてしまう。腰の辺りが痺れたみたいに力が入らず、よろけたのをヴェンツェルに抱きとめられた。

彼は目を細め、何かに憑《つ》かれたかのように熱っぽい視線でリーリエをぼうっと見つめる。

「リーリエが、こんなに可愛くて、いやらしい顔ができるなんて思ってもみなかった……絶対、僕以外の誰にも見せたくない」

恍惚《こうこつ》めいた声を耳元に吹きつけられ、またリーリエは肩をビクリと跳ねさせる。

「は、離して……」

どうして……何を間違えて、こうなってしまったのだろうか。

混乱する頭でグルグル考えても、思考はまとまらない。

さっさと横抱きにされ、部屋の奥にある寝台に横たえられた。

「待っ……、て……やめ……」

広くて、微かに薬草の匂いが染みついた寝台の上から逃げようとするも、痺れる手足を上手く動かせない。

全身が、どこもかしこも過敏になっている。ばたつかせる手足が敷布に擦れるだけで、鮮烈な愉悦に襲われて眩暈《めまい》がした。

なんとかうつぶせになり、芋虫みたいに這《は》いずって逃げようとしたリーリエの背筋を、長い指がつぅとなぞった。

「ひっ！　あぁぁ……っ！」

雷に打たれたように、リーリエは大きく身を震わせた。

背筋から、腰の奥に気持ち良いものが伝わって、とろりと秘所から熱いものが溢れ出した。

娯楽の少ない故郷の村では、恋人を早々に作る若者は多かった。女の子は早く嫁いで子を産むのが一番という考えの土地柄もあり、親も相手さえわかっていればあまり咎めない。

リーリエも経験こそなかったが、友人たちとのお喋りで、知識だけはそれなりに持っていた。

下着を濡《ぬ》らすそれが、睦み合う女陰を潤すものだと察し、羞恥で目が眩んだ。

「これだけでも、凄く気持ち良さそうだね」

もう一度、ゆっくりと背筋をなぞられた。

「あっ、あっ、あ……だ、め……」

背骨の関節を一つ一つさする指の動きが、目の前が白むくらい気持ち良い。ゾクゾクと肌が粟立《あわだ》って震えが止まらない。

ガクガクと腰が痙攣《けいれん》して、震える腕から力が抜ける。

敷布に崩れ落ちたリーリエを、ヴェンツェルは抱き寄せて仰向《あおむ》けに押し倒した。

「そんなに可愛く蕩《とろ》けた顔で、駄目なんて言わないでよ。もっと気持ち良くさせたくなっちゃうじゃないか」

瞳が弧を描き、ヴェンツェルがこのうえなく綺麗で物騒な笑みを浮かべた。

飛び抜けた能力を持っていて、とびきり変わり者で素敵なところも、欠点も……彼の色んな顔を知っているつもりだったのに、こんな表情は想像もしなかった。

獰猛な捕食者の笑みを湛え、ヴェンツェルの目がリーリエを捕らえている。

いつも、自分の周りに見えない壁を作っていたくせに。大切なのは使い魔だけで、他は憎むことも好くこともせず……リーリエだって、少しばかり気に入ってもらえていただけだったはずなのに……。

彼からくるおしいほどの渇望を感じ、思考が痺れたように動けなくなる。

ヴェンツェルに、好きだと求められたくて仕方なかった。こんなことは何かの間違いだと思うのに、どうしても抗《あらが》えない。

身動きできないまま、気づけば寝衣と下着を素早く剝ぎ取られていた。

「っぁ……」

とっさに両腕で胸元を覆い隠したが、硬く尖った胸の先端は耐えがたい疼痛《とうつう》を訴え続けている。

一人だったら耐えきれず、熱くジンジン疼く先端を自分で擦って慰めていただろう。

そんなリーリエの心境などお見通しだとでも言うかのように、ヴェンツェルはニヤリと口の端を上げた。

ろくに力の入らないリーリエの手首を、ヴェンツェルは一まとめにして簡単に頭上で押さえ込んでしまう。

赤く膨らんだ胸の先端に、彼の視線が注がれているのを感じ、いたたまれなくなる。

「やっ……あ……見ないで……」

身を捩《よじ》っても、拘束から逃れられない。白く柔らかな乳房が揺れて、男の目を楽しませるだけだ。

「リーリエって声も身体も反応も、凄く可愛くて、綺麗で、いやらしいのも魅力的だよね。まぁ、普段から可愛いから、あちこちの男の目を引くのは、仕方ないのかもしれないけど……」

スッと、ヴェンツェルが目を細めた。

口元は笑みの形を保っているけれど、押し殺しきれない怒りを孕んだような、こんな目を向けられたのは初めてだ。

怖くて、ガチガチと歯の根が震えた。

「え……ヴェンツェルさん、何を言って……っあああぁ！」

ヴェンツェルが乳房に口を寄せ、ぷっくり膨らんだ赤い突起を舐めた。

温かい濡れた舌先で、硬くなった乳首を突き、弄ぶように弾かれる。

「はっ……ぁ……あっ！　あ、ふぁっ、あっ、あぁぁぁ！」

柔らかな膨らみをやわやわと握り込み、ヴェンツェルが交互に左右の胸へしゃぶりつく。

あまりにも鮮烈な快楽に翻弄され、リーリエは頭を左右に振って身悶《みもだ》えた。

快楽で眩む視界に、ぱちぱちと光が瞬いた。

「あ、あぅ……や、やめ……は、ハァ……」

胸を弄《いじ》られる快楽と同時に、触れられていない下半身にまで、溶け落ちそうな愉悦がひたひたと満ちていく。

パサパサと敷布を髪で打って身悶えても、ぎゅっと力を入れて閉じた太腿《ふともも》がブルブルと震える。

愛液をとめどなく零す秘所は、腫れ上がったかのように熱を持ち、微かに身じろぎするだけで卑《ひ》猥《わい》な濡れ音が漏れる。

胸への愛撫《あいぶ》のみでも苦しいほど感じてしまうのに、敷布が肌に擦れる感覚、荒い息遣いと淫らな音も、全てが魔法で鋭敏にされた身体は強烈な愉悦にしてリーリエを悶えさせる。

甘くて強烈な快楽は、体内で膨れ上がり続け、今にも爆《は》ぜそうだ。

「や、も……こわ……い……おかしくなる、からぁ！」

この快楽が爆ぜたらどうなるのか、怖い。

未知の感覚に怯《おび》えて訴えるも、ヴェンツェルは愛撫をやめてくれなかった。

「大丈夫、痛いことはしないって約束するから。リーリエはただ、気持ち良くなればいいんだ」

嬉《き》々《き》として囁かれ、親指と人差し指で乳首をきゅっと摘まれる。

「ひゃん！」

高い嬌声《きょうせい》がほとばしり、腰が大きく跳ねた。

胸の片方を指で刺激しながら、もう片方の乳首は舌で執拗《しつよう》に舐めしゃぶられる。

ぐるりと舐め回し、乳輪に押し込むように舌で突かれ、限界まで膨れたそれに甘く噛みつかれた瞬間、脳天から足の先まで雷に打たれたような衝撃に貫かれた。

一気に爆ぜた快楽に全身がビリビリ痺れ、頭の中が白一色に塗りつぶされる。

「あ、ああああああっ！」

ぎゅうっと、丸まった足先が宙を蹴り、薄桃色の割れ目がヒクヒク蠢いて愛液の飛沫を吐き出す。頤《おとがい》を反らして高い嬌声を上げて、糸が切れた人形のようにバタリとリーリエは敷布に倒れ込んだ。

「はっ……………ぁ……は…………」

ぼんやりと虚空を見つめて、胸を喘《あえ》がせる。

「想像してたより、何百倍も可愛い」

自分まで気持ち良くなっているみたいに、ヴェンツェルがうっとりと頬を紅潮させ、リーリエの額に唇を寄せた。

「んっ」

ほんの一瞬、掠めるくらいの口づけだったが、快楽の余韻に浸っていた身体がゾクゾクと震え、リーリエに意識を取り戻させる。

「じゃあ……もっと気持ち良くなろうか？」

ねっとりと耳朶《じたぶ》を食《は》んで囁かれ、彼の手が下肢に伸ばされる。

長い指がそっと、小さな肉の芽に触れた。

「ひっ⁉　あっ、あ……ああっ！　そこ、だめぇ……っ！」

べっとりと秘所を濡らす愛液を擦りつけるように、緩急をつけて敏感な箇所を転がされる。

脳裏に火花が散って、快楽に潤んだ目から涙がポロポロ零れる。

「魔法の催淫効果だろうけど……ここ、ぬるぬるにして乱れるリーリエって、凄くいやらしくて綺麗だ」

「あ、ああっ……やめ……ぇ…」

「感じてたまらないみたいなその声も、最高に好きだな。もっと聞かせて」

充血して膨らんだ肉の蕾《つぼみ》を執拗に弄られ、敏感な場所を責められる刺激に、呆気なくまた達した。

「あっ……あん、あああっ……！」

蜜が溢れ出て、びくびくと腰が跳ねるのを止められない。頭の中が茹ったようにぼぅっとする。

「このまま抱きたくてたまらないけど、今日は優しくできそうにないから、我慢する」

ねっとりと耳朶を食みながら、ヴェンツェルが囁いた。

「代わりに、いっぱい感じてるとこ、見せてよ」

指でニチャニチャといやらしい音を立てて花弁をこね回し、執拗に蹂躙《じゅうりん》する。

「ん、ああ！　あ、ひあああぁっ！」

ぐちゅぐちゅと秘所から立つ淫靡《いんび》な水音を、あられもない嬌声がかき消す。強すぎる快楽に身を戦慄かせるも、容赦はしてもらえなかった。

もう、羞恥を感じる余裕などなかった。

好き勝手に嬲《なぶ》られるまま、絶え間なく達し、淫らに腰をゆらめかせる。

絶頂の感覚が短すぎて、快楽の頂点から降りられない。

リーリエは濡れた悲鳴を上げ、ヴェンツェル自身は衣服も乱していないのに気づかず、夢中ですがりつく。

どれほど、一方的な快楽を与えられ続けていたのだろうか。

数えきれないくらい絶頂に追い込まれ、体力も気力も限界まで尽きる。

次第に意識が遠のき始める中、窓のすぐ外にある庭木の葉をパラパラと小粒の雨が叩く音が、やけにはっきり聞こえた。

昼の快晴が嘘のように、夕方から空はどんより曇っていたが、ついに雨が降りだしたようだ。

ここに来てすぐ、結界があっても雨風は通るのかと妙に感心したのを思い出した。

他にも、王都に来てから驚いたことや楽しいことが、次々と思い出される。そのほとんど全部に、いつもヴェンツェルの姿があって……。

「ヴェ……ツェ……さ……」

ほとんど無意識に彼の名を呼び、リーリエの瞼がゆっくりと閉じていく。

「いつか……全部知られて、君にどれだけ憎まれても……それでも離してあげないから……」

意識を失う寸前、朦朧《もうろう》とした視界に、泣きだしそうなヴェンツェルの顔が映った気がした。

4　チケットと仲直り

市の日の晩から、三日が経った。

降り続いていた小雨もようやくやみ、道行く人々は爽やかな晴れ空を見上げて笑い合う。

しかし、買い物かごを提げて一人で商店街を歩くリーリエの心境は、相変わらず陰鬱に湿ったままだ。


――ヴェンツェルの腕の中で意識を失った後、気づけば、自分の寝台に横たわっていた。

きちんと下着と寝衣を身につけて、体液の汚れもない。

雨模様の空は薄暗かったが、時計の針はいつもの起床時刻を指しており、淫らな夢でも見たのかと混乱した。

だが廊下に出ると、ヴェンツェルの部屋の扉は、水晶のような硬い半透明の結晶に包まれ、アイスとフランがその前でうろうろしていた。

使い魔コンビが言うに、扉を閉ざしている半透明のキラキラした結晶は、ヴェンツェルの魔力が暴走して結晶化したものらしい。

『滅多にないことですが、極限まで落ち込むとこうなってしまうんです。万が一に備えて部屋に特別な結界を張っておいてくれたので、閉ざされたのはここだけで済みましたけど』

溜息交じりに首を振るアイスに、尻尾を足の間に挟んだフランがしがみついて、ブルブル震えている。

『初めてヴェンツェルがこれを起こした時なんか、酷い目に遭った。家全体が結晶で埋まって、逃げ遅れた俺たちも一緒に封じ込められたんだ』

『じゃあ、部屋の中はこの結晶で埋まっていて、ヴェンツェルさんはこの中にいるの？』

何しろ扉が開かないので、中の様子を見ることもできない。

リーリエが尋ねると、二人はこくこくと頷いた。

『ヴェンツェルは結晶の中心で、殻の中の雛《ひな》みたいに丸まって眠っているはずだよ』

少なくとも命の危険はなさそうな言葉に、少し安堵した。

『眠っているだけなのね。どれくらいで起きるの？』

ところが、そう聞くと二人は困ったように首を傾げた。

『さぁ、今回は何日かかるかなぁ』

『ヴェンツェルの気が済んで立ち直るまで、としか言いようがありませんね』

『何日もって……』

リーリエは絶句し、固く結晶で閉ざされた扉を眺めた。

『正確に言えば、眠っているというより、現実から逃避してるって感じなんだよ。これに巻き込まれると、結晶の魔力で睡眠や食事も一切必要なくなる代わりに、何も動けなくなるんだ。意思だけはヴェンツェルに届くけど……』

『あれは最悪の拷問でした。意識があっても、瞬き一つできないんですからね』

フランに比べれば落ち着いた様子のアイスも、よく見れば足がガクガクしている。本来は強大な力を持つ彼らが、こんな風になっている姿など初めて見た。

だがこの話を聞けば、二人がこれほど怯えているのにも納得がいく。

同時に、泣きそうなヴェンツェルの表情を思い出し、やはり昨夜のことは夢でなかったのだと確信した。

とはいえ使い魔コンビに、ヴェンツェルにあんなことをされたなどとは、口が裂けても言えない。

『たぶん、ヴェンツェルさんは私に腹を立てたのだと思うの。昨夜、寝る前に少し会ったのだけれど、様子がおかしかったから……』

表現を濁して二人に告げ、結晶に触れていれば声だけはヴェンツェルに届くと教わったので、早速やってみた。

しかし、色々と話しかけてみたものの、反応はない。

魔力の結晶は、窓から差し込む光をキラキラと反射して思わず見惚れるような美しさだ。触れると微かに冷たくて、叩くと硬い音がする。

この結晶は、一緒に閉じ込められるととんでもない羽目になるが、触れるだけなら問題なく、どんな武器でも傷一つつけられないらしい。

綺麗な顔に人当たりの良い笑顔を浮かべながら、誰も奥深くまでは関わらせなかった、ヴェンツェルの心がそのまま具現化したようだと思う。

(——でも、あれだけやりたい放題にしておいて、勝手に落ち込んで聞く耳持たないなんて酷いじゃない。何が気に食わなかったのか、私にもわかるように教えて欲しいわ)

考えるほどにモヤモヤしてしまい、眉を寄せた。

あの時、彼がリーリエを気持ち良くするだけで抱かないと言ったのは、本当だと思う。

初体験を済ませた故郷の友人たちから、処女を失った後はどんな風になるか、あれこれ聞いてはいるからだ。

おそるおそる確認したが、教えてもらったような、下腹部の痛みや違和感、事後の出血もなかった。

そして三日が経っても扉は結晶に閉ざされたままで、食料棚の在庫も乏しくなったために、使い魔コンビに留守番を頼んで買い出しに行くことにしたのだ。

例の、隠れ小鬼と魔法使いの詐欺師は、未だ捕まっていないらしい。

普通の人間相手ならともかく、違法使い魔に対してならアイスとフランの二人も攻撃を許されている。

二人は護衛についていくと言ってくれたが、普段は仲の良い彼らまで、今はピリピリしているせいか、どちらが留守番役をするかで大喧嘩になりかけてしまった。

そこで、警備隊も熱心に探しているし、少し買い物に行くだけだからと、平等に二人ともお留守番ということにして、リーリエは久しぶりに一人で買い出しとなったのだ。

(え……アルベルタ様⁉)

ところどころに残っている水たまりを避けて歩いていたリーリエは、ふと向こうから来る女性に気づいて息を吞む。

化粧も控えめで町娘らしい地味なワンピース姿をしているが、間違いなくアルベルタだった。

生粋の貴族令嬢である彼女と、王宮で鉢合わせをするならともかく、庶民の集う商店街で出会うなんて。

平服で伴《とも》をつけている様子もないし、お忍びを楽しんでいるのかもしれないが、先日の件があるから気まずすぎる。

急いで物陰に隠れようとするも、遅かった。

彼女もちょうどリーリエに気づき、形の良い眉を吊《つ》り上げる。

(ひいい！　物凄く睨まれてる！)

もともとがキツそうな顔立ちの美女だけに、眼光鋭く睨まれると、いっそう迫力が増す。

彼女が明らかにこちらへ向かってくるのを見て、反射的にリーリエは踵を返すと、脱兎《だっと》のごとく駆けだした。

「ちょっと！　待ちなさいよ！」

背後でアルベルタが怒鳴るも、止まる気はない。

あからさまに逃げるなんて、間違いなく失礼な態度だ。

普段だったら決してやらなかっただろうが、ここ数日の度重なる出来事で、疲弊しきっていた精神がもう限界だった。

（これ以上の厄介ごとは御免だわ！）

幸いにしてというか、ここは礼儀と身分を非常に重んじる王宮ではなく、雑多な市井の商店街だ。

追いかけっこしているリーリエたちに、道行く人々も好奇の目を向けひそひそ囁くくらいで、関わろうともしない。

田舎育ちの脚力を舐めるなと必死に走るが、アルベルタもお嬢様育ちとは思えないほど足が速い。

通行人の間を上手くすり抜けながら、鬼のような形相で着実に距離を詰めてくる。

（そ、そういえば……アルベルタ様、王宮魔法士団の入団テストで、体力証明に軍事訓練も受けたって噂があったけど……本当だったの⁉）

そんな、余計なことを考えていたのが悪かった。

「あっ！」

いかにもガラの悪そうな男が、急に歩みを横にずらして立ち塞がったのを、避《よ》けきれなかった。

「痛ぇ！」

「す、すみません！」

とっさに足を踏み締めたので、軽く片方の腕に触れたくらいだったが、ぶつかったのは確かだ。

痛くなくても反射的に叫んでしまったのかもしれないし、不快な思いをさせたのには違いないと、謝ったが……。

「こりゃ骨にヒビが入ったかもな。姉ちゃんが暴走馬みたいに突っ込んできたせいだぞ」

男はリーリエの倍はありそうな太い腕をさすりながら、凄んできた。

「ええっ⁉　そんな……」

「腕が折れたら仕事もできねぇ！　責任取ってもらうぞ！」

どう考えても、言いがかりだ。

しかし、困って周囲を見回しても、皆は関わりたくないとばかりに視線を逸らす。

「ちょっとそこの宿で治療費の相談をしようか。大人しくついてくれば、大事にはしないでやるから……」

「あの程度で骨折だなんて、あまりにも骨がもろすぎるわね。何か、深刻な病気にかかっているのかもしれないから、ぜひ医者にかかった方がよろしくてよ」

黄ばんだ歯を見せてニヤつく男の言葉を、冷たい女性の声が遮った。

そろりとリーリエが肩越しに振り向けば、追いついたアルベルタが、男に軽蔑たっぷりの嘲笑を向けている。

「なんだよ、姉ちゃん。関係ない奴がでしゃばるな」

「関係はあるわ。彼女はわたくしとの約束があるのだから、貴方に付き合う暇はないの。ね？　リーリエさん？」

「え、ええと……」

上品な笑みを湛えたアルベルタから、リーリエはそっと目を逸らした。

正直に言って、どっちのお誘いも御免こうむりたい。

一方、男はさらに憤怒の形相を酷くし、アルベルタを睨みつけて怒鳴る。

「お前みたいな生意気女は、俺の好みじゃねえんだよ。女は大人しく言うこと聞いて、引っ込んでろ！」

骨折の設定はどこへやら、男はアルベルタの肩を掴もうと手を伸ばしたが、彼女の方が素早かった。

男の手首を掴んで引き寄せ、相手の勢いをそのまま生かして背負い投げにする。

骨どころか、石畳にヒビが入るのではと思うような、大きな音と土埃が立ち上り、男は無様に道へ倒れた。

「わたくしは王宮魔法士団のアルベルタよ。今度は全身骨折でもしたと言うなら、良い医者を紹介するので、存分に診ていただいたらいいわ。歩けなくても、警備隊に事情をすっかり話して運んでもらうから安心なさい」

アルベルタが地面に倒れている男へ冷たい視線とともに言い放ち、王宮魔法士団の団員証になる翼蛇のブローチを取り出して見せる。

すると、周囲からざわざわと驚きの声が上がった。

「女性で王宮魔法士団って……まさか、あの有名なアルベルタ様⁉」

「でも、なんで王宮魔法士様が平服でこんなところに……？」

「とにかく、あの方は本物よ！　私、任命式の式典チケットが当たったから、間近で拝見したことがあるもん！」

関わらないように知らんぷりしていた人々も、さすがに興味を惹かれたらしい。アルベルタに賞賛の目を向けつつ、男に対しては非難の声がそこかしこから聞こえだす。

「あの男、女の子に因縁つけて凄んだうえで、あっさり負けるとかダサすぎだろ」

「俺、最初から全部見てたけどさぁ、どう見ても男の方からわざとぶつかりに行ってたぜ」

「それに、金髪の女の子はちゃんと避けようとしてたよな。あれは絶対に言いがかりだ」

ざわざわと囁き合う声が広まるにつれ、特に女性を中心に非難の声が上がり始めた。

「酷いわ！　きっとアルベルタ様はお忍びでいらしたのに、犯罪に遭っている女性を見過ごせなかったのね」

「正義感が強くて、魔法だけでなく武芸全般も極めていると聞いていたけど、素敵……っ！」

「アルベルタ様！　そんな女の敵は、やっつけちゃってください！」

こちらに注目する人は増え続け、よろよろと身を起こした男は、居心地が悪そうに視線を彷徨《さまよ》わせる。

「チッ……女が偉そうに！　今日だけは、その度胸に免じて許してやる」

男は舌打ちし、いかにも小物じみたセリフを吐くと、そそくさと去っていった。

「あらあら。最後まで小物だったわね。もう少しまともな悪態をつけないのかしら」

アルベルタが頬にかかった髪を優雅に払い、ブローチをしまうと、盛大な拍手が四方から湧いた。

「アルベルタ様。助けてくださって、ありがとうございました」

リーリエは深々とお辞儀をしつつ、そろそろと一歩後ずさった。

あのまま連れていかれたら、何をされていたかわかったものではなく、彼女には本当に感謝している——が、捕まったらどうなるかわからないのは、こちらも同じである。

「では、私はこれで……」

素早く踵を返し、そそくさと逃げようとしたが、やはりそうはいかなかった。

「お友達を助けるのは当然よ。今日はお忍びだったから、急に声をかけて驚かせてしまったわね」

リーリエの腕をガシッと素早く掴んだアルベルタが、周りに聞かせるよう大きな声で言ってから、耳元で小さく囁いてきた。

「人が穏便に話をしようとしたのに、いきなり逃げ出すなんて失礼じゃない。おまけにこんな騒ぎまで起こして、せっかくのお忍びが台無しよ」

「え……？」

あの凄まじい迫力で、穏便に話しかけようとしていたと普通の人は判断するだろうか……？

「悪いと思っているのなら、つべこべ言わずお茶でも御馳走《ごちそう》されなさいよ。すぐそこのカフェだから」

問答無用とばかりにぐいぐいと手を引っ張るアルベルタに、もはや抗う気力もないリーリエは、半分引き摺《ず》られるように連れていかれた。

「――ここはわたくしがオーナーをしている店だから、楽にしてちょうだい」

安楽椅子にゆったりと座ったアルベルタの向かいに、リーリエはカチコチに緊張しながら腰を下ろす。

彼女に連れてこられたのは、脇道にひっそりと建つ小さなカフェだった。

アルベルタがカフェの経営までしているとは驚きだが、お忍びにも慣れている様子だから、市井を歩く時の拠点として作ったのかもしれない。

一階もお洒落で洗練された雰囲気の店だったけれど、案内された二階の部屋はまた別格だった。カーテンや家具、花瓶の花に至るまで、上品な高級感に溢れている。

茶器も美しく、花の香りがするお茶も一級品に違いない。しかし、リーリエの心にある望みはただ一つ。

――一秒でも早く帰りたい。

「あの……一体、私にどのようなお話でしょうか……？」

おそるおそる尋ねると、アルベルタが形よく整えられた眉を顰めた。

「先日、貴女に失礼な態度を取ったのを、謝りたかったの。ヴェンツェルやギーテ長官に咎められたからじゃないわよ。我ながら、あれは最低だったわ……ごめんなさい」

椅子から立ち上がったアルベルタに頭を下げられ、思わず目を疑った。

「い、いえ。そんな……」

狼狽えるリーリエを、アルベルタが椅子に座り直し、ジロリと睨んだ。

「とにかく、今日は失礼な態度を取られたあげく、ゴロツキに絡まれたのを助けてあげたのだから。これで、貸し借りなしにしてもらうわよ」

「はい。私も、本日は申し訳ありませんでした」

リーリエも慌てて立ち上がって、頭を下げた。

「これで、わたくしの話はおしまい。どうぞヴェンツェルと結婚してお幸せにね」

ヒラヒラと手を振って言われた言葉に、心臓が鋭く痛んだ。

幸せになりたいと……きっと、ヴェンツェルもそう願い、リーリエを引き留めたのだと思う。

愛とか恋には無関心でも、彼なりに思い描く幸せな生活があり、それにはリーリエが必要だと考えてくれた。

……でも、今はどうなのだろうか？

全てを拒絶するような、半透明の殻に閉ざされた扉が脳裏に浮かび、泣きたくなった。

「はい……」

小さく答えた声が、僅かに震えてしまった。唇を噛んで俯き、涙が零れそうになるのを堪える。

「……本日は、お世話になりました。お話がお済みでしたら、これで失礼いたします」

声が震えないよう必死で努め、傍らに置いてあった買い物かごを手に取る。

踵を返すと、背後から咳払いが聞こえた。

「ここを任せている店主が、仕入れから淹れ方まで拘った自慢のお茶を出したのに、手もつけないで帰るつもり？　それとも、わたくしが毒を入れたとでも疑っているのかしら」

「いいえっ！　決して、そんなことは……」

慌てて首を横に振ると、アルベルタはリーリエと自分のカップを交換し、一口飲んでみせた。

「同じポットから注いだのを見ているのだから、これで十分でしょう？　飲んでいくついでに、その辛気臭い顔の理由を聞いてあげてもいいわ」

「え？」

「確か、見合いを断ってヴェンツェルの求婚を受けたと言ったわね？　貴女にも何か事情がありそうな雰囲気だけれど、お幸せにと言われてベソをかきそうになるほど、あの男との結婚が嫌になったの？」

そう言った彼女は、相変わらず眉を顰めてキツそうな表情をしているものの、よく見れば意地の悪い雰囲気は感じない。

ヴェンツェルに言い寄っては相手にされず、激怒する彼女をしょっちゅう見ていたから、いつの間にかヒステリックな怖い人という印象ばかり抱いていた。

だが、よく思い起こせば、それは彼女のほんの一面だった。

アルベルタは、野盗や魔物の被害情報が入ると、苦しむ人々を一日も早く助けに行くべきだと、王宮魔法士団の会議で常に率先して討伐メンバーに名乗り出ている。

そんな彼女を、名前を売りたくて張り切っているのだろうと嘲笑する人もいる。けれど、あれほどの行動力は単なる自己顕示欲だけで成せるものではないと、ヴェンツェルは言っていた。

気が強いのと同じくらい正義感も強く、基本的には良い人なのだと思う。

「今さらですが、ヴェンツェルさんの気持ちがよくわからなくて……」

悩んだ末に思い切って言うと、アルベルタが「は？」と、怪訝な顔になった。

「貴女は退職を引き留める目的だけで、求婚されたのでしょう？　いかにも、あの男らしいじゃない。元から人らしい気持ちなんか持っていない男を相手に、それこそ今さら何を言いだすのよ」

「で、ですが、アルベルタ様はヴェンツェルさんを好きで求婚をなさっていたのでは……？」

身も蓋もない辛辣な意見に面食らうと、アルベルタも驚愕の表情となった。

「そんなわけないでしょう！　っ……あの後でヴェンツェルから、わたくしが結婚したがっていた理由を聞いていないの⁉」

あの後、とは婚約報告をした日に王宮で言い合いになったことだろう。

「いいえ。特に、何も聞いておりません」

リーリエは答え、それから少し考えて付け加えた。

「ヴェンツェルさんは、人が内緒にしたいことを軽々しく話したりはしませんから」

「……わたくしが内緒にしたがっていると、なぜ思うのよ」

鋭く睨まれるも、リーリエは怖気づかなかった。

あの時は狼狽えてばかりだったが、王宮の中庭で怒りくるっていたアルベルタが、一瞬だけ妙な様子を見せたのを思い出す。

「先日、アルベルタ様はヴェンツェルさんに向けて怒鳴っていたのに、私を見て急に黙ってしまった場面がありました。確か、契約結婚とか、ご自分が先だったとかおっしゃっていたと思いますが……」

記憶を辿ってアルベルタが言っていた印象的な言葉を口にすると、彼女がさっと気まずそうに視線を逸らした。

「アルベルタ様は私に……いえ、他の人には知られたくないご事情があり、ヴェンツェルさんも秘密にしたがっているのを承知だったのではありませんか？」

「……ええ。そうよ」

「ヴェンツェルさんは確かによくわからない性格をしているし、欠点も多いと思います。でも……」

無意識にスカートを握り締め、そこに視線を落としていた。

目に映るのはスカートの布と自分の手だけのはずなのに、幻影のようにヴェンツェルの姿がチラチラと映っては消えていく。

「安易に他人の秘密を暴露するようなことは、決してしない人です。それに意外と人を見ている部分もあって、私が少し体調を悪くすると一番に気づいたりします。ギーテ長官には憎まれ口を叩いたりすることもありますが、あれだって……」

「わかったわよ！　わかったから、さりげなくノロけに持っていくのはやめてちょうだい！」

アルベルタの悲鳴に、リーリエはハッと我に返った。

「す、すみません！　ノロけているつもりでは……」

「今のがノロけじゃなくてなんだと言うの？　……こうなったらもう、最初から全部話すわよ」

アルベルタが呆れたように睨んだ後、深々と溜息をついた。

「王宮魔法士団に入ってすぐ、ヴェンツェルと直に対面して、噂に聞く救国の英雄像とは随分違うと思ったわ。他の団員に、あんな腑抜けで失望しただろうとも聞かれたけれど、失望というよりもイライラしたわね」

「イライラ、ですか？」

「そうよ。あれほどの魔力と使い魔を持ちながら、もっと上を目指そうとせず昼行燈《あんどん》みたいに生きているなんて、宝の持ち腐れよ。まったく……わたくしなんて、女というだけで何かにつけて軽んじられ、王宮魔法士団に入るだけでも大変だったのに！」

「アルベルタ様……」

ギリ、と歯を食いしばった彼女は、泣くのを必死に堪えているようにも見えた。

美しい容姿に、各種の才能、そのうえで大貴族の家柄と、彼女だって十分すぎるくらいに色々と持って生まれてきたはずだ。

それでも彼女なりに苦労して今の地位を築き、辛い思いもたくさんしたのではなかろうか。

「団員になってからも、女は足手まといだと最初から決めつけられたり、散々辛酸を舐めさせられたわ。庇《かば》ってくださるギーテ長官には感謝しているけれど……」

苛立たしげに息を吐いたアルベルタに、リーリエは定例会議の光景を思い出した。

彼女の入団を機に、ユストゥス陛下は王宮魔法士団だけでなく他の騎士団なども全てにおいて、男女問わず実力次第で門戸を開くように改めた。

しかし、それを快く思わない者は、王宮魔法士団の中にも当然いる。

アルベルタに対して露骨に見下す発言をしたり、下心丸出しで仕事の手助けを申し出たりと、傍から見ても彼女が不快だろうと思われる場面はいくつか思い当たった。

ギーテは目に入れれば注意していたが、そうやって庇われてしまうことも、アルベルタにしてみれば屈辱だったのかもしれない。

「まぁ、それはともかくとして。上昇志向の欠片もないヴェンツェルは、見ているだけならイラつくけれど、わたくしの計画には理想的な人材だと、ある日気づいたのよ」

フッと、彼女は皮肉そうに唇の端を持ち上げた。

「計画に、理想的な人材？」

甘さの欠片もない表現に、リーリエは思わず間の抜けた声を発した。

「わたくしは侯爵家の一人娘として、結婚して跡継ぎをもうける義務はきちんと果たすつもりよ。ただ、小さな頃から言い聞かされていたように、旦那様にかしずいて守っていただくなんて結婚は嫌なの。わたくしはずっと、武芸も魔法も勉学も懸命に学び鍛え続けてきた。そこらの男に力で劣っているつもりはないわ」

「本当に、凄いと思います」

ついさっき、ゴロツキをあっさりと撃退したアルベルタを思い出し、リーリエは大いに納得して頷く。

「素直に認めてくれるのね。悪い気はしないけど」

一方で彼女はやや面食らった様子になったが、コホンと咳払いをした。

「肝心の話に戻るわ。わたくしは以前、ヴェンツェルが自宅にいる時に訪ねて、こう提案したのよ。『わたくしを愛する必要はないから、世間的に夫婦関係となって子どもを作るのに協力をして欲しい。代わりに、貴方の要求も可能な限り聞く』とね」

「ええっ⁉」

「彼なら条件次第で、割り切った契約結婚に応じてくれるかと思ったのよ。それに、両親ともに魔力が強ければ、子どもに受け継がれる魔力にも期待できるわ。……このように説明したのだけれど、これもヴェンツェルから聞かされていなかったのね」

「はい。全然知りませんでした……」

ヴェンツェルの屋敷は普段、人目に触れない仕様になっているけれど、用事があればきちんと見えて入ることもできる。

しかし、郵便物は王宮にある小さな転移装置を介して屋敷に届くので、ヴェンツェルの住所が知られることもなく、ギーテ以外の訪問者など滅多にない。

ましてやアルベルタが訪ねてきたなんて、思ってもみなかった。

「わたくしが訪ねた時、貴女と使い魔は買い物だとかで留守にしていたわ。公にしたいような話でもないから好都合だったけれど」

それはそうだろうと、リーリエはまたもや納得をする。

そして先日、王宮の中庭でアルベルタが去った後『彼女は僕を利用したいだけで、好きなわけじゃない』と、ヴェンツェルが言っていたのを思い出した。

彼は、アルベルタが公にしたくない事情は口にするわけにいかないにしろ、リーリエが勘違いして気に病んでいたのを見かね、その部分だけでも訂正してくれたのか。

「それで……失礼ですが、ヴェンツェルさんは、そのお話を断ったのですよね？」

おずおずと尋ねると、アルベルタが苦いものを口いっぱいに含んだような顔になった。

「ええ。『僕は普通に結婚するつもりもないけど、君に種馬扱いされてまで頼みたいこともないな。そういう身勝手なお願いなら、他の人を当たってよ』と言って、即座に追い返されたわ」

「うわぁ……」

もう少し言い方があると思わないでもないが、アルベルタの提案は、控えめに言っても褒められたものではない。

リーリエもヴェンツェルの立場なら気を悪くしていただろうし、生まれる子どもに対しても失礼なんじゃないかと思う。

彼女も反省しているのか、ややバツが悪そうに眉を下げて、カップを傾けた。

「諦めて他を探そうにも、言い寄ってくるのは家柄目当てのろくでもない男ばかりで、両親にも見合いをせっつかれて困ったの。それで、やっぱりヴェンツェルに頼むしかないと、彼が頷きそうな条件を考えて追い回したのだけれど……これだけ困っているところを見せれば、彼が同情して引き受けるかもしれないなんて、調子のいい期待があったわ」

アルベルタがカップを置き、リーリエに向けて姿勢を正した。

「貴女がヴェンツェルの同情を引いて婚約しただなんて思い込んだのは、わたくし自身がそうした浅ましい考えを抱いていたからだわ。だから謝りたかったの……自分が恥ずかしい」

長い睫毛《まつげ》を伏せた彼女は、よく見れば耳まで赤くなっている。

「アルベルタ様。打ち明けてくださって、ありがとうございます」

リーリエが何も聞かされていないとわかったなら、自分が気まずいことなんて黙っていることもできたのに。

アルベルタがヴェンツェルに持ちかけた話は、とても好きになれない。彼が断わったのも当たり前だと思う。

ただ、アルベルタにも色々な事情や葛藤があったはずだ。

ヴェンツェルに優しくされて楽しく毎日を過ごしながらも、実りの見込めない片想いに疲れ、逃げるように提案された見合い話を受けた自分を思い出す。

「私だって、結婚について偉そうなことは言えません。よければ、少しだけ愚痴を聞いていただけますか？」

思い切って切り出すと、アルベルタが目の端をさっと擦り、顔を上げた。

まだ僅かに頬へ赤みが残っていたが、美しい口元に堂々とした勝ち気そうな笑みを浮かべる。

「わたくしだけに散々話させて、このまま帰すわけがないでしょう。一体どんな経緯でヴェンツェルの求婚を受けることにしたのか、そっちも残らず打ち明けなさいな」

すっかり調子を取り戻した彼女に促されるまま、リーリエはヴェンツェルにずっと片想いをしていたことや、諦めて見合いを口実に世話係を辞めようとしたら結婚へ持ち込まれてしまったこと……そして先日の婚約報告後、市場で急にヴェンツェルの様子がおかしくなり、不機嫌になったらしい彼が部屋にこもってしまったことまで、気づけば話していた。

「――そこまで強引に求婚を成立させたなんて、わたくしのことをとやかく言えるのかしら、あの男」

聞き終えたアルベルタは、怒りの滲む薄ら笑いを浮かべてヒクヒクと口元を震わせた。

「やっぱり、ギーテ長官に泣きついてでも婚約破棄をお勧めするわ。そんな身勝手な鈍感男は、わたくしに計画的に使われるくらいがいいのよ」

溜息交じりに恐ろしいことを言いだされ、リーリエは慌てて首を横に振る。

「いえ、それは……私も変に見栄《みえ》を張って自分の気持ちをごまかしたせいで、後に引けなくなった部分もあるんです」

「そうね。話を聞く限り、貴女の自業自得な部分もかなりあるわね。後でグズグズ悩むくらいなら、下手な見栄なんて張るものじゃないわ」

バッサリと断言されてしまった。

「うぅ……おっしゃる通りです」

リーリエは深く反省しながら、ティーカップを傾けて乾いた喉を潤す。

茶は随分と冷めてしまっていたが、花と果物の混ざったような香りが鼻腔《びこう》に広がり、十分に美味しい。

ただ、三日前にヴェンツェルと市場巡りをしながら一緒に飲んだ屋台の紅茶は、渋くて香りもこれとは比べものにならない安っぽさだったのに、最高に美味しかった。

ゆらゆら揺れる琥珀《こはく》色の水面を眺めていたら、鼻の奥がツンと痛くなって視界が歪んだ。

「……どんな形でも、私が傍にいることでヴェンツェルさんが幸せになってくれるなら、それでいいと思ったんです」

ポツリと、ティーカップを持つ手の上に透明な雫が一滴落ちる。

「でも、どうしてヴェンツェルさんの様子がおかしくなったのかも……何も話してくれないから、わからなくて……」

「貴女の方こそ、ヴェンツェルとろくに話す気がないのでは？」

「え？」

ギョッとして目を見開くと、アルベルタが呆れたように肩を竦めた。

「聞いていると、貴女の説明は『こうだと思う』とか『なんとかみたいだった』とか、自分で勝手に想像しているような表現ばかりなのよ」

「それは……」

「自分でも言っていたけれど、貴女は意外と見栄っ張りなのね。ヴェンツェルにはっきりと聞きたいことを尋ねられないのは、理想以外の答えが返ってくるのが怖いのではない？」

「…………そう、です」

切れ長の瞳にじっと見つめられ、リーリエは息を呑む。

真っ向からぶつけられた言葉は、泥みたいなものが詰まって苦しかった胸に、鋭く突き刺さった。

グサリと突かれた痛みはあっても、風穴をすっきりと開けてもらえたような気がする。

婚約が決まってから、ヴェンツェルの様子をずっと訝《いぶか》しく思いつつ、勝手に自分の解釈で片づけて何も聞かなかったのは、怖かったからだ。

――本当は、少しでも私を特別に想う気持ちがあったから、引き留めて求婚してくれたんですか？デートしようとか、花嫁姿を見るために結婚式をやりたいとか、手を繋ぎたいとか、ドキドキと胸が高鳴るようなことを言われるたびに、そう尋ねたかった。

でも、もし自分の勘違いだったら恥ずかしくてそれこそいたたまれないから、ヴェンツェルが色恋沙汰なんて考えるはずもないと、勝手に決めつけていたのだ。

赤面して俯いていると、アルベルタが何か思いついたかのように手を打った。

「貴女とヴェンツェルは、来週の火曜日の晩に何か予定がある？」

唐突な質問に面食らいつつ、リーリエは買い物かごからスケジュール帳を取り出して確認してみた。

来週の火曜日といえばちょうど一週間後で、定例会議もなく、ヴェンツェルもよほどの用事がなければそれ以外で外出することは滅多にない。

「いいえ。特に今のところはありません」

「そう。だったら、ちょうどよかったわ」

アルベルタが、部屋の隅に置かれた猫脚のチェストへ向かい、引き出しから薄い封筒を取り出す。

そして封筒をそのまま、リーリエに差し出した。

「これを使って、二人で恋愛の勉強でもしていらっしゃいな」

「アルベルタ様……」

受け取った封筒を開くと、芝居のチケットが二枚入っていた。

貴族の行く高級な劇場のものではなく、平民が気楽に行ける大劇場のものだ。とはいえ、綺麗で大規模な劇場なので街でも有名で、二階の高級な個室には貴族もお忍びで訪れると聞く。

チケットは来週の火曜日の、夜公演の指定席だった。

紙面に記された『氷雪の恋』というタイトルからして、恋愛ものの芝居らしい。

「たまたま入手したけれど、観劇はあまり好きでないから、持て余していたの。もっとも、市井での評判はなかなか良いらしいわよ。特に、恋人同士で観るのはお勧めと聞いたわ」

アルベルタが、フッと挑発的な笑みを浮かべた。

「市場のデートが失敗に終わったと思うのなら、今度は貴女から誘って挽回《ばんかい》してみせたらいいじゃない。あの変な男と一生付き合う気のようだから、それくらいの根性はあるわよね？」

「はいっ！」

リーリエは勢い込んで頷いた。

そうだ。ヴェンツェルとこれからも付き合っていくのなら、しっかり向き合わないと。

モジモジと恥ずかしがって曖昧にしか自分の気持ちを言わない……そんな女の恋心を察して器用にやりとりするなんて、ヴェンツェルには絶対無理だ。

そんなの、とっくに知っていたはずじゃないか。

誰の声にも耳を貸さず結晶に閉じこもっている彼が、果たして来週の火曜までに出てくるかわからない。

出てきたところで、恋愛ものの芝居には興味がないと、誘ったって一蹴されてしまうかもしれない。

不安はいくらでも芽生えてつる草みたいに伸び、リーリエの心に絡みついて萎縮させようとするけれど、このまま悩んでいても何も実らない。

ブチブチと、胸に絡みつく不安をむしり取り、いつまで嘆いて甘える気だと、己を叱咤する。

チケットを大切に胸に抱き、リーリエは何度も礼を言ってアルベルタの店を出た。


先ほどのゴロツキについては通報しておくと言ってくれたアルベルタは、リーリエがまた妙な輩に絡まれては寝覚めが悪いと、体格の良いカフェの従業員を護衛につけてくれた。

しかし、その従業員はどこかで見た顔だと思ったら、先日に謁見の場にもいた近衛兵だった。

聞けば、彼はアルベルタと幼馴染みで、昔から兄妹みたいに親しく接していたらしい。

ただ、アルベルタは王宮魔法士団に入ってからというもの、男性の庇護を受けるのをそれまで以上に嫌い、幼馴染みの彼がお忍びの際に護衛を申し出るのも嫌がるようになったそうだ。

それでもついてくるのなら、カフェの従業員でもして待っていてくれと言われたので、アルベルタがお忍びをする時には、何かあれば駆けつけられるようにカフェで働くことにしたらしい。

そこまでするなんて、近衛兵はアルベルタに特別な想いを抱いているのではと思ったが、他人の仲にまで口を出せるほど、リーリエは恋愛の達人ではない。

とにかく急いで買い物を済ませ、屋敷の近くで近衛兵に礼を言って別れた。

買い物かごを床に放り出して二階へ突進すると、まだ閉ざされたままのヴェンツェルの部屋の前で、アイスとフランは床に座り込んでカードゲームをしていた。

息を切らして駆けてきたリーリエに、彼らは目を丸くしているが、今日あったことを説明するのももどかしく、飛びつくように結晶に触れる。

「ヴェンツェルさん！」

リーリエは大きな声で呼んだが、結晶が僅かにキラリと光っただけだ。

頬と耳をつけても、ひんやりと冷たく硬い結晶からは何も聞こえない。

「私、大切な話があって……だから、出てきてもらえないかしら……」

彼が好きだから、あの理由で求婚されたのは複雑な気分になったけれど、一緒にいられるのは嬉しい。

初めてデートをして、手を繋いだ相手がヴェンツェルで最高に嬉しかった。

だから、市場のデートでヴェンツェルは何が不満だったのかを知り、やり直すチャンスをもらいたい。

これらをどうやって伝えようか、帰り道で散々に考え抜いたはずなのに、いざとなると頭がグチャグチャになってしまう。

声が詰まって、息が苦しい。泣きだしそうになるのを堪え、アルベルタにもらったチケットを取り出す。

「出てきてくれないなら、ここで話すわ。さっきお芝居のチケットをもらったの！　凄く評判になっている恋愛物語で、デートにぴったりらしくて、だから来週……」

不意に、分厚い氷に亀裂が入るような不気味な音が響いた。

「えっ⁉」

扉を覆う結晶が黒っぽく濁り、そこかしこに大きなヒビが入っている。

「リーリエ、下がってください！」

「いつもはこんな風じゃなくて、もっと静かに溶けるのに……ヴェンツェル、どうしたんだよ⁉」

アイスとフランが素早くリーリエの前に出て、自分たちの前に防御魔法の盾を張った。

美しい半透明だった結晶は、ますます黒く濁っていき、亀裂も大きく広がっていく。

やがて真っ黒に変色した結晶は、大きな音を立てて粉々に弾け飛んだが、魔法の盾にぶつかることもなく消え失せてしまう。

同時に、遮るもののなくなった扉が勢いよく内側から開いた。

「リーリエは馬鹿だね。あのクラウスとかいう奴とデートする気なら、僕に黙って行けばよかったのに……形だけでも婚約している相手に、律儀に報告しなきゃと思ったの？」

三日ぶりに見るヴェンツェルは、少しやつれた顔に凄まじい怒気をみなぎらせており、アイスとフランが息を呑む。

リーリエも、こんな険しい顔をしたヴェンツェルを見たのは初めてで気圧《けお》されそうになったが、恐れ以上に驚愕が勝った。

「クラウスさんと、デート⁉　なんでそうなるの⁉」

思わず叫ぶと、彼がこれ以上ないほどに目を見開き、ポカンと口を開けた。

「え、だって……デートにぴったりな、お芝居のチケットをもらったなんて言うから……」

ヴェンツェルの全身から立ち上っていた怒気がたちまち霧散し、打って変わってオロオロとし始めた彼に、リーリエは二枚分のチケットを見せた。

「最後まで聞いて。まず、このチケットをくれたのは、アルベルタ様よ」

シンと、辺りが静まり返った。

ヴェンツェルだけでなく、まだ今日の出来事を知らないアイスとフランも、唖然とした顔でリーリエの持つチケットを凝視している。

「……アルベルタが？」

ややあって、ヴェンツェルが思い切り怪訝な顔で首を傾げた。

「今日、街でお忍び中のアルベルタ様に偶然お会いしたのよ。それで……まぁ、お茶をいただきながら色々と女同士で腹を割ってお喋りした後、自分には不要だからとお芝居のチケットをいただいたの」

だいぶ端折《はしょ》って、リーリエは説明をする。

ヴェンツェルはともかく、アルベルタの名誉のためにも、アイスとフランにまで勝手に真相を教えるわけにはいかない。

「アルベルタがリーリエとお茶しながら仲良くお喋りって……どういうこと？」

「僕にも想像つきませんよ」

アイスとフランがヒソヒソ話しているのはひとまず置いておき、リーリエはヴェンツェルにチケットを突き出す。

「私は、ヴェンツェルさんとデートに行きたいから、このチケットをもらうことにしたの」

「僕と……？」

信じられないとばかりに、ヴェンツェルが目を見開いた。

「そうよ。ヴェンツェルさんは、結婚しても今まで通りで何も変わらなくていいと言っていたけれど、私は……」

拒絶されるのではと思うと、心の内を明かすのは怖い。

口ごもってしまいそうになるのをなんとか堪え、彼を正面からしっかり見上げた。

「私は、ずっと前からヴェンツェルさんに恋をしていたから。市場でデートしようと言ってくれた時も、手を繋いだ時も、凄くドキドキして嬉しかったわ。だから今まで通りじゃなく、ちゃんと恋人みたいになって結婚できるかもしれないと、期待しているの」

「っ！」

ヴェンツェルが息を呑み、何度か口をパクパクと開け閉めしてから、困惑しきったように掠れた細い声を発した。

「だったら、どうして故郷に帰ってお見合いするとか言いだしたり、僕が引き留めようと求婚しても、なかなか受けてくれなかったの?」

「ヴェンツェルさんは誰かと親密になることすら凄く避けているから、私が好きだと言っても駄目だろうと、諦めて故郷に帰ろうとしたのよ。そうしたら引き留められて驚いたけれど……好きな人に世話係として必要だからという理由で求婚されるのは、惨めな気分だったから……」

思い切って打ち明けると、ヴェンツェルだけでなく、アイスとフランまで呻いて手で顔を覆う。

「あぁ……なるほど。すみません。よく考えなくても、あれはリーリエに対して最低でした。僕はヴェンツェルを止めなくちゃいけなかったのに、むしろ焚《た》きつけたりして……」

「ごめんね! 俺も、リーリエがいなくなったら嫌だってことばかり焦って、自分のことしか考えてなかったんだ!」

「も、もういいのよ。私だって変な見栄を張ったんだから自業自得だと、アルベルタ様にもはっきり言われてしまったもの」

アイスとフランを慌てて宥めていると、ヴェンツェルの声がした。

「……いや。一番自分勝手で悪かったのは僕だったよ」

頭を抱えてしゃがみ込んでいた彼が、よろよろと身を起こす。

「アイス、フラン。悪いけど、リーリエと二人にして欲しい」

ヴェンツェルが言い、心配そうな顔になったアイスとフランに、リーリエも頷く。

「私からもお願い。部屋で待っていてくれる？」

ここ数日、ヴェンツェルの影に戻れなかった使い魔たちは、一階の空き部屋を自分たちの部屋に改装して使っている。

「……うん」

「ちゃんと、仲直りしてくださいね」

アイスとフランが階段を下りていき、改めて二人きりになった途端、リーリエの心臓は急にドキドキと激しく鼓動し始める。

視線を彷徨わせていると、ヴェンツェルがポツリと呟いた。

「人間なんてすぐに裏切るし、簡単に死んじゃうから、好きになっても後で辛くなるだけだ。僕にはアイスとフランがいればいい。もう他には誰もいらないと思っていたんだ。……リーリエにだって、いつ別れを告げられても、平気でさよならを言うつもりだったんだけどなぁ」

決まり悪そうにヴェンツェルは苦笑して頭を掻いたが、声は泣きだしそうに震えていた。

「でも、いざ故郷に帰ると言われたら、理由もわからないまま、君を引き留めることだけで頭がいっぱいになって……ギーテさんに求婚のことを話した時、僕が君を愛しているからだと教えてもらったんだ。それで、どうして必要なのはリーリエじゃなきゃいけなかったのか、やっと自覚した」

「っ……それじゃ、私を必要と言ってくれていたのは……」

「恋愛なんて理解できないし、したくもないと思っていたけど、とにかく僕にはリーリエが必要だってことは確かだよ。有能なだけの人材なら、わざわざ引き留めたりしない。僕が必要で、なりふり構わず結婚を申し込んでまで傍にいて欲しいのは、リーリエなんだ」

数日前に戻って、自分をひっぱたきたい衝動に駆られた。

ヴェンツェルの行動の端々から、ただ雇い続けたい相手には過ぎた好意を向けてもらっているのに気づき、自分を好きで必要としてくれているのかも……と、その度に夢想したのに。

彼に限ってそんなことはないなんて失礼な決めつけをせず、早く自分の気持ちを伝えるべきだった。

「リーリエは理想を押しつけたりしないで、僕をちゃんと自分の目で見たままに評価して、普通に付き合ってくれる。君の傍はあんまり居心地が良すぎて、そこにいられるのが当然みたいに思っていたんだよ。もう君がいないと僕は、息ができないのも同然なんだ。それに料理上手で、最高に可愛くて魅力的で……」

「わあああっ！　恥ずかしいから、そんなに持ち上げないで！」

顔から湯気が出そうになり、慌ててリーリエは声を上げた。

「持ち上げるも何も、事実だよ？」

キョトンとヴェンツェルは首を傾げるも、すぐに表情を曇らせた。

「ただ……リーリエが僕のいい加減な求婚を嫌がったのは、本当に愛して結婚したかった相手がいたからじゃないかと不安だった。それでクラウスと楽しそうに話してるのを見たら、そのままアイツに連れていかれてしまいそうで怖くなって……」

「……もしかして市場で急に不機嫌になったのは、ヤキモチだったの？」

思わず呟くと、ヴェンツェルが拗ねたように口を尖らせた。

「これがヤキモチかはわからない。でも、アイツの名前には聞き覚えがあったんだ。パン屋の店員で凄く良い人だって、リーリエはしょっちゅう話していただろう？」

フンと鼻を鳴らし、ヴェンツェルが眉間に思い切り皺を寄せた。

「話を聞いているだけの時はなんとも思わなかったけれど、目の前でリーリエがアイツにお洒落をしていると褒められて嬉しそうだったり、デートに誘われたりしてるのを見たら、最低なくらい嫌な気分になった。それで早くアイツと引き離したくて家に帰ってからも、イライラして……」

ヴェンツェルが急に息を呑み、言葉を詰まらせた。眉を下げてリーリエから視線を逸らし、深い溜息をつく。

「リーリエの方こそ、僕に気を遣って部屋に来たんだって、本当はわかってたんだ。でも、クラウスの勧める店が気に入っていると聞いたら、頭に血が上って……許してもらえなくても当然のことをしたと思っている。……本当に悪かった」

深々と頭を下げたヴェンツェルを前に、リーリエはしばし言葉を失う。

まさか、彼が誰かに特別な感情を抱くどころかヤキモチまで焼いていたなんて。信じられない気分だ。

「市場で私が嬉しかったのは、ヴェンツェルさんにもらった服を、クラウスさんにセンスが良いと褒められたからよ」

妙な誤解をきっぱり訂正すると、彼がポカンと口を開けた。

「服……？」

「そうよ。それに、親しくしている顔見知りの店員さんなら、八百屋のハンスお爺《じい》さんや魚屋のレーヌおばさんとか、クラウスさんの他にも大勢いるわ。でも……」

つい力が入ってクシャクシャになってしまったお芝居のチケットを彼に見せた。

「私が特別に大好きで、デートをしたいと思うのは、ヴェンツェルさんだけなの」

「リーリエ……」

「そもそも特別に好きでなければ、あんなふざけた求婚からして絶対にお断りよ。それに、この間みたいなことをされても……ヴェンツェルさんだったから……っ、私だけが一方的に好きだとしても、どうしても傍にいたいと思ってしまって……」

これまでの様々な感情が一度に込み上げて、ツンと鼻の奥が痛くなり、ゆらりと視界が滲む。

「一方的じゃないよね。僕も、リーリエが特別に大好きで、傍にいて欲しいんだから」

「そ、そう言ってもらえると……嬉し……」

照れ臭くて顔に血が上りすぎたのか、頬だけでなくやけに全身がカッカと熱く、頭に鈍痛が波のように押し寄せる。

「リーリエ……？」

視界がグラグラ揺れて、驚いたように目を見開いたヴェンツェルの顔が、何重にもぶれて見える。

「あ、あれ……？　ヴェンツェルさんが……いっぱい……」

自分でも何を口走っているのかわからないまま、全身から力が抜けていく。

握り締めていたチケットが床に落ち、その上に倒れそうになったけれど、ヴェンツェルに抱きとめられた。

「やけに顔が赤いと思ったら……凄い熱じゃないか！」

「ねつ……？　アハッ……そんなぁ……」

少し、寒気がするのに暑くて頭が痛いけれど、風邪をひいた時みたいに喉も痛くない。

ここ最近の悩みが一度に解決したせいか、小躍りしたいくらい、いつになく気分が高揚しているくらいだ。

まさか、ヴェンツェルから本当に好かれていただなんて……最初は自覚がないまま求婚してしまったといっても、リーリエを特別に求めてくれていたのには変わりない。

ドクドクとこめかみが脈打って、カッカと頬が火照るのは、きっと喜びに興奮しているせいだろう。

「全然、平気よ。ちょっと頭痛がするだけ……」

元気に答えようとしたが、ぐらりと眩暈がして、目の前が真っ暗になる。

「なっ……リーリエ⁉」

ヴェンツェルの切羽詰まった声がやけに遠く聞こえ、そのままリーリエの意識は闇に落ちた。

5　皆の誕生日

――今、何時だろう？

リーリエは目を閉じたまま、ぼんやりとそんなことを考えていた。

寝惚《ねぼ》けた頭の中は、霞《かすみ》がかかったように曖昧で、ただ自分が慣れた感触の寝具に横たわっていると感じるのみだ。

「う……」

重い瞼をこじ開けると、ヴェンツェルの泣きだしそうな顔が視界に飛び込んだ。

「リーリエ……気がついたんだ、よかった！」

瞬時に眠気が吹き飛び、リーリエはギョッとして悲鳴を呑み込む。

同時に、ヴェンツェルと仲直りした直後に意識が途切れたことを思い出し、キョロキョロと辺りを見渡す。

「ええと……私……？」

いつの間にかリーリエは寝衣に着替えて、自室の寝台で横になっていた。

「やっと起きてくれたー！」

「丸一日近く目を覚まさないから、すっごく心配しましたよ！」

アイスとフランがヴェンツェルの影から飛び出して、布団の端にひしっとしがみつく。

「え、そんなに眠っていたの⁉」

リーリエは上体を起こし、目を瞬かせる。

窓の外を見れば、太陽の位置からして、やはり昼を過ぎているようだ。

「心配かけてごめんなさい。それから、あの……どうやって着替えたかも覚えていなくて……」

寝衣の胸元を握り締め、おそるおそるヴェンツェルの反応を窺うと、彼はリーリエが何を気にしているか察してくれたらしい。

「急にリーリエが高熱を出して倒れたから、転移魔法で王宮に行って、ゲルト先生に往診を頼んだんだ。汗を拭いて着替えさせたのは、一緒に来てもらった女性の助手だよ」

「ゲルト先生と医務室の方が、ここに？」

あたふたと説明された言葉に、耳を疑った。

ゲルト先生は、王宮の医務室に五十年近く勤務している老医師だ。

医務室に魔法薬を揃えておくのも、王宮魔法士団の大切な仕事だが、手間がかかるわりに地味な裏方仕事なので、ほとんどの者が雑用扱いしてやりたがらない。

それで今は、ヴェンツェルが一人で引き受けており、魔法薬を納品する際の細かな書類を書くために、リーリエも医務室にはたびたび顔を出していた。

だから、ゲルト先生だけでなく、ふっくらした大らかな中年女性の助手ともすっかり顔馴染みになっている。

「ゲルト先生が診察をしたけど、特に悪いところは見当たらなかった。疲れで熱が出たようだから、ゆっくり休めば回復するだろうって、栄養剤を注射してくれて帰ったよ」

「そうだったの……」

思えば、ヴェンツェルの求婚を受けてからというもの、彼の気持ちがわからなくてモヤモヤしたり、慣れない謁見に緊張したりで、気の休まる暇がなかった。

そのうえ、先日彼の部屋を訪ねた時のことがあってから、いっそう気持ちが落ち着かなくて、あまり眠れていなかったのは確かだ。

張りつめていた気持ちが一気に解けたことで、休息を求める身体が限界を訴えたのだろう。

「ありがとう。おかげで、もうすっかり元気になったわ」

眠りすぎて強張った腕や肩を、グルグルと回して見せる。

「よかった……リーリエが倒れた時は、心臓が止まるかと思ったよ」

安堵したようにヴェンツェルは微笑んだが、よく見れば目の周りに薄く隈ができている。

「ヴェンツェルさん……もしかして、ずっとついていてくれたの？」

健康には自信があり、リーリエは滅多に体調を崩すことはない。

それでも王都に来て二回目の冬に、一度だけ風邪をひいて熱を出し、寝込んでしまったことがあった。

あの時は意識を失って倒れるほどではなかったが、しつこい風邪に扁桃腺《へんとうせん》が腫れて、二日も熱が下がらずろくに喋ることもできなかった。

その間、ヴェンツェルは風邪に効く魔法薬を調合してくれたり、スープを作ってくれたりしたうえ、アイスとフランが交代すると言っても聞かずにつきっきりで看病してくれたのだ。

「大したことじゃないよ。徹夜なら慣れてる」

サラリと言ったヴェンツェルに、リーリエは眉を下げた。

だいたい、そんな風に身体を酷使するのに慣れることが、そもそも異常なのだ。

戦に明け暮れていた頃は、きちんと休息を取るなんて悠長なことを言っていられなかっただろうと、容易にわかる。

でも、今は彼のおかげで平和になっているのだし、リーリエはヴェンツェルの世話係としてここに来た。

彼に、単に世話係として必要だったのではなく、好きだから引き留めたかったと言われても、その身を案じるのは変わらない。……いや、リーリエも彼を愛しているから、いっそう心配になる。

「私はもう大丈夫。お願いだから、ヴェンツェルさんもすぐに休んで。そうでなければ、私は自分が許せないわ」

思わず、彼を見上げて懇願した。

「リーリエ……？」

「私だって、ヴェンツェルさんが大好きで、凄く大切なのよ。その人が、自分を看病してくれたばかりに顔色を悪くしていたら心配になるし、休んで欲しいと思うのは当然でしょう？」

真剣に告げると、ヴェンツェルが息を呑んで押し黙った。

「リーリエの言う通りだよ。あとは俺たちに任せてくれればいいんだって」

「僕たちだって、日頃からリーリエの手伝いをしていたんですから。スープくらい作れますよ」

アイスとフランからも追撃され、さすがに旗色が悪くなったのだろうか。

「……じゃ、ちょっとだけ部屋で休むけど、何か魔法が必要ならすぐに起こして」

渋々といった調子で、ヴェンツェルが部屋を出ていきかけたが、ふと何かを思い出したらしく寝台の傍に戻ってきた。

「これ、リーリエが倒れた時に落としたんだ……来週の火曜日を、凄く楽しみにしてる」

そう言って彼が手渡したのは、アルベルタにもらった芝居のチケットだった。

少し照れ臭そうに微笑む彼に、リーリエも喜びが込み上げて自然と笑顔になる。

「ええ！　お互い、その日は体調を万全にしないとね」

その時、アイスとフランがクイクイと、リーリエの寝衣の袖を引っ張った。

「いいところを邪魔してすみませんが、もっと早く元気になってもらわなきゃ、困ります」

ジトッと恨みがましい目をしたアイスの隣で、フランが頬をぷくっと膨らませた。

「リーリエもヴェンツェルもさぁ、その前の日には何があるか、忘れてない？」

「あっ、そうだ！」

「皆の誕生日！」

リーリエとヴェンツェルは、同時に声を上げた。

正確に言えば、来週の月曜日は、リーリエの誕生日だ。

ここに来てほどなく、皆の誕生日にはバースデーケーキを焼いて御馳走を作りたいと思ったのだが、アイスとフランは生まれた日など昔すぎて覚えていないという。

ヴェンツェルにも、自分の誕生日は興味がなくて忘れたと言われて驚いた。

役所と王宮には一応誕生日も登録してあるが、適当に書いても忘れないよう、年の一番初めの日を記しただけで、その日に思い入れがあるわけではないらしい。

しかしヴェンツェルに『リーリエが誕生日を大切に思っている派なら、君の誕生日はちゃんと祝うよ』と言われたので、ならば全員の誕生日をまとめて祝うのはどうだろうと提案したのだ。

もちろん、皆の気が進まないようならやめるつもりだったが、アイスとフランは面白そうだと大喜びで、ヴェンツェルも驚いた様子ながら了承してくれた。

去年も一昨年も、朝から皆で御馳走とケーキを作って、とても楽しい誕生日を過ごした。

そして、リーリエはヴェンツェルと結婚するのだから、これからも毎年、皆で誕生日を祝えるわけだ。

「そうね。今年もとびきりのバースデーケーキを焼かなくっちゃ」

なんとも言えない幸福感がじわりと込み上げ、リーリエは口元を綻ばせる。

決して故郷が嫌いなわけではないけれど、やはり自分はここで、ヴェンツェルと暮らせるのが幸せなのだ。

それから数日、念のためにとリーリエは安静にしているよう、なかなか部屋から出してもらえなかった。

リーリエが疲労で倒れたのは、自分たちが求婚騒ぎで余計な心労をかけたからに違いないと、ヴェンツェルと使い魔コンビは責任を感じてしまったらしい。

掃除も洗濯も料理もやっておくから、とにかくゆっくり休むようにと、三人がかりで説得されてしまった。

使い魔コンビは娯楽目的でしか食べる必要がなく、ヴェンツェルも一人だと料理をする気がまったくなくなるようだが、彼らはその気になれば大抵のことはこなせるのだ。

以前リーリエが風邪で寝込んだ時、甲斐甲斐しく看病してくれたのでよく知っている。今回も美味しいスープを作ったりシーツをこまめに洗濯したりと至れり尽くせりだった。

ただ、やはりリーリエは誰かに世話を焼かれるよりも、自分で元気に動き回る方が性に合っている。

ヴェンツェルたちの心遣いには感謝するが、誕生日の朝からようやく普段通りの生活に戻るのを許可され、ホッとした。

久しぶりに台所に立ち、ケーキを焼いたりシチューを作ったりと、今夜の誕生日会のために大張り切りで腕を振るう。

そして陽が暮れると、御馳走が溢れんばかりに乗ったテーブルに四人でつき、いっせいにグラスを掲げた。

「誕生日、おめでとう！」

飲み物は今年も、ギーテから届けられた誕生日祝いだ。

酒の苦手なアイスとフランには最高級のオレンジジュース。リーリエとヴェンツェルには上等の葡萄酒《ぶどう》が、毎年届けられる。

ヴェンツェルは普段、お酒は全然飲まないけれど、意外と強いそうだ。

一方でリーリエは、あまり酒に強い方ではないが、十六歳の成人まで、お祝いでお酒を飲むという大人の行為にずっと憧れていた。そのせいか、こういう場で少しだけ飲むのは大好きだ。

「やっぱり、リーリエの作る料理が最高！」

「つまみ食いの誘惑に耐えた甲斐がありました！」

朝から料理を手伝いつつ、つまみ食いを我慢していた使い魔コンビは、パクパクと猛烈な勢いで食べ始める。

そんな二人を微笑ましく眺めつつ、リーリエも早速食べ始めた。

じっくり煮込んだ肉が柔らかく蕩けるシチューも、実家に伝わる秘伝のレシピで作ったマリネも、我ながらいい出来だと自画自賛する。

「……今年もリーリエと誕生日を迎えられて、よかった」

ふと、隣に座っているヴェンツェルが、独り言のように小さく呟くのが聞こえた。

彼を見ると、黒い綺麗な瞳と視線が合う。愛おしそうに微笑まれ、ドキリと心臓が大きく跳ねた。

先ほど一口だけ飲んだ葡萄酒のせいもあるのか、ふわふわと幸せな気分に包まれ、この気持ちを彼に伝えたい衝動に駆られた。

「わ、私も……ヴェンツェルさんと結婚したんだから、これから先もこうやって誕生日を一緒に祝えるのが、凄く嬉しいわ」

思い切って正直な気持ちを口にしたが、なんだか気恥ずかしくて頬が熱くなる。

とっさに料理の皿へ顔を向け、視線だけでチラリと反応を窺うと、彼の頬も微かに赤く染まっていた。

「……うん。この先もずっと、毎年祝いたいな」

先ほどよりもさらに小さな声で、照れ臭そうに彼が呟くのが聞こえた。


大部分が使い魔コンビの胃袋に消えたが、あれほどあった料理と大きなケーキも残らずなくなり、今年の誕生日会はお開きとなった。

順番に湯浴《ゆあ》みをしながら、手分けをして食事の片づけも済ませる。

寝衣に着替えたリーリエは、いつものように自分の部屋に行く前に、使い魔コンビとヴェンツェルにおやすみと言おうとしたのだが……。

「そういえば、言い忘れていました。これからは僕たちも、夜は影じゃなく寝室で寝ます」

「ヴェンツェルが塞ぎ込んでいる間、寝室に使ってた部屋があるからね。今後はそこを使うよ」

ヴェンツェルの影の中で寝起きをするはずのアイスとフランが、ニコニコと急にそんなことを言いだした。

「なっ!?　二人とも急に……どうしたの？」

しかも、ヴェンツェルもそれを知らなかったようだ。

驚愕の表情を浮かべたヴェンツェルの肩を、背伸びしてフランがポンポンと叩いた。

「ヴェンツェルとリーリエは結婚するんだから、二人のためにはその方がいいだろ。だって俺たちがずっと影の中にいたら……」

「お馬鹿さん！　余計なこと言うんじゃありません！」

途端に、アイスがフランを後ろから羽交い絞めにし、口を手で押さえた。

「もがっ！」

「いいじゃないですか。普段はヴェンツェルの影に戻りますし、部屋はいっぱい余ってるんですから。じゃ、おやすみなさい！」

アイスはニッコリ笑って言うと、モゴモゴと呻くフランを引き摺り、さっさと行ってしまった。

——明らかに、今後は二人きりで夜を過ごせと、気を遣われたのだ。

取り残されたヴェンツェルとリーリエの間に、なんとも居心地の悪い沈黙が漂う。

（ど、どうしよう……ヴェンツェルさんとは正式に婚約もしているし、私を好きでいてくれてるんだから、あれこれしても問題ないはずなんだけれど……）

緊張と焦りで身体がカチコチに固まり、冷や汗が流れる。

視線を動かすこともできずに床を見つめる自分は、きっと酷い顔色をしているだろう。

子だくさんが一番という考えの故郷の村では、婚前交渉など珍しくもない。むしろ、式の時点で花嫁が身ごもっていれば、めでたいと祝儀を上乗せされる。

王都でも、花嫁は純潔であるべきという時代は去って久しく、そこにまだ拘るのは気位の高い名家や、厳粛さや規律を重んじるユピル教信者くらいだ。

……それはわかっているし、ヴェンツェルを愛している気持ちに嘘偽りはない。

ただ、先日魔法まで使って与えられた快楽は、それまで経験のなかったリーリエにとって、あまりにも衝撃的で強烈すぎたのだ。

「ええと……」

静けさを最初に破ったのは、ヴェンツェルの方だった。

「はいっ！」

ビクンと飛び上がり、思い切り裏返った声を発してしまうと、彼が決まり悪そうに眉を下げた。

「リーリエは優しいから、あんなことをしても僕を好きだと言ってくれたけれど、自分の行為が最低だったのも、君に凄く嫌な思いを植えつけたのも自覚してる」

「ヴェンツェルさん、あの……」

「もう絶対に、リーリエの嫌がることはしない。指一本触れるなと言うなら、それでもいい。ただ……傍にいて欲しいんだ」

すがるように見つめられ、リーリエの心臓がドクドクと激しく鼓動する。

あの時の彼は、嫉妬で判断力を失っていただけだ。また淫らな魔法をかけたり、無理に押し倒したりしないはず。

それでも、いきなりこれからヴェンツェルに抱かれて平気かと問われれば、少し……いや、かなり怖い。

黙って自分の寝室に逃げ込んでしまいたくなるが、それでは今までと同じだと、己を叱咤する。

(これからはきちんと自分の考えを告げると、決めたもの!)

胸に手を当てて深呼吸をし、ヴェンツェルを真っ直ぐに見上げた。

「この前みたいな魔法は使わないで欲しいけれど、ヴェンツェルさんに触られるのは、嫌ではないの。ただ、今はどこまでなら怖くないか、よくわからなくて……」

素直な気持ちを口にすると、ヴェンツェルが小さく息を呑んだ。

「じゃあ、頬に触れてもいい?」

「……ええ」

頷くと、彼の手がそっとリーリエの頬に触れた。

「っ……」

カアアと、一気に頬が熱くなるのを感じたが、怖くはない。

「だ、大丈夫、みたい……だから、もう少し……」

怖いような気もするのに、もっと触れて欲しい。

おずおずとヴェンツェルを見上げると、彼がゴクリと唾を呑み、もう片方の手も頬に触れられる。

真っ赤になった頬がジンジンと痺れ、背筋を妖しい感覚が僅かに走り抜けた。

そのままゆっくりと手が移動し、髪や肩を撫でられても、ちっとも嫌じゃない。

そっと横抱きにされても、今日は降ろして欲しいとは思わなかった。

今のヴェンツェルなら、リーリエが嫌だと言えばきっと離してくれるし、身勝手な行為に及んだりはしないと、直感的に信じられる。

彼の部屋に連れていかれ、繊細な壊れ物でも扱うかのように、慎重に寝台へ降ろされる。

「僕がキスしたいと言ったら……？」

「……嫌じゃ、ないわ」

ドキドキしながら答えると、ヴェンツェルの綺麗な顔が近づいてきた。

自然と目を閉じると、唇に柔らかなものが触れる。

思えば先日は、あれだけ全身を弄られたにもかかわらず、口づけは一度もされなかった。

柔らかな唇の表面が、触れては僅かに離れるのを繰り返す。

鮮烈な快楽も刺激もない、穏やかな触れ合いなのに、うっとりするほど心地良い。

ジンと、脳髄が痺れるほどの多幸感に、恍惚となる。

角度を変えて何度も唇を合わせながら、彼がリーリエを抱き締める。

でも、寝衣を脱がそうとはせず、宥めるように背中や肩をゆっくり撫でるだけだ。

気づけば、リーリエも自分からヴェンツェルに抱きついていた。

唇の隙間から、彼の舌がぬるりと侵入して、口腔《こうこう》をピチャピチャと舐められる。

温かい舌に口の中の粘膜を舐められるなど、想像したこともなかったが、不思議と怯えや嫌悪は感じない。

ドキドキと心臓の鼓動が速まり、口腔に溢れる唾液をコクコクと必死で飲み干す。

歯列や上顎も丁寧になぞられ、長い口づけが終わった頃には、すっかり息が上がっていた。

「リーリエが可愛すぎて、このまま押し倒したら、また怯えさせちゃいそうだ」

頬を上気させ、トロンと潤んだ瞳でヴェンツェルを見上げると、彼が困ったように苦笑する。

彼の手が、リーリエの前髪を掻き上げて額に触れる。

その掌の感触がまた心地良くて、目を閉じてほぅっと息を吐いた。同時に、急に身体が重くなって眠気が押し寄せてくる。

今日は久しぶりに、朝から台所で御馳走を作り続けたりと忙しくしていたから、やはり疲れたらしい。

ヴェンツェルの腕が、するりと身体に絡みついた。

「無理に抱いたりしないから、このまま一緒に寝てくれる？　もっと、リーリエの傍にいたい」

ふわりと、繊細な壊れ物でも扱うみたいに優しく抱き締められる。

伝わってくる体温や鼓動があまりに心地良いせいか、眠気がどんどん強まっていく。

瞼が重くて開けていられなくなり、ほとんど目を閉じたまま、リーリエはなんとか小さく頷いた。

今はただ、この心地良い腕の中で、スヤスヤと眠りたい。

「ヴェ……ツェルさ……愛して……る……」

ふにゃりと口元が幸せに緩み、リーリエは夢の中へ落ちていった。

自分の方こそ夢を見ているんじゃないかと思いながら、ヴェンツェルはぐっすりと眠るリーリエに見惚れる。

元から薄暗い部屋でも、眠る時は灯りを消すのだが、今はすぐにそうする気になれなかった。

腕枕をしたまま、健やかな寝息を立てる彼女の寝顔を、じっと見つめる。

（絶対に、嫌われたと思ったのに……）

とにかく、あの日の自分ときたら、どう考えても最低だった。

リーリエに魔法で無理やり快楽を植えつけ、自分の手で悶える彼女に一時は満足したものの、このまま抱いてしまえという欲望は辛うじて思い留まれた。

それでも、彼女に酷い扱いをしたのには、大して変わりない。リーリエはヴェンツェルが変人だろうと軽蔑も失望もしないでくれたが、これで嫌うなと言う方が無理だ。

泣き疲れて気を失ったリーリエを部屋に戻した後、今度こそ彼女に嫌われたと思ったら、どうしようもない絶望に飲み込まれてしまった。

初めて魔力が暴走するほど落ち込んだのは、自分の出生について知った子どもの頃だ。

二回目は……まぁ、とにかく三回目はもうないと思っていたのだが、万が一に備えて自室に二重の結界を張っておいたのは幸いだった。

「……これからは、君を愛しているって、きちんと言うからね」

彼女を起こさないよう、小さな声で呟いて、金色の髪にそっと口づける。

故郷に帰ると言いだしたり、ヴェンツェルの求婚に躊躇ったりしていた理由が、自分に片想いをしてくれていたからだと聞いた時には、卒倒しそうになった。

そもそも他人と距離を取ろうとしていた自分は、彼女に退職を突きつけられてからやっと、手放したくないほど好きだと自覚したのだ。

ギーテがこれを聞けば、もう少し人の気持ちを考えろと数時間はお説教をするに違いない。

ともあれ、不貞腐れて引きこもったあげくに早合点して怒ったりしたヴェンツェルを、リーリエは見捨てないでくれた。

改めて感謝と愛しさが込み上げて、つい彼女を思い切り抱き締めたくなるのを、必死で堪える。

(本当は、もっと触りたいし、いっぱいキスしたいけど……)

無防備に眠る彼女を前に手を出せないなど、生殺しの気分だが、これ以上リーリエに不快な思いをさせたくない。

先日、魔法で淫靡な快楽を増幅させられた彼女の悶える姿は、壮絶な色香を発して、雄の本能を思い切り刺激された。

でも、その一方で罪悪感や虚しさも酷く募り、理性と本能のせめぎ合いの末、ギリギリで最後まで犯さずに済んだのだ。

散々な目に遭わされてまでヴェンツェルをまだ好きだと言ってくれたリーリエを、今度こそ裏切りたくはない。

ヴェンツェルは自分を諭し、口の中で呪文を唱えて部屋を暗くする。

（デートのやり直し、か……楽しみだなぁ）

リーリエが言ってくれた言葉を一つ一つ思い出し、自然と顔がニヤける。

アルベルタとの間にどんなやりとりがあったのかはわからないが、チケットをくれたという彼女にも、後で礼を言っておくべきだろう。

（リーリエ……僕が何者かなんて知らないで、このまま傍にずっといて……）

心地良い暗闇の中、温かなリーリエの身体を抱き締めて、ヴェンツェルは泣きたいような気持ちで祈った。

6　悪魔と悪魔

アルベルタにもらった芝居のチケットは、夜の公演の指定席だった。

夜空には雲一つなく、大きな満月と無数の星が煌めいている。

そんな夜空の輝きに対抗するように、大劇場には煌々《こうこう》と灯りが点《つ》き、観劇用にお洒落をした人々が期待に満ちた笑顔で玄関のアーチをくぐる。

リーリエも今夜は、ヴェンツェルにもらった例のワンピースを着て、髪型もハーフアップにしてお気に入りの髪飾りをつけた。

髪飾りや髪型を決めるのに凄く悩んでしまったが、ヴェンツェルは式典の正装ドレスの時以上かと思うくらい嬉しそうに、似合うと褒めちぎってくれたので、悩んだ甲斐があるというものだ。

彼と手を繋いで大劇場まで歩くのも楽しかったし、肝心のお芝居も素晴らしかった。

二時間弱の芝居は見事な終演を迎え、壇上で揃ってお辞儀をする役者たちに、満員の客席から惜しみない拍手の雨が降り注ぐ。

臙脂《えんじ》色の幕がするする下りていくのを眺めながら、リーリエも夢中で手を叩いた。

「最高だったわ！　それに、こんなに素敵な席に座ったのも初めて。アルベルタ様に感謝しなくちや」

幕がすっかり閉じると、リーリエはほうっと溜息をついて自分のいる場所を見渡す。もらったチケットを窓口で見せたら、なんと大勢の客席が並ぶ一般席のものではなく、二階に少数作られた個室席だったのだ。

バルコニーのように張り出した二階席は見晴らしが良く、しかもヴェンツェルと二人だけでゆったりと並んで座れる。

実のところ、受付でこれが特別席のチケットと知った時は、自分には分不相応と少々尻込みした。けれど話題の芝居だけあって、一般席のチケットは終日分まで完売しているし、そもそもこの席は簡単に変更もできないと言われたので、恐縮しながら座らせてもらったのだ。

「そうだね。お芝居を観たのは初めてだけど、なんていうか……夢のある話だったね」

ヴェンツェルも目を細めて、緞帳《どんちょう》の下りた舞台を眺めている。

芝居の余韻に浸っているような、うっとりした微笑みを湛えた横顔に、感慨と驚きを込めてリーリエは見惚れる。

彼は今日も、人目を引かないよう例の魔法をかけた上着を羽織っているけれど、それは正解だ。英雄のヴェンツェルだとバレなくても、こんなに魅力的な美形が劇場で人の目に留まったら、どこかの役者かモデルと誤解されかねない。

(……それにしても、人って変われば変わるものね)

少し前までのヴェンツェルは、こうした芝居や本でも恋愛ものにはまったく興味なしの様子だった。

　でも、リーリエを好きだと自覚したなんて言ってくれたから、物語の恋愛にも興味が出てきたのかもしれない。

　今日の芝居は、可憐な少女の姿をした雪の精霊が、人間の青年と恋に落ちる物語だった。

　雪の精霊は、冬になると人前に姿を現すこともあるが、正体を知られたらその人間を凍死させなければいけない。

　しかし、自分の正体を知っても一緒に生きようと誓ってくれた青年を、雪の精霊は殺すことができなかった。

　そして掟《おきて》に背き、青年の腕の中で自分が溶けて消えることを選んだ彼女だが、一族の祝福によって、雪解け水の中から人間の娘となって復活する。

　それから二人は夫婦となり、雪山の麓で精霊の祠《ほこら》を守りながら幸せに暮らしました……という話で、極北の国に伝わる民話をアレンジしたものだという。

　リーリエは幼い頃、その元となった話を村のお婆さんに話してもらった覚えがあるが、確か結末が全然違った。

　民話では、正体がバレた雪の精霊は、愛した青年を生かしておくけれど、もう一緒にはいられないと山に帰る。

　そして二人は生涯相手を想い続けながら別々に生きるという、少し悲しい話だったのだ。

「たとえば……もしもの話だけど……リーリエがこのお芝居の登場人物みたいに……」

「え？」

ヴェンツェルが何か言ったが、帰り支度をする一階の客席から声や物音が響いて、よく聞こえない。

「ごめんなさい、なんて言ったの？」

「……大したことじゃないよ。こういうハッピーエンドは好きだなって、言っただけ」

彼が微笑んで言い、リーリエは頷いた。

「私も、ハッピーエンドは大好きだわ」

元の伝承通りのしっとりした悲恋と、大胆にアレンジされたハッピーエンドの芝居。

どちらがいいと思うかは人それぞれだろうが、リーリエとしては、こちらの芝居の結末の方が好みだ。

ヴェンツェルも同じだというのなら、好みが合って嬉しい。

「まずは、アイスとフランを迎えに行かなくちゃね」

リーリエはハンカチをしまい、椅子から立ち上がった。

アイスとフランは、デートに割り込む気はないけれど留守番には飽き飽きだと言い、劇場の入り口までついてきた。

さすがに、あの子ども姿で夜の街をうろうろするわけにはいかない。

でも、彼らはヴェンツェルの影から重なった建物などの無機物の影に移動できるし、芝居は見えなくてもセリフだけ聞ければ楽しめるという。

そこで劇場に入る時、アイスとフランは建物の影にこっそり移って一階の客席から芝居を楽しむことにしたのだ。彼らの見物料金は、劇場の支援金箱に入れておいた。芝居が終わったら、アイスとフランは行きに別れた建物の脇に戻り、そこからヴェンツェルの影に移る予定になっている。

「一階は、凄い人みたいだね」

階段の上から、ヴェンツェルが手すり越しに下を眺めた。

公演後には、ロビーにお土産売り場が設置され、芝居のワンシーンを描いたカードや、台本を小説風の読み物に直した冊子などを販売する。

そして当然ながら、客がそうしたものを購入したくなるかどうかは、芝居の出来にかかっているわけだ。

劇場の席が終日まで全てチケット完売というだけあり、売店の前にはまだ芝居の興奮冷めやらぬ客が、長蛇の列を作っていた。

それによく見れば、販売台へ並ぶために劇場へ入ってくるらしい人も多い。

チケットが早々に売り切れてしまったから、せめて冊子やカードだけでも購入しに来たのだろう。

長い列を眺め、リーリエは少し悩んだ末、口を開いた。

「あの……できれば私も、今夜の記念に冊子を買いたいの。待たせてしまって悪いのだけれど、ヴェンツェルさんは、先にアイスとフランの方へ行っていてくれるかしら？」

とても素晴らしいお芝居だったのもあるが、それ以上に理由がある。

ヴェンツェルと初めて観劇に来た、思い出の品が欲しいのだ。

もちろん、記憶にもしっかり留めておくけれど、何か形になるものを手元に置きたい。

おずおずと彼を見上げると、ヴェンツェルがニコリと微笑んだ。

「二人には、遅くなると連絡するよ。今夜の記念の品を買うなら、僕も一緒に並びたい」

このうえなく魅力的な満面の笑みで、手を差し出される。

「そ、それじゃあ……」

キュンと胸がときめいて、うっとりしながら彼の手を取ろうとした時、係員の大きな声が響いた。

「ただ今、ロビーが非常に混み合っております！　申し訳ございませんが、販売台へお並びの方は、一人ずつ代表で並んでくださるようご協力をお願いいたします！」

「あ……やっぱり、私だけで並ぶわ。なるべく早く行くから、アイスとフランと一緒に待っていて」

リーリエは苦笑して、手を引っ込めた。

残念だが、販売台の係員が必死になるのも頷ける混雑ぶりだ。

二階から眺めているので余計にわかるが、これ以上に混み合ったら喧嘩や事故が起きかねない。

「もうちょっとリーリエとのデートを堪能したかったけど、仕方ないね」

ヴェンツェルが肩を竦め、不意に身を屈めた。

リーリエの頬へ、涼風が撫でるように一瞬だけ彼の唇が触れる。

「っ⁉」

声にならない悲鳴を上げ、リーリエはハクハクと唇を戦慄かせた。

二階の廊下には二人きりでも、すぐそこの階下には大勢の人がいるというのに。

「皆は販売台に夢中で、上なんか見ていないよ」

リーリエの思いを読み取ったヴェンツェルが、口の端を上げて悪戯っぽく笑った。

そして、存在感を薄くする魔法の効果が増すように、灰色のフードを目深に被って階段を素早く下りていく。

唇の触れた頬を手で押さえ、リーリエは呆然とそれを見送ったが、すぐに我に返った。

「私も、早く並ばなくちゃ！」

長い列の最後尾に並び、ドキドキしながら順番を待つ。

しかし、名場面を描いたカードをどれにしようか、販売台の前で長々と迷う客もいるらしく、列は思った以上に進みが遅い。

（ヴェンツェルさんと別れてから、もう二十分くらい経つんじゃないかしら？）

劇場のロビーに置かれた柱時計を見ようと、背伸びをして前方を窺ったリーリエは、思わず「あっ」と声を上げそうになった。

柱時計の付近には、販売台に並ぶ客の連れらしい人たちが、手持ち無沙汰そうに立っている。

その中に、市場の時と同じ、ジャケットに鳥打帽を身につけたクラウスの姿があったのだ。

彼は、誰かを探しているようで、熱心にキョロキョロと辺りを見渡していた。

（クラウスさんも、誰かと観劇に来ていたのね）

この芝居は女性に受ける恋愛ものというだけあり、観客のほとんどは女性同士か、カップルで来ているようだ。

クラウスは以前から恋人がいなくて寂しいと口癖みたいに言っていたが、彼にも素敵な人ができたのだろうか？

自分とヴェンツェルのように、デートで観劇をした後、彼女の買い物を待っているのかもしれない。

そんなことを考えていると、ちょうどリーリエの番が来た。

冊子を一冊注文すると、売り子は品物を麻布の小さな手提げ袋に入れて、渡してくれた。

雪の精霊のシルエットが印刷されたお洒落な手提げ袋は、物品を買った時につくおまけで、この芝居が人気になった要因の一つらしい。

ともあれ、リーリエは無事に買えた冊子を胸に、踊りだしたいほど浮かれた気分で出口へ向かったのだが……。

「リーリエちゃん！」

急に後ろから呼び止められ、振り向くとクラウスが駆け寄ってきた。

いつも朗らかな彼は、間近でよく見れば薄く目の下に隈を作り、怖いくらいに切羽詰まった顔をしている。

「お願いがあるんだ。妹を助けてもらえないかな」

「妹さんを……？」

クラウスも、リーリエの故郷ほどではないが田舎の農村出身だ。故郷には両親と妹が一人いると、何かの雑談の折に聞いた。

「王都に初めて観光に来たから、人気の芝居に連れてきたんだけど、内気な妹には賑やかすぎたみたいなんだ。気持ちが悪くなったって化粧室にこもったまま、ちっとも出てこなくて……リーリエちゃんのことは話してあるから、妹の様子を見てきて欲しい」

クラウスに頭を下げられ、リーリエは頷く。

「それくらい、お安い御用よ。困った時はお互い様だもの」

先ほど彼がキョロキョロしていたのは、これを頼める知人の女性でもいないかと探していたのか。緊張で具合を悪くしてしまう人は意外と多いし、妹のためといって、女性用の化粧室に男性がズカズカ入っていくのは問題になるだろう。

劇場のスタッフに事情を話せばもっと早く解決しただろうが、焦って判断力が鈍ることは誰にでもある。

「じゃあ、行ってくるわ」

一階の化粧室は、ロビーから細い通路を通ってすぐそこにある。

そこに向かおうとしたが、クラウスが急にリーリエの手首を摑んで止めた。

「そっちじゃない」

「でも、お化粧室はあそこで……」

「違うと言っただろう」

ギロリと睨まれ、リーリエはビクリと肩を跳ねさせた。

いつも愛想の良いクラウスから、こんなに怖い視線や声を向けられるなんて思ってもみなかった。

しかし、顔を強張らせたリーリエを見て、彼はすぐに我に返ったらしい。気まずそうに頭を掻いて首を横に振る。

「ごめん。そっちの化粧室はさっき凄く混んでいたから、裏口にある古い方に行かせたんだよ」

そう説明され、なるほどとリーリエは頷いた。

この劇場は、過去に何度か大掛かりな増築や改装をしているそうだ。

それなら化粧室も、古いものが別の場所にあったっておかしくない。

「そうだったのね。場所を教えてくれる？」

「少しわかりにくいから、俺が連れていくよ」

クラウスはそう言うと、リーリエの返事も待たずに、手首を掴んだまま歩きだした。

（クラウスさん、きっと妹さんが心配でピリピリしているのね。人気の芝居チケットまで取るなんて、楽しい観光をさせてあげたいと張り切っていたのでしょうに……）

一言も口を利かずに早足で歩くクラウスの背を眺め、自分が王都に来たばかりの頃を思い出した。

ヴェンツェルの屋敷で住み込みで勤めているとはいっても、特に用事がなければお休みの日には自由に外出を満喫している。

特に、田舎から出てきたばかりの頃は、目に映る何もかもが新鮮で物珍しく、初めて劇場へ来た時も非常にドキドキして感動したものだ。

今夜のデートは間違いなく今までで最高の思い出になるけれど、そういう個人的な思い出だって大切だ。

大劇場の人気芝居に連れていくなど、クラウスは妹に王都の観光を満喫させようと張り切ったのだろう。予想外のトラブルで、せっかくの兄妹の楽しい思い出を台無しにさせたくはない。自分が手を貸せるなら、喜んでする。

（ああ……でも、ヴェンツェルさんをますます待たせて申し訳ない！　私も魔法が使えたらよかったのに）

婚約を申し込む際、ヴェンツェルがリーリエの父とやりとりするのに使った通信魔法は、周囲にも声がだだ漏れになってしまうので、魔道具があっても公共の場で使うには向かない。

だいたい通信魔法の魔道具は一度しか使えないのに、目が飛び出るほど高価なものだから、庶民が気楽に使うなんて無理だ。

かといって、ギーテやアルベルタのような優れた魔法使いでもないリーリエは、魔法で二人だけの会話をすることも不可能だ。

そんなことを考えている間にクラウスはどんどん進み、非常用の出入り口から、劇場の外に一度出る。

淀《よど》みない慣れた歩みのクラウスに、詳しいのだなと感心していたが、建物の脇を抜けて出た先は、どう見ても廃屋に囲まれた小さな空き地だった。

「あの……クラウスさん？」

潰れた店や古いアパートらしき廃墟《はいきょ》に囲まれたここは、大通りにすぐ近いはずなのに建物が遮るせいか、喧騒も遠く聞こえる。

眩しい照明と明るい笑い声に包まれた劇場から、たった数分歩いただけで別の世界に来てしまったようだ。

暗くて道を間違えたのだろうかと声をかけると、クラウスが足を止めて振り向いた。

「妹が王都に来たなんて、嘘なんだ。こうでも言わないと、お堅いリーリエちゃんは二人きりになってくれそうにないからさ」

ニタリと口元を歪めた彼は、別人のように不気味だった。

「俺と遊ぼうよ。最高に気持ち良くしてやるって」

「っ⁉」

ひひっと、喉を鳴らして下品に笑うクラウスを、リーリエは信じられない思いで眺めた。

彼とは、ただ馴染みの店員と客の関係だ。それほどよく知っているわけではないけれど、三年も店に通っていれば、ある程度の人柄は察せられる。

少なくとも、こんな卑劣な嘘で女性を騙すような人とは思えなかった。

しかしリーリエの思いとは裏腹に、クラウスは口元を歪めてニヤニヤ笑いながら、痣《あざ》がつくのではと思うほどに手首を強く摑んでくる。

「ここは、劇場に併設した宿を作るために買い上げられた場所らしいぜ。だが、投資してた貴族が急死したとかで、他から隔てられた廃墟だけが残っちまった。公演の後なんか、客が煩いからここで大声を出しても何も聞こえない」

「離して！」

振りほどこうともがきつつ、リーリエは言いようのない恐怖を感じてゾワゾワと肌が粟立つのを感じた。

声も顔も確かにクラウスだが、あまりに信じられない態度というだけでなく、目の前の彼からはなんだか妙な違和感を覚える。

（どうして……あっ！）

ふと、背後の崩れかかった壁に映る影を見て、息を呑んだ。

ここには街灯もなく、周囲の建物の灯りも消えているが、今夜は満月が夜空に浮かび、リーリエたちを照らして影を作っている。

リーリエの影に、さして妙なところはない。しかしクラウスの影は奇妙にボコリと背中が膨らんでいるのだ。

まるで、何者かが背中にべっとりとしがみついているように……。

「っ！」

アイスとフランから、彼らの仲間について聞いたことを思い出し、リーリエはさぁっと青褪めた。

悪魔は基本的に、契約を交わした人間の影か、無機物の影にしか入れない。

アイスとフランは買い物の際、重いものを簡単に運べるようリーリエの影から荷物を出し入れしてくれるけれど、自分たちが入ることはない。

無理やり影に取り憑くことは可能だが、憑かれた人間は意識を失うし、悪魔たちが人間を喰らう同族の行為『悪食』を忌避するのと同じように、恥ずべき行為とされているらしい。

こっそり張りつくなんて寄生虫のようでみっともない、というのが、その理由だそうだ。

だから、クラウスに取り憑いている悪魔は、それを平気でやるような、恥知らずというわけだ。

「人に張りつく寄生虫みたいな影が、ちゃんと映ってるわよ！」

とっさにリーリエが叫ぶと、クラウス――正確に言えば、彼に憑いている悪魔は、相当に驚いたようだ。

影を見て悪魔に憑かれていると指摘されただけならまだしも、それを『寄生虫』と言われたからだ。

ギクリと悪魔が身を震わせた瞬間、リーリエは摑まれていた手首を振り払って逃げ出した。

ここでは、大声で助けを求めても届きそうにない。それなら一秒でも早く人のいるところへ逃げ込むべきだ。

「人間のくせに、なんでそれを！」

怒声とともに背後から迫る気配を感じ、必死に駆けだすが、足元は暗くてよく見えない。

転がっていた石に躓《つまず》き、リーリエは盛大にバランスを崩した。

「きゃあっ！」

反射的に目を瞑り、石ころだらけの地面にぶつかる痛みと衝撃を覚悟するが、不意に誰かの腕に支えられた。

「リーリエがやけに遅いから、迎えに来てよかった」

頭上から聞こえた声に、まさかと目を開けると……。

「ヴェンツェルさん……」

「さっきの会話は聞こえたから、今度は誤解で嫉妬なんかしないよ。怒るべき相手は、リーリエの優しさを利用して騙した奴だ」

いつの間にか現れたヴェンツェルが、リーリエを守るように抱きかかえていた。

彼はリーリエを素早く自分の後ろにやると、壁に映ったクラウスの影を睨む。

「透明になれる隠れ小鬼だけじゃなく、その召喚者も見つからないはずだ。とっくに悪食をしていたなんて。ギーテさんの悪い予感が見事に的中したね」

「じゃあ、これが詐欺事件の……」

不格好に背中へ張りついている影を見ただけで、ヴェンツェルは悪魔の正体に見当がついたようだ。

「言っておくが、先に俺を裏切ったのは、呼び出した人間の方だぜ？　詐欺がバレて警備隊に追われだしたら、俺だけ突き出して自分の減刑を乞おうとしたんだからな。そんな奴に使い捨てられるくらいなら、餌にして強くなりたいと思って何が悪い」

隠れ小鬼というらしい悪魔が、クラウスの顔で小馬鹿にしたようにニヤニヤと笑う。

「勘違いしないで欲しいけど、僕はその男に同情する気はないよ。使い魔を粗末に扱って裏切られたなら、当然の報いだ」

ヴェンツェルはそう言って肩を竦めたが、すぐにまた表情を険しくした。

「だけど、お前が犯した悪食はそれだけじゃないだろう。下級悪魔しか召喚できなかった魔法使いを一人喰っても、そこまで魔力は増えない。……何人、無関係の人間を喰った？」

最後の一言には、リーリエまでゾワリと背筋が震えるような、静かで恐ろしい怒気が込められていた。

隠れ小鬼も一瞬怯《ひる》んだように身を跳ねさせたものの、開き直ったように嘲笑する。

「十数人ってところかな。どうせ悪食をしたと蔑まれるなら、何人喰っても同じだ。魔法が使えないほど魔力が少ない人間だろうと、数を喰えばそれなりの力になる。下町には、姿を消しても気づかれない人間が山ほどいるから、獲物にはことかかなかったぜ」

「……っ」

吐き気を催してリーリエが口元を押さえると、隠れ小鬼が調子づいたようにケタケタ笑った。

「クラウスを見つけたのは、ちょっと前に市場が開かれた日の夜だ。酔い潰れて道端で寝てたが、身なりから浮浪者でもないようでなかなかの男前だ。あっさり喰っちまうより、そろそろ俺も落ち着く場が欲しくなったからな」

自分と二人分になっているクラウスの影を、隠れ小鬼が指した。

「コイツはほとんど魔力を持っていないから契約するのは無理だが、取り憑くことはできる。しかも、負の気持ちに満ちて心が弱っていたうえに、泥酔して無防備極まりなかったからな。意識を乗っ取って記憶も覗くのは簡単だった」

「市場の日……」

あの日の出来事が脳裏に蘇り、思わず呟くと、隠れ小鬼がニタリと口の端を吊り上げた。

「アンタも罪な女だねぇ。クラウスはアンタがずっと前から好きで、恋人もいないと聞いたから、あの日は勇気を振り絞ってデートに誘ったんだよ。それなのに、婚約者がいたと知って深〜く傷ついたんだ。好きだった女に嘘をつかれて、気持ちを弄ばれてたってさ」

「弄ぶ!? そんな、お店でいつもちょっと話すくらいよ。恋人の話だって、私の歳じゃそろそろ縁談でも来るんじゃないかとか、雑談のうちで……」

彼は確かに親切だが、他のお客さんにだって同じように愛想が良く、評判の良い好青年だ。まさか、クラウスに特別な目で見られていたなんて、思いもしなかった。

（でも、それじゃ……つまり……）

恐ろしい考えに、ガクガクと足が震える。

そんなリーリエの内心を見越したように、隠れ小鬼がせせら笑った。

「クラウスも、あんな風に失恋しなきゃ、自棄酒して俺に目をつけられることもなかった。つまり、コイツが憑かれたのは、お前のせい……」

「なんで、リーリエが責任を擦《なす》りつけられなくちゃならないのかな」

低いヴェンツェルの唸り声が、悪魔のお喋りを遮った。

「ヴェンツェルさん……」

今にもへたり込んでしまいそうに震えているリーリエの背を、彼が宥めるように軽く叩いた。

「リーリエには僕が突然求婚したんだから、恋人がいなかったと話したのは嘘じゃない。事情も知らなかったのに嘘をつかれたと決めつけ、勝手に深酒したのはクラウスだよ。それにつけ込んで取り憑いた悪魔が偉そうなことを言うな」

ヴェンツェルがきっぱりと言い、結界呪文を唱えて片手を大きく振った。

「僕に被害者を生き返らせる力はないから、できることを精一杯にやるよ。お前をこの場で殺せば、これ以上の被害を出さずに済む」

彼の手から光の粒子が散り、空き地全体を半透明の薄ガラスみたいな結界が覆う。

しかし、それだけでは終わらなかった。

キラキラした光はリーリエの周りにも集まってくると、たちまち硬質な結晶に変化し始める。

覚えのある半透明の美しい結晶は、先日ヴェンツェルの部屋を覆っていたものと同じだ。

あっという間もなく、リーリエは大きな水晶のような魔力の結晶に閉じ込められてしまった。

（ちょ、ちょっと！　何これ⁉）

叫ぼうとするも、アイスとフランが言っていた通り、声も出せなければ瞬き一つできない。息もできないはずなのだが苦しいことはなく、不思議な気分だ。

「リーリエ、少しだけ窮屈な思いをさせちゃうけど、我慢して」

ヴェンツェルが微かに眉を下げて言い、改めて隠れ小鬼へ険しい視線を向けた。

「これで、どれだけ暴れてもリーリエを巻き添えにする心配はなくなった。結界を張ったからね。この結界は、僕が許可した者以外は出入りできないんだよ。万に一つも、お前は逃げられない」

「は……驚いたぜ。人間にしちゃ、なかなかの魔力を持ってる」

隠れ小鬼は結界を仰いだが、怯む様子もなく、自分が取り憑いているクラウスの首元を指した。

「だがな、このまま俺を殺すつもりなら、この身体も一緒に殺すことになるのを忘れてねーか」

（っ！　クラウスさんを人質に取るなんて、卑怯《ひきょう》者！）

結晶の中で身動きできないまま、リーリエは歯噛みする。

強力な結界を瞬く間に張ってみせたヴェンツェルを前に、隠れ小鬼が余裕でいられるのは、こういう切り札があったからか。

「忘れてないよ。でも、だから何？」

しかし、ヴェンツェルが面倒臭そうに首を傾げて発した言葉に、リーリエは絶句した。

（ヴェンツェルさん⁉　それは、いくらなんでも……！）

隠れ小鬼の方も驚愕したらしく、目の玉が飛び出しそうになっている。クラウスの整った顔立ちが台無しだ。

「はぁっ⁉　お前は、無関係な一般市民を巻き添えにして殺すことになるんだぞ！」

「悪食をした悪魔に憑かれた時点で、既に彼は無関係じゃない。他の被害者と同じく、運が悪かっただけだ」

淡々と言ってのけるヴェンツェルは、ゾッとするような冷笑を浮かべていた。

「待っ、待て！　クラウスに憑いてから、俺はまだ誰も殺してねぇ！」

「ふぅん。でも、リーリエを喰い殺そうとしただろう？」

「違う！　確かに、クラウスの身体を乗っ取ればいい女を引っかけられるだろうと思って、若い女の集まる場所に行ったさ。そこで偶然にリーリエを見つけて……身体を借りている恩義があるから、クラウスを傷つけた女を少し脅かしてやろうと思っただけだ」

凄まじい結界を一瞬で張るだけのヴェンツェルに、実力だけでは敵《かな》わないと思ったのか、隠れ小鬼はさっきの傲慢さが嘘のように哀れっぽく訴え始めた。

「白々しい。取り憑いた人間の執着する相手を喰えば、得られる魔力がさらに増すと聞いたことがある。遅かれ早かれ、クラウスの身体を乗っ取ったお前は、リーリエを襲うつもりだったろう？」

ヴェンツェルの言葉は、図星だったらしい。

隠れ小鬼が、明らかにギクリと顔を強張らせた。

「人間のくせに、どうしてそこまで……」

「お前みたいな違法の使い魔や、召喚した魔法使いを始末するのも、僕の仕事だからね。この仕事をしていてよかったよ。リーリエを狙ったお前を、躊躇いなく殺せる」

「お、おい！　仕事だから、俺に憑かれただけの一般人を、平然と巻き込んで殺すって言うのか⁉　少しくらい躊躇わねーのかよ！　お前、それでも人間か！」

引き攣った声で詰《なじ》る隠れ小鬼に対し、ヴェンツェルは顔色一つ変えない。

「だから、こうなった以上クラウスは無関係な一般人じゃないんだって。あと、人間に何を夢見ているのか知らないけど、それを平気で喰って同族からも嫌悪される道を選んだ奴に、偉そうに言われたくないな」

ヴェンツェルが溜息をつき、チラリと一瞬だけリーリエを見た。

「もし、クラウスを助けるためにこの場で見逃したら、お前はまた他の場所で人を襲うだろう？　その人たちにも、知り合いや家族がいるかもしれない。私情に流されたら、結局はその無関係な被害者を増やすだけなんだよ」

結晶の中でリーリエは、呆然とその言葉を聞いていた。

先ほど、ヴェンツェルがこともなげにクラウスを見捨てる宣言をしたのを聞き、反射的に酷いと思ってしまった。

(でも……ヴェンツェルさんの言う通りだ)

クラウスが巻き添えになって殺されるなんて、感情では到底受け入れられない。

かといって、見知らぬ他の人たちなら犠牲になってもいいと？　それこそ、何様だと自分を殴りたくなるほど傲慢な考えだ。

ヴェンツェルよりもっと犠牲を少なくできるというならともかく、そんな実力もないリーリエには、異を唱える権利もない。

「ぐ……っ！　こ、降参する！　今のアンタから感じる魔力じゃ、俺はまともにやり合っても勝てない」

青褪めた隠れ小鬼が、クラウスの身体のまま、いきなりがばっと地面にひれ伏した。

悪食をした悪魔はとんでもなく強くなるそうだし、実際に本人も自信満々な様子だったが、ヴェンツェルの魔力がそれだけ強いということだろう。

「へぇ～。じゃあ、さっさとその身体から離れるんだね。そうすれば、なるべく苦しまないよう一瞬で始末してあげるよ」

ヴェンツェルが、離れて見ているリーリエすら寒気がするほどの、恐ろしい薄笑いを浮かべた。

「……断るなら覚悟するんだな。どのみち、痛みを感じるのはその身体を乗っ取っているお前だけだから、今までの被害者や巻き添えになるクラウスのためにも容赦はしない」

冷酷に告げられると、隠れ小鬼はビクリと身体を強張らせ、そろそろと顔を上げた。

「こ、この身体はもちろん無傷で返す。その代わり、頼みがあるんだ。俺をアンタの使い魔にしてコキ使ってもいいから、命だけは助けて欲しい」

「悪食をするような奴を、僕が使い魔にするとでも?」

思い切り嫌そうに、ヴェンツェルは顔をしかめた。

「馬鹿なことをしたと、心から反省しているよ。でも、聞いてくれ。俺にだって事情があったんだ」

ついさっきまでの強気さが嘘のように、隠れ小鬼は哀れっぽく身の上を語り始めた。

隠れ小鬼という種族は、大した力もない下級悪魔として影の国でも馬鹿にされ、同族もそれを受け入れているのが嫌でたまらなかったこと。

運よく召喚に応えられ、使い魔となって力を増やすチャンスが来たと喜んだが、召喚した魔法使いは酷い悪党で詐欺の片棒を担がされたうえ、警備隊に追われたらゴミのように切り捨てられ絶望したこと……。

「お願いだ……取り返しのつかない罪を犯したのはわかっているが、償う機会が一度だけ欲しい……。誠心誠意を込めて仕えるが、それでも俺を許しておけないとなったら、その時には改めて殺してくれて結構だ」

クラウスの姿をしているせいか、中身は隠れ小鬼だとわかっていても、すすり泣いて命乞いをする姿は、辛くてとても見ていられない。

魔力の結晶の中で身動きできない状態でなければ、きっとリーリエは戸惑いながらも、ヴェンツェルに要求を受けてくれるよう頼んでしまっただろう。

最初の召喚者は自業自得として、他にこの悪魔の餌食になった人たちには気の毒だが、これ以上は一人だって犠牲を増やしたくない。

この場でヴェンツェルが許して使い魔にすれば、国王など上部の判断で、法の裁きを受けさせることができるかもしれない。

そうすればクラウスが隠れ小鬼と一緒に殺されることはなく、無暗に逃がして他で被害を広めるわけでもない。一番いい選択のように思えた。

「……わかった。ただ、お前をこの場で殺さなければ、後は僕の上司に判断を委ねることになる。それまでお前が裏切らないよう、反抗したら即死の条件で、一時的な使い魔契約をしよう」

ややあって、ヴェンツェルが溜息交じりに頷いた。

「ありがとうございます！　貴方は命の恩人です！」

隠れ小鬼が歓喜の声を上げ、すがりつくように、ヴェンツェルの両足に飛びつく。

「だから、一時的に契約するだけで……っ！」

不意の行動にヴェンツェルがよろけて、尻もちをついた。

するとクラウスの身体を借りた隠れ小鬼は、その上にのしかかってニタリと笑った。

そしてふっと目を閉じたかと思うと、ヴェンツェルを下敷きにするように、ドサリとその上に倒れ込み……すぐに、パチリと目を開けた。

「あ……あれ？　俺、どうしてこんなとこに……」

ヴェンツェルを下敷きにしたまま、きょとんと目を丸くした男の表情は、明らかに先ほどまでと雰囲気が違っていた。

『クラウス本人』に戻ったのだと、リーリエにも直感的にわかった。

「離れろ！」

ヴェンツェルが叫び、クラウスを押しのけたが、一瞬遅かった。

「馬鹿が！　騙されやがった！」

耳障りな笑い声が上がり、何も見えないクラウスの背後で、突如として火炎が現れた。

真っ赤な炎の玉が、ヴェンツェルとクラウスに向かって飛んでくる。

「っ！」

魔力の結晶に守られた中で、身動きできないリーリエはただそれを眺めるしかできなかった。

ヴェンツェルに結界を張られたうえに実力の差を感じ取り、隠れ小鬼は単にクラウスの身体を棄《す》てて姿を消しても、逃げられないと思ったに違いない。

だから、これ以上の犠牲者を出すわけにいかないと言ったヴェンツェルに、必死に命乞いをしてみせ、クラウスを助ける道があるとチラつかせたのだ。

突然、身体を返されて目を覚ましたクラウスは、何が起きているか理解もできなかったのだろう。ヴェンツェルに馬乗りになって動きを邪魔したまま、呆然と迫りくる火炎を眺めている。

体格の良いクラウスをとっさに抱え上げて逃げることもできず、ヴェンツェルが防御魔法を叫んだ。

しかし、至近距離からの不意打ちに、呆然と座り込んでいるクラウスを守るのが精一杯だったらしい。

薄いガラスの砕けるような音がして、クラウスの周囲から火炎は弾かれるが……。

(嘘……こんなの……嘘……)

ヴェンツェルだけが直撃した火炎に吹き飛ばされ、少し離れた場所で炎の塊と化した。真っ赤な火柱となった彼の身体が、地面に倒れ伏している。

(ヴェンツェルさんが……まさか、こんなことで……)

ゆらゆらと揺れる炎の動きが、やけにゆっくりと見えた。

頭の中が痺れたみたいにぼぅっとして、泣き叫びたい衝動すら湧いてこない。

これは悪夢だ。現実のはずがない。思考が働くのを拒んで麻痺《まひ》する。

どのみち魔力の結晶は、リーリエを守って一切の自由を奪っているのだが、これがなくても指一本動かせなかったに違いない。

「ひ、ひぃっ」

クラウスは腰を抜かしたらしく、へたり込んだまま青褪めて震えている。

「ひひ、まさかあの距離から防御されるとは思わなかったが、一人分が精一杯だったようだな。しかも他人を守って自分がやられちまうとは、やっぱり甘い奴だったか」

甲高い耳障りな声で笑いながら姿を現したのは、見たこともない小さな生き物だった。

何もなかったはずの場所から、いきなり姿を現したこれが、本当の姿をした隠れ小鬼だろう。

幼児くらいの背丈をした隠れ小鬼は、身体に薄汚れた布を巻きつけ、ボサボサの髪から一本の小さな角が見える。

黄色い狡猾《こうかつ》そうな目がギョロリと動き、倒れて炎の塊になっているヴェンツェルを見て、ニタリと笑った。

「その火は、俺が初めて人間を喰った後で使えるようになった。生物しか燃やさないが、一度燃えたら骨まで灰にする。おかげでいくら喰っても、死体の始末には困らなかったぜ」

そして隠れ小鬼は、蒼白になってガタガタ震えているクラウスに向き直った。

「お前ごと焼くつもりだったが、お人好《ひとよ》し魔法使いのおかげで助かったな。こいつみたいに生きたまま燃やされるのと、俺に身体を渡して呑気に寝てるのと、どっちにする？」

余裕たっぷりにニヤつく隠れ小鬼に問われ、クラウスは真っ青な顔で何度か口をパクパクさせる。

そして白目を剝いて呻き、ひっくり返ってしまった。

無理もない。泥酔状態だったところを数日間も取り憑かれ、いきなりこんな事態になっていては精神的に限界だったのだろう。

「情けねぇな。だが取り憑くのに、気絶させる手間がはぶけたぜ」

隠れ小鬼が小躍りしてクラウスに近寄ろうとした時、風もないのにザワリと雑草が大きく揺れる音がした。

周囲の廃屋が作り出す暗闇の中から、影の一部が飛び出てきたかのように、漆黒の巨大な何かがクラウスの前に立ち塞がる。

「たかがあれくらいの火で偉そうに。本物の業火ってやつを、体験させてあげようか？」

つやつやした漆黒の毛並みに覆われた、狼の三倍はありそうな魔犬が、赤い瞳でギロリと隠れ小鬼を睨みつける。

聞き慣れた声の持ち主に、リーリエはハッと意識を引き戻された。

巨大な漆黒の魔犬は、フランだった。

「なっ⁉」

鋭い牙の並ぶ口を大きく目の前で開かれ、隠れ小鬼は反射的に逃げようとしたのだろう。飛び上がって踵を返したが、遅かった。

フランと同じように建物の影から、シュルリと優雅に白銀の竜が飛び出し、太く長い身体で隠れ小鬼の逃げ場を完全に阻む。

「いけません。フランの炎だと、結界を張ってもこの辺り一帯が丸焦げになって、後で騒ぎになるでしょう」

白銀の鱗が神秘的なほど美しい氷竜は、アイスだ。

「コイツが調子に乗って煩いから、ちょっと言ってやっただけだよ」

フランが尖った鼻先に皺を寄せ、炎に包まれているヴェンツェルに視線をやった。

「ヴェンツェル……こうなったら仕方ないじゃん。リーリエにもいつかはバレるんだから」

「そうですよ。クラウスさんの身柄は無事に確保しましたから。いつまでも死んだふりしてないで、早く起きてください」

（え……どういうこと？）

まるで、ヴェンツェルが生きているかのような二人のセリフに、リーリエは混乱する。

（でも……そういえば……）

リーリエの全身をしっかりと覆っている結晶は、ヴェンツェルの魔力で生成されているはずだ。

先日、彼がこの結晶で部屋を覆ってしまった時、やはり中が見えないので心配だった。

その時使い魔コンビに、ヴェンツェルが命の危機にあったり死亡すれば、魔力の結晶もすぐ消えると教えてもらったのを思い出す。

驚愕のあまり気づくのが遅れたが、こうしてリーリエがまだ魔力の結晶で守られているのが、ヴェンツェルの無事を示す何よりの証拠なのだ。

（ヴェンツェルさん！　本当に無事なら、起きて……お願い！）

声を出せないまま胸中で叫ぶと、倒れたヴェンツェルを包み込んでいた炎が、シュウシュウと煙を上げて消え始めた。

炎はたちまち消え失せ、微かな白い煙を手で払って彼が起き上がる。

「はぁ……どうせ反省したふりで油断したところを襲ってくるとは予想していたけど、クラウスの身体はまた取り憑くために傷つけないだろうと思ったよ。まったく、僕も平和ボケして考えが甘くなったなぁ」

身を起こしたヴェンツェルは、整った顔に酷薄な笑みを浮かべて、隠れ小鬼を見下ろす。

あれだけの炎に包まれたのに、ヴェンツェルは火傷どころか、衣服に焼け焦げすらできていない。

だが――――。

「お、おい……どういうことだよ……」

隠れ小鬼がその場にペタンとへたり込み、小さな目を飛び出さんばかりに見開いた。

リーリエもにわかに信じられず、自分の目を疑う。

ヴェンツェルの赤い髪からは、左側にだけ山羊のような鋭い角が生えていた。綺麗な黒だった瞳も、左側だけが燃え盛る石炭のように赤く、不気味な光を帯びている。

「説明する必要はない」

面倒臭そうにヴェンツェルが言い、何か唱えて手を振る。

途端に、隠れ小鬼が見えない手で押さえつけられたかのように、地面にベシャリとへばりつく。

「お前が得意になって使っていた火炎と、同じ魔法で焼いてやろうかと思ったけど……」

赤く光る左目が、一瞬だけリーリエをチラリと見てすぐ逸らされた。

「リーリエに、これ以上気色悪いものを見せたくない。お前のしたことをその身に刻印して魔力を封じたうえで、影の国に送り届けてやる」

ヴェンツェルが聞いたこともない発音の呪文を唱えると、ざわざわと隠れ小鬼の顔や手足に、絵文字のような模様が浮かび上がっていく。

「ひ、ひいいっ！　い、いやだ！　それくらいなら、いっそ殺してくれ！」

今度は本気で怯えているのだろう。隠れ小鬼が泣き叫ぶが、ヴェンツェルの向ける視線はあくまでも冷たい。

「さっき助かる機会をやったのに、お前は自分で台無しにしたよね？　二回目をやるほど、僕は慈悲深くないんだ」

ヴェンツェルが再び奇妙な発音の呪文を唱えれば、隠れ小鬼の伏している地面に、突如として亀裂が入る。

「じゃ、故郷にお帰り。温かい歓迎はされないと思うけどね」

「やめろおおお！」

亀裂はバキバキと音を立てて、広がっていく。

真っ黒な裂け目は、絶叫を上げて落ちる卑劣な悪魔を飲み込むと、すぐに閉じた。

硬い地面に茂る短い雑草まで、何もなかったように元通りになっている。

同時に周りで微かな振動を感じたかと思うと、リーリエを覆っていた魔力の結晶が、キラキラと美しい光を散らして消えていく。

次の瞬間にはもう、リーリエは地面に立っていて、人間の姿になったアイスとフランが駆け寄ってくる。

「リーリエ！　もう大丈夫だよ！」

「怪我はしていませんか!?」

心配そうな顔で見上げる二人に、リーリエは戸惑いながら頷いた。

「ええ。かすり傷一つないわ。ところで、どうしてここがわかったの？」

「やっぱりリーリエを一人にするのは心配だってヴェンツェルが言って、土産売り場に行ったんだ。でもいないから匂いを辿ったんだけど、まさかクラウスさんが隠れ小鬼に憑かれて危険な状態だったなんて……」

フランが言うと、アイスがやれやれとばかりに肩を竦めた。

「リーリエを信用してないわけじゃありませんよ。ただ、ヴェンツェルはやっと気づいた初恋の相手に夢中なあまり、独占欲と嫉妬と不安でいっぱいなんですよ」

「そ、そうだったの……でも、結果的に助かったわ。本当にありがとう」

好きな相手への独占欲とか、ヴェンツェルにはまったく無縁だと思っていたから驚いたけれど、窮地を助けられたのだし……大好きだと言われているようで、悪い気はしない。

「全部バラさないでよ。遅いから気になって探しに来た、だけでいいのに」

決まり悪そうに口を尖らせ、ヴェンツェルがこちらへ歩いてくる。

彼は既に、いつもの姿になっていた。左側だけの角は消え、左目も黒に戻っている。

「ギーテさんに通信魔法を送って、彼のことを頼んだ」

気絶しているクラウスを、ヴェンツェルは片手で示した。

「クラウスさんは、どうなるの？」

気になって尋ねると、ヴェンツェルは安心させるように柔らかく微笑んだ。

「彼は運悪く巻き込まれただけと、ギーテさんに報告しておいた。僕が見ても、積極的に関わったのでないのは明らかだし、特に罪には問われないはずだ」

「よかった」

ホッとして息を吐くも、気になることはまだある。

そんなリーリエの心境を、ヴェンツェルも承知しているらしい。

「僕に聞きたいことがあるだろうけど……家に帰ったら全部話すよ」

胡散臭い作り笑いを崩さないまま、泣きだしそうな震え声で言われ、リーリエは黙って頷くしかできなかった。

7　悪魔と人間

隠れ小鬼の始末をつけた後、ギーテはすぐに信用できる部下を連れてきてくれた。

クラウスも気絶したままだったので、ギーテが屋敷で保護することになった。

ギーテならクラウスが目を覚ました後、今回の件が公にならないよう上手く話をまとめてくれるだろう。その辺りは安心して頼れる人だ。

そして帰宅して簡単に湯浴みを済ませ、ヴェンツェルはリーリエと居間で二人になると約束通り、あの姿になった理由を話してくれたのだが……。

「――ヴェンツェルさんが、悪魔と人間のハーフ？」

驚愕に、リーリエは目を丸くして掠れた声を発した。

「そうだよ」

ヴェンツェルが、視線を逸らしたまま頷く。

「これを知っているのは、国王陛下とギーテさんだけだ。おいそれとは言えない……でも、こんなことを黙ったまま、そもそも求婚すべきじゃなかった」

「……」

なんと言ったらいいかわからず、リーリエは押し黙ったまま、混乱する頭を必死に整理しようとした。

(どうしても話せない事情があったのなら、それは仕方ないと思うけれど……そもそも悪魔と人間のハーフって、どういうこと？　だって……)

片角と赤く光る左目の姿を見たことで、ヴェンツェルがただの人間でないことは察せられた。加えて使い魔との深い絆《きずな》や、彼の持つ膨大な魔力を考慮すれば、悪魔と関わりがあるのかもとは予想もできていた。

でも、悪魔という存在は、影の国で空気中に漂う魔力が集まり、自然と偶然から発生する。自分たちで子を生すことはなく、人間に近い姿をとって性交はできても、その間に子はできないはずだ。

「不思議に思うのは当然だよ。本来なら、僕みたいな存在はあるはずがないんだ」

リーリエの表情から、彼は疑問を汲《く》み取ったらしい。こちらを向いたヴェンツェルが、苦笑して肩を竦めた。

「だから、まぁ……僕の生まれなんて、吐き気がするくらい嫌な話になるんだけれど……」

——ヴェンツェルの父は、影の国でも飛び抜けて強大な魔力を持つ悪魔だった。

そして多才なうえに気まぐれで享楽的で、面白ければ他者の迷惑など顧みないという、最悪な性格でもあったのだ。

だから父が、人間に化けてこちらの世界で遊んでいる時、偶然出会った熱心なユピル教徒の娘に目をつけ、嫌悪している悪魔との子を産ませたいと思ったのも、単に気まぐれだろう。

普通、悪魔は魔法で人間に近い姿に化けることはできても、角や尾などがどうしても残る。

しかし父の場合、二本の角と赤く光る目を除けば人間と大きく変わらぬ姿で、魔法を使えば完全にごまかせた。

そして独自の魔法を作り上げる才にも長《た》けていたが、それを書き残したり広めたりもしなかった。

だから父の作った魔法の記録は何も残っておらず、どんな魔法を使って人間との間に子を作れたのかは不明だ。

とにかく母は、人間の青年に化けた父に夢中で恋をし、結婚までは貞淑を守れというユピル教の教えにまで背いて子を身ごもった。

それを知った両親は激怒して母を勘当した。それでも母は、必ず迎えに来るという父の言葉を信じて、住み慣れた王都から離れた町でひっそり暮らすことにしたそうだ。

母は、誰の助けもなく一人で出産したが、生まれた息子には片方だけ角があり、赤く光る左目も明らかに人間のものではない。

母が愕然《がくぜん》としていると、唐突に窓を破って人間姿のアイスとフランが現れ、事情を話し始めた。

影の国でも、力のある悪魔は他の悪魔を従え、いい狩場や魔鉱石の採掘場などを奪い合っている。

ヴェンツェルの父も多くの悪魔を従えており、アイスとフランはその中で筆頭の二人組だった。

いわば、上司と部下の関係だ。

アイスとフランは、実力だけはあるが気まぐれで我が儘な困った上司に『人間の女との間に子どもを作ってみた。産まれたら連れてくるから、お前たちが一人前に育てろ』と、命じられていたそうだ。

二人は驚いたが、無茶で理不尽で困った命令には慣れている。

それに好奇心旺盛な彼らは、悪魔と人間のハーフなんて本来はあり得ない存在に興味を抱き、せっせと人間の子育てについて学んでは、その子を迎える日を楽しみにしていた。

だが、気まぐれな父の興味は、すぐに他へ移ってしまった。

そろそろ子どもが生まれる頃ではとアイスとフランにせっつかれると、父はやっと思い出して、もう飽きたから人間界に放置すると、二人に軽い調子で言い放ったそうだ。

それを聞いてついに、二人は蓄積していた怒りが爆発し、愛想が尽きたと上司に離別を言い渡した。

その際、一暴れしたので影の国にもいづらくなり、人間の世界で暮らすことにしたのだという。

強い力を持った元上司の子どもだけあって、半分は人間でも十分な魔力を発していたため、その子の居場所をすぐに見つけることができた。

悪魔がずっとこちらの世界で暮らすためには、相応の魔力をくれる宿主が必要だ。でも、普通の魔法使いではアイスとフランのような強力な悪魔に、十分な魔力を供給し続けるのは無理だ。

ユピル教徒は悪魔を嫌っているだろうから、自分たちがその子の使い魔となって引き取ろうと、彼らは申し出た。

話を聞いた母は衝撃を受けたようだったが、自分で育てるので子は渡せないとアイスとフランに告げ、その代わり二人を息子の使い魔にして魔法を教えるという提案を受け入れた。

半分は悪魔の血を引いているせいか、ヴェンツェルは三歳になる頃にはもう魔法を使いこなし、普通の人間らしい外見にすることも完璧にできるようになっていた。

母はいつも優しくて、アイスとフランも魔法の勉強ばかりでなく一緒に遊んでくれる。自分は愛されていると疑いもなく信じ、幸せだった。

しかし、四歳になったある日。

母は突然、ヴェンツェルをしばらく人に預けることにしたと言い、薄暗くて汚い下町に連れていった。

そこにいた人相の悪い中年男は、いかにも意地悪そうだし、連れてこられた場所も臭くてジメジメして好きになれない。

嫌でたまらなかったが、母はどうしても一緒にいられないのだと言う。

『アイスとフランも一緒だし、ヴェンツェルが良い子にしていれば必ず迎えに来るわ。それまでこの人の言うことをなんでも聞くと、約束して。……迎えに来て欲しいなら、約束してくれるわよね？』

優しい笑顔で促す母と、嫌な感じのする男を交互に見て、思わず考え込んでしまった。

悪魔と人間の混血という、本来ならあり得ない存在のヴェンツェルには、変わった性質があった。

生まれた時から自然と理解していたが、ヴェンツェルはなぜか、約束を違《たが》えることを決して許されない。

もしかしたら、悪魔の父が人間との間に子どもを作るのに使った魔法が、何か関係しているのかもしれないが、その魔法は記録されていないので真相は誰にもわからない。

とにかく、約束を破れば、ヴェンツェルだけでなく使い魔のアイスとフランも死ぬという恐ろしい制約に、生まれながら縛られているのだ。

だから、できる限り約束はしないようにしていたが、そうしなければ母は迎えに来てくれないのではと怖くてたまらない。

結局、ヴェンツェルに約束をさせた母は、満足そうに微笑んで去り、それから地獄みたいに最悪な日々が始まった。

男はヴェンツェルを汚い部屋に押し込め、外へ出られるのは『仕事』を命令される時だけだ。

その『仕事』は主に盗みや暗殺だったが、母とひっそり隠れ暮らしていた幼いヴェンツェルは、それが犯罪だとすらわからなかった。

ヴェンツェルは人間には無理な魔法も使えるうえ、使い魔たちの手助けがあれば、男がどんな仕事を言いつけても簡単にこなしてみせた。

血を見たり悲鳴を聞いたりするのはいい気分でなかったけれど、約束した以上、言う通りにしなければ死ぬ。しかも、アイスとフランまで死んでしまう。そんなのは絶対に嫌だった。

だが、飼い犬みたいに暮らして五年ほど経った頃、男の留守中に突然、武装兵が押しかけてきて、奥の部屋にいたヴェンツェルは保護された。

兵を率いていたのはギーテで、ヴェンツェルと少し話をして状況を知ると、とても悲しそうな顔をした。

そして彼に聞かされて初めて、ヴェンツェルを預かっていた男は犯罪を請け負う仲介人で、自分はその手先となって数えきれないほど悪いことをしていたと知った。

ギーテはまだその時、ヴェンツェルが悪魔の血を引いているとは知らず、ただ魔法の才に長けた子どもだと思ったらしい。

ここ数年、同一人物の魔法と思われる盗みや暗殺が急増し、ギーテはやっと仲介人の男を捕らえたのだが、その男は魔法を使えないようで、無茶な逃げ方をして瀕死《ひんし》の重傷を負った。

そこで、実行犯は別にいるのだろうと、ヴェンツェルを捕まえに来たという。

『まさか、こんな何も知らない子どもだったとは……あの男は医者が処置をしたが、おそらく助からないと思う。何か、伝えておきたいことはあるか？』

困惑気味にギーテが尋ねた時、急にヴェンツェルの影から、アイスとフランが飛び出した。

『絶対に助けろ！　あんなクズでも、アイツを死なせちゃ駄目なんだよ！』

『息だけでもしていればいいいんです！』

血相を変えてギーテに摑みかかる二人に驚いていると、不意に微かな魔力の波を感じた。

魔力の方向を見れば、窓の外から通信魔法の小鳥が飛んでくる。

青みがかった半透明の小鳥は、市販されている通信魔法の魔道具だ。ヴェンツェルは使ったことがないけれど、前にあれを大量に盗むよう命じられたから知っている。

届ける条件を細かく指定できるとかで、魔道具の中でもとりわけ高価な品だ。

『やめろ！　聞くな！』

アイスとフランが叫んだのと、魔法の小鳥が部屋の窓をすり抜けて飛び込み、『ヴェンツェル……』と、懐かしい母の声を発したのは、ほぼ同時だった。

『お母さん！』

反射的に小鳥へ駆け寄り、触ることはできないとわかっていながらも手を伸ばしたが……。

『……これを聞けたということは、まだしぶとく生きているのね。やっぱり、汚らわしい悪魔の血を引く子だわ。私の人生は、お前とお前の父親のせいで滅茶苦茶になったのよ。だから、ユピル神様に誓ったの。悪魔の血を引く忌まわしい子を、必ず絶望に突き落としますとね……お前など、最初から存在してはいけなかった。生きていること自体が罪な悪魔の子など、早く死ね』

冷たく憎悪に満ちた母の声はなおも止まらず、ヴェンツェルがどうして生まれたのかを語ると、魔法の小鳥は消えた。

わけがわからずその場で動けずにいたヴェンツェルに、アイスとフランは泣きながら隠していた事実を教えてくれた。

母はおそらく、ヴェンツェルの父親の正体を聞かされた時から、自分を騙した悪魔に抱く憎悪を、その血を引く息子に向けていたのだろう。

ヴェンツェルに優しく接して懐かせ、姿を人間そっくりに変えられるようになると、どこからか犯罪仲介人の男を見つけ、息子は魔法の天才だがまだ幼く世間知らずだと売り飛ばしたのだ。

それを先に知ったアイスとフランは激怒したが、母は二人がヴェンツェルを育てるうちに、すっかり情が移っているのも計算済みだった。

どのみち穢《けが》された身で生き続けるつもりはなく、ヴェンツェルに復讐を仕掛けたらすぐに自死する気だと告げ、あの子に母親が死んだ理由を言えるかと、母はアイスとフランを脅したらしい。

また、二人が仲介人の男を殺さぬよう、あの男が死んだらヴェンツェルに全ての真実を教えるよう魔道具を仕掛けてあると言われ、アイスとフランは仕方なく口を噤んだ。

自分は愛されていると呑気に信じきっていたヴェンツェルに、本当は父に捨てられて母親にも憎悪され裏切られていたと、絶望させたくなかったのだ。

全てを知ったヴェンツェルは、怒りと悲しみで我を忘れ、初めて魔力暴走を起こした。

ギーテはアイスが窓から放り出したのでなんとか助かったが、使い魔たちは家全体を覆った魔力の結晶に封じられ、ヴェンツェルが正気を取り戻すまで根気よく声をかけ続けた。

幸いにも、ギーテが柔軟に対応してくれたので、不思議な結晶は魔道具の大量破損事故ということで片づけられ、ヴェンツェルは彼に保護されることとなった。

……正確に言えば、監視というのに近い。

ヴェンツェルの置かれていた状況では、命じられて犯した罪に責任を問えないが、このまま野放しにもできないと国王が判断したのだ。

改めて今度は、国王に逆らわないと『約束』したうえで、ギーテのもとで社会常識を学びながら、国のために働くよう命じられた。

ちょうどその頃は、隣国を始めとして周辺諸国の動きがきな臭く、国王にしても使える駒が必要だったのだろう。

盗賊団の殲滅《せんめつ》や密偵の暗殺など、それからも定期的に血を見る『仕事』はあった。命じる相手があの嫌な男から、国王やギーテに変わっただけだ。

人を殺すのは悪いことなのに、なんで殺してもいい奴がいる？　とか、色々と疑問は浮かんだが、深く考えるのはやめた。

ギーテは口煩いながらも親切だと思うし、国王の処遇が寛大だったのも理解している。

ただ、所詮はどいつもこいつも、ヴェンツェルを都合よく使っているだけだ。

父親は好奇心を満たすためにヴェンツェルを作ったのだし、母親には騙された怒りをぶつける気晴らしの道具にされた。

そして……アイスとフランは、そんなヴェンツェルへの情を利用され、仲介人の男を激しく憎みながら、何年も言いなりになっていた。

もう誰にも関わりたくない。使い魔たちと自分だけで静かに暮らしたいと、十年前の戦で大勝を収めた褒美に自由を願ったが、叶わなかった。

ヴェンツェルが必要なのだと言われ、吐き気がするほどうんざりし、それなら可能な限りは逆らってやろうと不貞腐れた。

約束をした以上、国王には逆らえないが、ギーテには逆らえるのだ。

会議や式典もすっぽかして、世話係だと押しつけられた人間から『思っていた英雄と違う、役立たず』と、呆れて去られるのは、愉快だった。

不快な英雄像を押しつけ皆の役に立てと利用しようとする奴らに、一矢報いたように思えたし、どこかホッとした。

そうして、死んだように虚ろに生きているうち、うっかり昔に『約束』をしてしまった少女――リーリエが、やってきたのだ。


「ヴェンツェルさん……」

話を聞き終わったリーリエは、彼の名を呼んだものの、その先に何を言えばいいのか思いつけず、言葉を詰まらせた。

「実のところ、これを隠したまま求婚したのを、ギーテさんには最初から心配されていたんだ」

微かに眉を下げた彼は、とびきり胡散臭い微笑みを浮かべて、じっとリーリエを見つめる。

「あ……」

謁見の説明をしに訪問してきたギーテに『一時の勢いに流されてしまっただけならば、今のうちに求婚を拒否した方が互いのためだ』と真剣な面持ちで忠告されたのを思い出す。

あの時は単に、形だけの結婚というものにいい顔をされなかったのだと思った。

きっとあれは、ヴェンツェルの生い立ちがいつかバレた時、リーリエがそれを受け入れるかどうかを危惧していたのだ。

「リーリエが今の話を聞いて、僕と離れたくなっても仕方ないと思う。ギーテさんも同意見で、希望するなら今夜からでも自分の屋敷に滞在できるよう、準備しておいてくれるって」

「え……」

頭をガツンと殴られたような衝撃を受け、ヴェンツェルを凝視した。

リーリエがヴェンツェルの生い立ちを知ったら、それだけで掌を返して嫌うようになると、彼は思ったのだろう。

「っ……ヴェンツェルさんは三年前、私に『約束』してくれたわ。私が貴方のことを嫌になるまで、ここにいればいいと」

「うん。だから……」

「でも、私はヴェンツェルさんを嫌いになってなんかいない。そして貴方は『約束』通りに私を追い出したりできないわ。今、その理由を話してくれたばかりでしょう？」

「リーリエ……？」

うっすら涙が滲んだ目で睨むと、彼の表情から作り笑いが消えて、あからさまに狼狽の色が滲む。

「勝手に、私の気持ちを決めつけないで欲しいの。私がショックを受けたのは、貴方が何者かなんて部分じゃない……」

しゃくり上げてしまいそうになり、リーリエは言葉を詰まらせる。

自分が何よりも衝撃を受けたのは、ヴェンツェルが過去に受けた壮絶な仕打ちに対してだ。

「平凡な幸せの中で生きてきた私に、ヴェンツェルさんの苦労はとても想像がつかないわ。でも、大好きな人が今までたくさん傷つけられてきたのは、凄く悲しくて……」

深く息を吸い、長椅子の隣に座っているヴェンツェルの手を両手で包む。

「ヴェンツェルさんがこの先、私と一緒にいて幸せになれるというのなら、ここにいさせて。それが、私にとっても幸せなの」

小刻みに震え、血の気が引いてすっかり冷たくなっている彼の手を強く握り締めた。


呆然と、ヴェンツェルは目にうっすら涙を溜めたリーリエを見つめた。

今夜の舞台で、愛する女の正体が氷の精霊だと知ってもともに生きたいと願う男の話の劇を観て、所詮は夢物語だと思いつつ、こんな都合のいい現実があればいいなと憧れてしまった。

でも、ヴェンツェルの生い立ちを聞かされた彼女は、酷く打ちのめされたように蒼白になっていたから、やはり芝居みたいにはいかないと、ひっそり苦笑した。

どんな手を使ってもリーリエを離したくないのは確かだが、市場でのデートの後で嫉妬に駆られ、彼女を酷く傷つけたことで、自分の一番嫌なことがわかった。

リーリエを手放すよりも、彼女をヴェンツェルの我が儘で傷つける方が、ずっと嫌だ。

それで、この忌まわしい身体と生い立ちを聞いたリーリエが、ヴェンツェルから逃げたくなるのも当然だと思い、ギーテのところへ身を寄せられるよう手配してあると話したのに……。

「リーリエ……本当に……半分は人間じゃない、こんな僕でも……愛してくれる？」

ドクドクと、信じられない思いに心臓が激しく脈打つ。

「そんなことで、ヴェンツェルさんを嫌いになったりしないわ。愛してるもの」

リーリエがはっきりと頷いてくれ、あまりの歓喜に目の奥が熱くなった。嬉しすぎても泣けてきそうになるなんて、初めてだ。

「君がずっと一緒にいてくれれば、僕は幸せになれるに決まっているよ。勝手に離れていくと思い込んだりしてごめん。まだ信じられない気分で……」

リーリエの手を握り返すと、彼女がクスリと笑った。

「ヴェンツェルさんに、退職を引き留めたのは好きだからと言ってもらった時、私も同じくらい驚いたわ」

「リーリエと一緒にいると、これからも嬉しくて驚くことがいっぱいありそうだ」

彼女にずっと好きだったと言ってもらった時や、触れるのを許してもらった時も、散々ドキドキしたのを思い出し、ヴェンツェルはようやく全身から強張りが解けていくのを感じた。

ホッと息をついたヴェンツェルを見て、リーリエも安堵したように微笑み、手を離すとハンカチで目の端の涙を拭う。

そして不意に彼女は、ポンと手を叩いた。

「そういえば、私が募集を見てここに来た時、ヴェンツェルさんが妙に焦って願いを言わせようとしたのが、ずっと不思議だったの。そんな事情があったからなのね」

「あの時はまさか、欲しいものは何もないと言われるなんて思わなかったんだよ」

ヴェンツェルは苦笑し、三年前のことと、それに起因した幼いリーリエと初めて会った日のことを思い出す。

——あの日、無造作に魔法を放って敵を殺したら、ちょうど抱えて保護していた少女が真っ青になって泣きだし、彼女の大切なものを自分が壊してしまったことに気づいた。

死者が見守ってくれるなんて、嘘に決まっている。

だいたい、死者の魂が自由にそこらを行き来できるとしたら、数えきれないほど殺したヴェンツェルのところにも、一人くらい恨み言を告げに来るはずではないか。

でも、彼女はその戯言《ざれごと》を信じ、生きる希望にしていたのだろうと、泣き叫ぶ姿に昔の自分が重なった。

何かを信じて、心の拠《よ》り所にして懸命に生きて……それを壊された痛みは、忘れたくて明るく能天気にヘラヘラ笑っていても、胸の奥に食い込んで消えてくれない。

必死で自分にできることはないかと考え、気づけば『約束』なんて、とんでもないことを口にしていた。

「今だから白状すると、リーリエがここに来た時は後悔した」

肩を竦めると、リーリエがふふっと笑った。

「言わなくても、顔と態度に出ていたわよ。一時の感傷で軽率なことを口走ったばかりに、面倒臭いことになった——ってね」

見事に言い当てられ、ヴェンツェルはギクリとしたが、素直に認めることにした。

「正解。ただ、リーリエもどうせすぐ出ていくと思っていたけど、あっという間に三年が経って、しまいに僕が引き留めることになるとはね」

「私も退職を決意した時には、ヴェンツェルさんに引き留められるとは思わなかったわ」

リーリエが苦笑し、そっとヴェンツェルの手を取った。

「でも、変な求婚で複雑な気持ちになっても、ヴェンツェルさんを嫌いにはならなかったわ。今さら、少し変わった体質だと聞いても、やっぱり嫌いにはならない」

「リーリエ……」

「さっきだって、隠れ小鬼がクラウスさんから離れるように冷たいふりや、危ない真似までしたんでしょう？」

「なんで、それを……」

「やっぱりね」

嬉しそうに、リーリエがニコリと微笑んだ。

「本当に大事な場面では手を抜かない人だから、ヴェンツェルさんを好きになったのよ。それだけ」

「……っ」

また嬉しくて泣きそうになり視線を逸らすと、宥めるように軽く背を撫でられた。

「父にも感謝しなくちゃ。ヴェンツェルさんとの結婚を勧めてくれて、よかった」

リーリエが照れ臭そうに笑い声を上げたが、ふと複雑そうな顔になった。

「ところで、ヴェンツェルさんの方は……その、お父さんとは……もう関わる気はないのよね？」

「……うん」

躊躇いつつ、短い一言だけ発して頷くと、彼女がホッとしたように息を吐いた。

「よかった。悪魔だとか人間だとかはともかく、自分の子どもに酷い仕打ちをする親なんて、私はとても好意を持てないもの。気まぐれにいきなり来たりしたら、私は怒って失礼な態度を取ってしまいそうだわ」

「リーリエ……」

まじまじと彼女を見つめ、喉の奥から嗚咽が込み上げそうになった。

彼女が愛しくてたまらず、衝動的に抱き締めた。

「愛してる！」

「なっ⁉　どうしていきなり……」

真っ赤になった彼女の頬に、すりすりと頬ずりする。

「嬉しかったから……リーリエが凄く好きで、たまらない」

リーリエは、ヴェンツェルが何者でも嫌わないと言ってくれた。

そして悪魔だとか人間だとかは関係なく、ただヴェンツェルの父親がした行為を不快に感じるのだと、きっぱり断言してくれたのだ。

いくら憎い親でも命をくれた存在だろうとか、昔のことだから赦《ゆる》してやれとか、平穏の中で愛されてきた者が言いがちな綺麗ごとを口にしたりもしない。

ヴェンツェルの話をきちんと聞き、その気持ちに寄り添ってくれる。

「大丈夫……あの男は、僕が十年前にこの手で倒した」

リーリエの肩に顔を埋《うず》め、最後の告白をする。

「え……十年前って……」

「フォルティーヌの前王を唆した悪魔は、僕の父親だったんだ。性懲りもなく気まぐれに悪さをしようとしたらしいけど、自分が昔に気まぐれで作った息子に負けるとは皮肉だね」

肩を竦め、苦い思い出を脳裏に蘇らせる。

アイスとフランは、フォルティーヌの前王と契約した悪魔がヴェンツェルの父ではないかと、薄々気づいていたらしい。

だが、奴だって離反した部下くらいは覚えているだろうが、まさか本当に息子の使い魔になっているとは知らないはずだし、そもそも生まれた子どもの性別すら確かめていなかった。

そして実際、父はアイスとフランを従えたヴェンツェルを見ても、自分の息子とは気づかなかった。死闘の末に互いに瀕死となり、ヴェンツェルの半分色が変わった目と片方だけの角を見て、ようやく自分が昔にやったことを思い出したらしい。

親子の情を口にして命乞いをするでもなく、瀕死で倒れたままヴェンツェルを見上げ『なんだ、俺の息子だったのか。そりゃ手ごわいはずだ』と、皮肉そうに笑って息絶えた。

母が恨み言を託した通信魔法で、自分の出生の真相を知った後、アイスとフランから父親がどんな奴だったのかはだいたい聞いていた。

実際に対面して戦ったことで、確かに実力はある強敵だが最低最悪な悪魔だと思ったし、今回の戦を起こした原因でもあるコイツに、同情など微塵も感じない。

だが、自死した母と状況は違えども、結局は自分の存在が両親をそれぞれ死に至らせたと思えば、やりきれない感情が込み上げて止まらなかった。

――お前など、最初から存在してはいけなかった。

耳の奥にこびりついて離れない母の呪詛《じゅそ》が嫌になるほど大きく聞こえて、あの時に二回目の魔力暴走を起こした。

(それでも……僕が何者でも、リーリエは傍にいてくれる)

自分の誕生日を覚えていないなんて、嘘だった。

母は優しく振る舞っていた頃、誕生日にはちゃんとささやかなお祝いをしてくれた。でも、それはヴェンツェルを自分に懐かせ、愛されていると思わせるために、優しくしてみせていたにすぎない。

そんな忌まわしい日はもうなかったことにしたくて、ギーテに引き取られて誕生日を聞かれた時にも、忘れたと言ってごまかした。

でも、リーリエにも同じことを言ったら、それなら皆でまとめて誕生日を祝わないかと提案されて仰天した。

――誕生日って、その人が生まれてよかったねと祝うものだと思うの。ヴェンツェルさんたちがいなかったら、私はとっくに死んでいてこうして今誕生日を迎えることもできなかったわ。だから、皆がいてくれてよかったと一緒にお祝いしたいのよ。

そう言われ、自分が生まれて悪いことばかりではなかったのかと、初めて実感することができた。

ヴェンツェルは目を細め、ポカンとしているリーリエの頬に、ちゅっと口づけた。

「っ！」

「僕の両親とは色々あったけれど、二人とも既にいない。そんなもの、気にしなくていい」

いい、いい、いい、
そんなものと、こうして笑い飛ばせる日が来るなんて、思わなかった。

リーリエに出会わなければきっと、いつまでも表面だけ笑って、中身は死んだかのようにグズグズと淀んで生きていた気がする。

「今度こそ、ちゃんとリーリエを抱きたい」

我慢できずに抱き締めて、彼女の耳元で要求を囁いた。

歓喜に頭が混乱して、上手く言葉が出ない。恋愛の芝居みたいに、気の利いた甘いセリフは、実際には出てこないものだ。

「あ……ええと……」

リーリエは顔を真っ赤にして視線を彷徨わせていたが、おずおずと背中を抱き返される。

それを、了解の意味と勝手に取ることにした。


「――提案があるんだけど」

リーリエを自室の寝台に座らせると、ヴェンツェルが向かいに正座してやけに神妙な顔になった。

「女性の初体験って痛いらしいから、痛みをなくす魔法をかけてもいい？　あ！　言っておくけど、前に嫌な思いをさせた魔法とは違うものだよ！」

わたわたと両手を振って狼狽える彼は、以前の件をしっかり反省してくれているようだ。

「っ……と、とにかく、リーリエに痛い思いはさせたくないんだ」

困ったように言われ、リーリエは思わず頬を緩ませた。

「その魔法は知らなかったけれど、私も痛くない方がいい。ヴェンツェルさんを信用するからお願いします」

「じゃあ……少し、じっとしてて」

ヴェンツェルがリーリエの首に両手を添え、回復魔法に似た呪文を呟いた。

彼の触れた場所が一瞬だけ温かくなり、手が離れる。

「これでもう大丈夫」

ヴェンツェルが微笑み、整った顔が近づく。

あっという間に抱き締められ、唇を塞がれていた。

「ん……」

引き結んだ唇をペロリと舌で舐められると、気持ち良くて腰が砕けそうになる。

力が抜けた唇を割り開き、彼の舌が口腔に侵入した。

舌を絡めて擦り合わせると、クチュクチュと淫靡な水音が立って聴覚を刺激する。

恥ずかしくて、少し息苦しいけれど、ちっとも不快ではない。それどころか、頭が痺れるほどの快楽に恍惚となる。

「リーリエ……頬が真っ赤で熱くなって、凄く可愛い」

火照った頬にチュッと口づけをされ、ゾクリと背筋が震えた。

ヴェンツェルが壊れ物でも扱うように、慎重な手つきでリーリエの衣服に触れた。

彼の手でボタンが外され、肌が露わになっていくのを、息を詰めて見つめる。

白い下穿《したば》きだけを残して寝衣が脱がされ、落ち着かなくてそわそわしていると、彼に顔を覗き込まれた。

「凄く緊張してるみたいだけど、怖い？」

不安そうに尋ねられ、リーリエは慌てて首を横に振る。

「た、確かに、心臓が飛び出そうなくらい緊張はしているけど、怖くて嫌なわけじゃないわ」

「よかった」

ヴェンツェルがホッとしたように微笑み、リーリエの左乳房を握る。

柔らかな膨らみを優しく撫でられ、くすぐったいような刺激にビクンと身体が震えた。

「んっ」

「本当だ。凄くドキドキしてる。僕も緊張してるから、同じだね」

ほら、とヴェンツェルがリーリエの手を摑んで、自分の胸に当てる。

「あっ……」

男性の胸に触れるのなんて初めてで、女性とは全然違う胸の感触に戸惑う。

しかし、寝衣の上からでも、ドクドクと彼の心臓が激しく脈打っているのはわかった。

実のところ、ヴェンツェルは女性の身体を触るのに随分と慣れている様子だったから、好きな人はいなくても行為には慣れているのかと、少しモヤモヤしていた。

でも、彼は昔環境の良くない場所にいたせいで、他人の性交を目にしてしまう機会が多かったのと、魔法薬を作るのに人体を勉強しただけだったらしい。

初めての行為に緊張しているのは同じかと思うと、気が楽になった。

しかし、ヴェンツェルが膨らみを柔らかく揉み始めると、甘い刺激が湧き上がって背筋が震える。

「ふ……ぁ……」

「リーリエの胸、柔らかくて気持ち良い……ずっと触っていたくなる」

うっとりとヴェンツェルが呟き、両手で左右の胸を揉みしだく。

感触を楽しむように掬《すく》い上げてタプタプと揺らし、赤く色づいた先端も二本の指でクリクリと弄られる。

「あっ……ん、んぅ……」

ゾクゾクと肌を粟立たせる妖しい感覚に身をくねらせていると、ヴェンツェルが乳房に唇を寄せた。

胸の先端が片方、温かな口内に含まれる。

「ひゃんっ」

舌でねっとり舐め回してから音を立てて吸われ、高い声が上がった。

「ここも、ぷっくり膨らんで可愛いな」

「んぁっ、そこで、喋っちゃ……だめ……」

胸の先端を口に含んだまま喋られると、微妙な振動が響いてたまらない快楽が走る。

全身がカッカと火照り、お腹の奥がきゅうと切なく疼いた。

「は、ぁっ……ん、あ……あぁ……」

頭が茹ったみたいにぼぅっとして、あられもない声が喉から溢れて止まらない。

強烈な快楽を身体が思い出し、ジュワリと秘所から熱い体液が零れた。

ここにも刺激が欲しいと強請るように、ヒクヒクと花弁が疼く。

「や……魔法、使ってないのに……あっ……あ……」

気持ち良すぎて、媚びるような甘ったるい声が零れてしまう。

魔犬のフランがとんでもなく鼻が利くように、アイスは聴覚が優れているのだ。

普段は煩すぎるから意識して力を抑えているらしいが、何かの拍子に聞こえてしまうのではと気が気でない。

「ん……んっ……」

声を抑えようと口元を手で覆うが、ヴェンツェルに手首を摑んで引き剝がされてしまった。

「外には聞こえないから、我慢しないで大丈夫だよ」

「で、でも……恥ずかしくて……」

「リーリエの可愛い声、もっといっぱい聞かせて欲しいな」

「ああっ！」

乳首をキュッと摘ままれて、高い声がほとばしった。

「そんなに可愛いこと言って煽《あお》られたら、余計に止められなくなる」

興奮に掠れた声で、ヴェンツェルが囁いた。

「あ、煽ってなんか……」

抗議したけれど、答える代わりに、足を大きく開かされた。

内腿を撫でる手が、ゆっくりと足の付け根に移動する。

「そんなつもりなくても、煽られるよ。リーリエが僕に触られて気持ち良くなると、最高に嬉しくて興奮するんだ」

濡れて秘所に張りついた下着をじっくり見られ、羞恥に泣きたくなる。

ツンと布越しに敏感な花芽を突かれ、ビクンと腰が跳ねた。

「ひあぁっ」

「それに、この部屋は魔力暴走に備えて、特別な結界を張ってある。僕だって、リーリエのこういう声は他の誰にも聞かれたくないからね」

彼の指が下着の紐《ひも》を解き、火照った秘所が外気に晒《さら》される。

ぬちゅ、と今度は直接敏感な粒を摘まれ、背中を甘い痺れが走り抜けた。

「あああああっ！」

甲高い嬌声を上げてのけ反る。

割れ目を左右に広げられ、ひくひく震える粘膜に指が這わされる。花弁の間につぷりと指の先が沈んだ。

「ひ……ぁっ」

ゆっくりと、狭い中をずぶずぶと、長い指に侵される。

初めて異物を受け入れて微かな違和感があるけれど、先ほどの魔法のおかげか痛みはまるでない。代わりに、そこから妖しい愉悦が這い上がり、全身をソクゾクと疼かせる。

「んんっ」

蜜を掻き出すみたいに掻き回されて、粘ついたいやらしい音が部屋に響く。

「は……ぁ……あ……っ！」

どろどろに蕩けた蜜襞《みつひだ》が、ヴェンツェルの指に吸いついて、ヒクヒクと蠢く。

全身に渦巻く快楽が熱を増し、大きく弾ける予感に、リーリエは身をくねらせた。

気持ち良くて、背中に走る震えが止まらない。

「ひっ……ん……あぁっ！」

指を入れたまま、固く膨らんだ花芽をぎゅっと押され、快楽が爆ぜた。

中が痙攣してヴェンツェルの指を締めつけ、熱い蜜を吐き出す。

ハァハァと肩で大きく息をしていると、汗の滲む額に口づけを落とされた。

「リーリエの中、熱くなって僕の指に絡みついて……駄目だ、もう我慢できない」

ズルリと指を抜かれ、達したばかりの敏感な身体に走る刺激に、リーリエは短く声を上げる。

ヴェンツェルが衣服を手早く脱ぎ捨て、細身ながら均整の取れた裸身が露わになった。

頬を紅潮させ、整った美貌が壮絶な色香を醸し出している。

ぼうっと見惚れていると、秘所に熱く張り詰めた塊が押し当てられた。

「っ！」

痛みはないとわかっていても、初めての経験に怖くなり、息を呑む。

思っていたよりもずっと大きくて、熱くて、太い。

硬いのに弾力がある熱杭《ねっくい》が、濡れた花弁をぐにゅ、と押し広げる。

「あ……ぁ……」

狭い膣壁《ちつへき》を掻き分けて、圧倒的な質量の塊がずぶずぶと埋め込まれていく。

「リーリエ、辛いようなら摑まって」

両手をヴェンツェルの肩にかけさせられ、夢中でしがみついた。

痛くない、けど……。頭の神経が焼き切れそうで、怖いほどに、気持ちがいい。

「ふ、ぁ……ああ！」

みっちりと隘路《あいろ》を押し広げる雄に、蕩けた膣肉が甘えるように纏《まと》わりつく。

「リーリエの中が良すぎて、腰が溶けそう……」

ヴェンツェルが囁き、腰を揺らし始めた。

太く長い雄が、ねっとり纏わりつく膣内を擦り上げる。ゆっくりと抜けそうなほど腰を引き、一気に押し戻す。

奥を深く抉る動きに、子宮がきゅうぅと戦慄いた。

繰り返し、突き上げられ、ねっとりと腰を回されると、強すぎる快楽が容易く弾ける。

何度も絶頂に押し上げられ、目の前にチカチカと火花が散る。

「あっ！　ひ、ああ……あ、あっ！　も、無理……あ、ああっ！」

息も切れ切れに訴えても、跳ね上がる腰をしっかりと押さえて、逃がしてくれない。

「はっ……リーリエっ、もう、嫌だって言っても、絶対に離してやらないから……っ！」

興奮しきった吐息と、余裕のない声が耳に吹き込まれる。

いつの間にか彼の左目は赤に戻り、ギラつく二色の瞳がリーリエを捕らえる。

「ぁ……私だって……逃がしてあげない……」

自分の方がずっと先に、彼を好きだと自覚していたのにと、妙におかしくなる。

唇が重なり、舌がねじ込まれる。

吐息さえも喰らい尽くすように、口内を舐め回しながら、激しい抽送が速さを増していく。

ただでさえ太い肉棒が、また大きく膨らんだ。

膣壁をみちみちと押し広げ、突き上げるたびに濡れた肉の打ち合う音がする。

「っ、あぁぁっ、あーっ！　ん、あっ…！」

思考が快楽に塗りつぶされ、瞼の裏に火花が散った。

吐き出される熱を受け止め、頭の中が真っ白に塗りつぶされる。

荒い呼吸が治まっても、まだ離れがたかった。

自然と互いに抱き合い、深く口づけて求め合う。

崩れ落ちるように二人で眠りについたのは、既に空が白む頃だった。


窓の外には秋晴れの空が広がり、黄色く色づいた庭木の葉を風が優しく揺らしている。

「リーリエ、綺麗だ……母さんにも見せたかった！」

肩口の大きく開いた白いドレスを着て、胸元の飾りと揃いの花冠を被ったリーリエを見るなり、父はハンカチを顔に押し当てて号泣しだした。

「お父さん、ありがとう。でも、まだ本番でもないのに……」

姿見やドレスかけなど、花嫁の支度に必要なものが揃ったこの部屋は、王都の郊外にある教会の控室だ。

小さな教会ではあるが、綺麗なステンドグラスや見事な彫刻が細部に施された趣のある建物で、特に庭は美しい。手入れが行き届いて季節の花が咲き乱れ、見事な野菜の畑まである。

ここは、リーリエの故郷で信仰されている、豊穣《ほうじょう》の女神を祀る教会なのだ。

多神教のバーデンエルンでは、結婚する男女の信仰する神が違ったら、大抵は妻が夫の信仰する神に合わせる。

でも、ヴェンツェルは『僕は神様を信じたことなんてないから、何か誓うのならリーリエの信じてる神様にするよ』と言って、結婚式はこの教会にすることにすんなり決まったのだ。

いささか信仰心に欠けるセリフではあるが、おかげでリーリエは父母や兄姉と同じく、豊穣の女神の教会で式を挙げることができた。慈愛を司る豊穣の女神も大目に見てくれるだろう。

「素敵なお父様ですね。お時間はまだありますから、私は席を外しますので、ごゆっくりお話しなさってください」

そうニッコリ微笑んだのは、いつも王宮でドレスの身支度を手伝ってくれている侍女だ。日頃お世話になっている彼女も式に招待したら、なんと花嫁衣装の着つけと髪結いまで引き受けてくれた。

「ありがとうございます」

控室を出ていく侍女に、リーリエはペコリと頭を下げる。

「す、すまん……久しぶりにお前の顔を見たら……」

「お父さんが、こんなに涙もろかったなんて意外だわ」

決まり悪そうにしゃくり上げる父の背を撫で、リーリエもつられて泣きだしそうになりながら、苦笑した。


劇場の裏手で隠れ小鬼に襲われそうになった事件から、既に三ヵ月が経つ。

クラウスは取り憑かれていた数日間の記憶がなく、ギーテの屋敷で目を覚まして仰天していたらしい。

結局、市場の日に深酒をして転んだ拍子に頭でも打ち、しばらく別人格のようになっていたのかもしれないと、医者が用意したもっともらしい説明で納得したそうだ。

彼に特別な好意を向けられていたとは思わなかったから、少々店に行きづらいと思ったが、彼は何事もなかったように接してくれる。最近は同じ店で働く女の子と良い雰囲気のようだ。

身近な人が悪魔に憑かれたなんて本当にゾッとしたし、隠れ小鬼を影の国に追い戻したヴェンツェルの迫力は、今思い出しても凄まじい。

しかし、ヴェンツェルが本当は何者だろうと、リーリエの大好きな人であるのには変わらない。結婚相手に望む条件としては、それだけで十分だ。

本当は結婚式をするのに憧れていたと、思い切ってヴェンツェルに白状すると、彼は快諾し、ギーテも大張り切りで様々な助力をしてくれた。

何よりも驚いたのは、ヴェンツェルがリーリエに内緒で故郷に使いを出し、父を王都に招待してくれたことだ。

上等な馬車のおかげで、腰を痛めていた父も無事に長旅ができたという。

そして細々とした準備を終えて、リーリエは本日、ヴェンツェルと晴れの日を迎えたのだ。

「お母さんならきっと、今日も見てくれているわよ。楽しい行事は見逃さない人だったじゃない」

「……うん、そうだったな。お前も大人になったものだ」

父がようやくハンカチから顔を上げ、随分と皺の多くなった顔に満面の笑みを浮かべた。

「リーリエ、支度はできた？」

ヴェンツェルの声とともに、扉がノックされた。

「ええ！　終わったからどうぞ」

返事をすると扉が開き、白い礼装に身を包んだヴェンツェルが入ってくる。

「んぷっ」

前髪をかっちり固められた彼を見た瞬間、思わず噴き出しそうになって、慌てて息を止める。

そんなリーリエを、ヴェンツェルが拗ねたように横目で睨んだ。

「好きなだけ笑えば？　アイスとフランにも大爆笑されたから」

彼の後ろには、背広姿のアイスとフランもいて、クスクス笑い合っていた。

角や耳も隠れていないし、二人のズボンについた穴から尻尾も出ているけれど、今日は正体を隠す必要はない。

「い、いつもと全然違うから、ビックリしただけで……」

急いでフォローしようとしたが、最後まで言う前にヴェンツェルがニコリと微笑んだ。

「いいよ。僕は自分がどう見られても気にしないし、リーリエの可愛い姿を見られれば満足だからね」

彼の手がリーリエの顎にかかり、軽く引き寄せられる。

「ウォッホーーーン！」

途端に、背後の父が盛大な咳払いをした。

「まだ式の前ですぞ！　リーリエと結婚する以上、貴方も息子として厳しく接させてもらいますからな！」

「はーい。おとうさん」

ヴェンツェルはあっさりと手を引いたが、目を細めてリーリエにそっと囁いた。

「僕にもおとうさんができて嬉しいけど、早くリーリエといちゃつきたいな……愛してる」

蕩けそうな甘い声に、リーリエの頬がかぁっと赤くなる。

「……私も、愛してる」

後ろで父がギリギリと歯嚙みしているのを感じたけれど、軽く背伸びをしてヴェンツェルの頬に口づけた。

驚いたように頬を触るヴェンツェルを、幸せな気持ちで顔を緩ませて見上げる。

今日は、一生に一度の晴れ舞台なのだ。これくらい羽目を外しても許してもらおう。

「そろそろお時間ですが、よろしいでしょうか？」

修道女の声が扉の外から聞こえ、リーリエは慌ててヴェンツェルから身を離す。

だが、すぐに彼がリーリエの手を取って、自分の腕に絡ませた。

「どうせ祭壇までエスコートするんだから、ここからしたっていいじゃない」

言うなり、彼はさっさとリーリエを連れて控室を飛び出す。

キャッキャと笑いながらアイスとフランが後に続き、リーリエの父もあたふたと追いかけてきた。

小さな教会での、ごく内輪の式なので、参列の席に座っている人数は少ない。

リーリエの父と、アイスとフランを除けば、あとはギーテ長官夫妻と、身支度を担当してくれた馴染みの侍女、そして……。

「まったく、結婚式くらい厳粛にできないものかしら。……まぁ、あなたたちらしいといえば、そうだけど」

腕組みをしたアルベルタが、フンと鼻を鳴らした。

ヴェンツェルと仲直りできたのは、紛れもなく彼女のおかげなので、思い切って招待をしたところ意外にも快く出席に応じてくれたのだ。

そしてアルベルタの隣には、以前商店街で護衛をしてくれた、彼女の幼馴染みだという近衛兵が、パートナーとしてついてきていた。

リーリエと目が合うと、近衛兵はにこやかに会釈し、アルベルタは彼と仲良く寄り添って椅子に座り直す。

彼女に先日、ヴェンツェルと無事に仲直りできたお礼を言いに行ったら、下手な意地や見栄を張るのがどれだけ愚かしいかリーリエの話で自分も学べたと、若干皮肉っぽく言われてしまった。

でもその後すぐに、アルベルタは幼馴染みの近衛兵と婚約発表をし、彼らの結婚式の招待状がリーリエとヴェンツェルにも届いたのだ。

二人の間にどんな経緯があったかは知らない。だが、ヴェンツェルに形だけ求婚を迫っていた頃より、アルベルタはずっと幸せそうに見える。

「ヴェンツェルの結婚式に招待される日が来るとはなぁ」

ギーテが大柄な身体を屈めてハンカチで顔を覆い、優しそうな夫人も感慨深そうに目元を拭っている。

「ギーテさんってば、ちょっと大袈裟だよ」

ヴェンツェルがリーリエと腕を組んだまま、横目でギーテを眺め、照れ臭そうに口を尖らせた。

「ギーテさんは普段厳しいのに、意外と涙もろいよね。ま、俺は全然平気だけど！」

「別にお別れってわけじゃなくて、ただのお祝いごとですからね」

アイスとフランはここぞとばかりに揶揄《からか》おうとしたらしいが、二人だって大きな目にウルウルと涙を溜めて、思い切り涙を堪えた鼻声になっている。

ヴェンツェルの少し素直じゃないところは、この二人に育てられた結果、似てしまったのかもしれない。

「では皆さま、式を始めますのでご着席ください」

老齢の司祭が祭壇の前で咳払いをし、リーリエとヴェンツェル以外は、慌てて席に着いて姿勢を正す。

修道女がオルガンで結婚式の曲を奏で始め、リーリエはドキドキしながらヴェンツェルと腕を組み、祭壇へ向けて一歩ずつ足を進めた。

純白の婚礼ドレスには、ダイヤモンドに似た透明な美しい飾りがたくさん縫いつけられ、歩みに合わせてキラキラと光る。

これは、ヴェンツェルが婚約の贈り物にくれた七色宝石魚の鱗から、特に透明度の高いものを選んで縫いつけてもらったのだ。

（なんだか、不思議な気分……本当に私、ヴェンツェルさんと結婚するのよね）

祭壇までのごく短い距離を歩きながら、彼と初めて会ってからのことが目まぐるしく頭の中に浮かび上がっていく。

もし、幼かったあの日少しお墓参りに行く時間が遅ければ、リーリエはヴェンツェルに出会うこともなく、壊れた墓所にショックを受けつつ、皆と慰霊碑を建てただけだろう。

その後も、たまたま世話係募集のチラシを手に入れるなど、幾重にも積み重なった偶然の結果、今がある。

だからといって、ただ偶然が重なっただけではない。

ともに過ごすうちにヴェンツェルをかけがえのない存在と思うようになり、彼の方でもリーリエに同じ気持ちを抱いてくれたのだ。

そんなことを考えている間に祭壇へ着き、司祭が厳かに結婚式の口上を述べ始めた。

「――ヴェンツェル、汝はこちらのリーリエを妻とし、生涯愛すると誓いますか？」

「誓います」

ヴェンツェルが、微塵の迷いもない声ではっきりと答えた。

結婚式では定番のセリフが、彼にとってはどれだけ重い意味を持っているか知った今、感激に身が震える。

生涯に渡って有効となるこの『約束』を、ヴェンツェルは決して破ることができない。そしてまた、リーリエも決して破る気はない。

「では、リーリエ。汝はヴェンツェルを夫とし、生涯愛すると誓いますか？」

「誓います」

真っ直ぐにヴェンツェルを見て、力強く答える。

彼もリーリエを見つめ、微笑んだ。胡散臭い作り笑いではなく、とても幸せそうに。

結婚は愛する二人の目的地ではなく、夫婦としての出発点だと、昔どこかで聞いた覚えがある。

婚約の時からトラブルだらけで、これからもきっとすれ違ったり色んなことが起きるかもしれない。

それでも乗り越えて解決していくしかなくて、ヴェンツェルとならきっと、それができると信じている。

あの日、故郷に帰ると言った自分を彼が引き留めてくれたことに心から感謝し、リーリエはヴェンツェルに抱き締められて、誓いの口づけを交わした。

エピローグ

リーリエがヴェンツェルと結婚式を挙げ、正式に夫婦となってから、七年が経った。

「すごーい！　見えるところが全部お花畑で、金色の海みたい！」

「お母さんの言ってた通りだ！」

一面に広がる金色の花畑を前に、赤毛に黒い瞳をした女の子と男の子が、感激の声を上げる。

リーリエとヴェンツェルの間に生まれた、今年で五歳になる男女の双子——娘のフリーダと、息子のヘルムートだ。

ヴェンツェルは、半分悪魔の身でリーリエとの間に子どもができるかなど、色々とかなり悩んでいたらしいが、心配は杞憂《きゆう》に終わった。

リーリエが産んだ双子は、彼にそっくりな赤毛で黒い瞳をした男の子と女の子で、少し魔力が強いだけで人間と変わらない。

愛しい大切な家族だと、子どもたちを可愛がるヴェンツェルはとても幸せそうで、もちろんリーリエもこのうえなく幸福な日々を過ごしている。

アイスとフランも、今度こそ幸せな子育てをするんだと大張り切りで、双子に魔法を教えたり遊んだりしてくれるから大助かりだ。

そして子どもたちもそろそろ長旅のできる歳になったので、今年は夏の長期休暇を利用して、馬車を借り、一家でのんびり家族旅行を兼ねてリーリエの故郷を訪れているのだ。

「私が村を出てから十年も経つけれど、ここだけは本当に変わっていないわ。慰霊碑も花畑も、村の人たちが熱心に手入れをしてくれているの」

リーリエは目を細め、眩しい夏の日差しに照らされる美しい花畑と、その中心にそびえる立派な石の慰霊碑を眺めた。

「僕が壊した丘の跡地が……こんなに綺麗になっていたんだね」

隣に立つヴェンツェルが、慰霊碑の立つ花畑を見渡して、驚いたように小さく呟いた。

「ええ。ヴェンツェルさんにいつか見せたかったのよ。これでまた一つ夢が叶ったわ」

懐かしい故郷の空気を胸いっぱいに吸い込み、リーリエは感慨深く金色の景色に見入る。

初めてヴェンツェルと出会った日、丘が消し飛んだ跡地は焼け焦げてくぼみ、草木一本残っていなかった。

リーリエの父は村長として皆の意見をまとめた結果、新しい墓所は村の近くに改めて作り、慰霊碑は元の墓所があったここを整地して建てると決めた。

丘まで元通りに再現するのはさすがに無理だったが、地面を綺麗にならして立派な石碑を置き、周りは一面花畑にすることにしたのだ。

夏になると、丘は野生の花が咲いて一面金色になっていたように、同じ花を植えて見渡す限りの花畑にしたのだ。

当時、まだ子どもだったリーリエも精一杯手伝い、完成した慰霊碑と花畑にはまた一日も欠かさず通って、草むしりなどの手入れをしていた。

でも、ヴェンツェルに会うために王都へ旅立ってから、故郷に戻ったのは今日が初めて。ここに来るのは十年ぶりだ。

「お母さん、もっと向こうまで見てきていい？」

「お花を勝手に摘んだり、荒らしたりしないから」

フリーダとヘルムートがワクワクした顔で、花畑の中に作られた細い道を指さした。

「いいけれど、あまり遠くに行っては駄目よ？　あと、この季節は蛇や虫も多いから……」

都会育ちの子どもたちに注意していると、ヴェンツェルの影からアイスとフランが飛び出した。

「大丈夫ですよ」

「俺たちもついていくから」

アイスとフランがそう言うと、双子は「ワーイ」と歓声を上げて彼らに飛びつく。

使い魔コンビは見た目が成長しないから、今では双子とほぼ変わらない歳に見えるが、フリーダたちはアイスとフランを、すっかりお兄ちゃん的な存在として認識しているのだ。

「じゃ、こっちは気にせず、ヴェンツェルとリーリエはゆっくりしていてよ」

「何しろここは、二人の初めて出会った思い出の場所なんですからね」

双子とそれぞれ手を繋いだアイスとフランが、肩越しにこちらを振り向いてニヤッと笑う。

「え、お父さんとお母さん、ここで会ったの⁉」

「僕たちも直接見ていたんじゃありませんけど、なかなか運命的な出会いだったみたいですよ」

「うんめーてき？　フラン、今のどういう意味？」

「うーん、凄い偶然だったたって感じ？」

たちまち興味を引かれた様子の双子と、笑顔でお喋りしながら歩いていく使い魔の背に、ヴェンツェルが叫んだ。

「ちょ……っ、アイス！　フラン！　あんまり余計なことまで教えないでくれよ！」

「あの二人なら心配ないわ。貴方の信頼する育ての親じゃない」

リーリエはクスリと笑い、はぁぁ……と息を吐くヴェンツェルの背を撫でて宥める。

すると、立ち直ったらしいヴェンツェルが苦笑して身を起こした。

「……うん。初めてリーリエと会った頃と、我ながら変わったなぁと思うよ。あの頃の僕が今を知ったら気絶するくらい仰天するだろうね」

「凄く、良い方に変わったのよ」

リーリエは頷き、結婚してからの日々を思い出す。

ヴェンツェルは相変わらず、魔法薬の開発については伏せているものの、他の団員と前よりも親しく話すようになった。

ここ数年は、洪水など天候による大規模な災害が多く、その都度、彼は駆りだされてしっかりと仕事をするので、周りからも頼りにされているらしい。

アルベルタも四年前に男児を出産した際、王宮魔法士団から一時期離れたが、産後の回復も順調で、今は無事に復帰している。

彼女の息子のアルミンは、フリーダとヘルムートとも仲が良く、今では互いの家を訪問し合ったり、家族ぐるみでピクニックに行ったりする仲だ。

相変わらず、ヴェンツェルは自分がどう見られようと気にしないが、それでも以前よりは格段に、人とやたらに距離を置こうとしなくなった。

「私は、昔のヴェンツェルさんも今のヴェンツェルさんも、どちらも好きよ。ただ、貴方が好きだから、他の人から悪く言われなくなってきたのはやっぱり嬉しいわ」

照れ臭くて普段はなかなか改めて言えないことを、思い切って告げてみたら、ヴェンツェルが微かに頬を赤らめた。

その口元が僅かにムズムズ動いたかと思うと、嬉しそうに破顔した彼に、思い切り抱き締められる。

「っ!?」

「初めてリーリエに会った頃、自分の人生は最低なことしかないと思ってたんだ。でも……あの最低な頃があったから、リーリエと今こうしていられる。最高の幸せを手に入れた」

耳元で囁いた彼の声は、このうえなく幸せそうで、リーリエの胸にも熱いものが込み上げる。

ヴェンツェルの背に手を回し、リーリエは思い切り愛しい相手を抱き締めた。

あとがき

こんにちは、小桜《こざくら》けいです。

この度は拙作をお読みいただき、ありがとうございます。

今回はのほほんと見せかけて、中身はやさぐれきっているヒーローになりました。

話の骨組みを立てている時は、ちゃんとイメージを持っていたつもりなのですが、実際に書き始めると、ヴェンツェルの性格が扱いづらくて……。

ヒロインのリーリエも、ヴェンツェルを好きではあるのだけれど、彼の性格を理解するからこそ恋愛面に関しては信用ならないと警戒して、振り回されることになりました。

――このヒーローとヒロイン、果たして幸せになれるの？

書きながら、そう不安になってしまったくらいです。

対して、脇キャラはとても書きやすく、本編に出てこなかった生活も色々と想像していました。

作中で、アイスとフランは人間に化けると幼児姿ですが、全ての悪魔が人間に化けると幼児になるわけではありません。

若い成人姿になる場合が多いので、二人もそれを想像して人間の世界へ来たのですが、いざやってみたら幼児姿になって驚いたという設定です。

ギーテは、ヴェンツェルからすると監視役なのですが、できる限り優しくしてくれているのもわかるので、複雑な相手です。

なので、ヴェンツェルはあからさまに好意を示したりはしないけれど、ギーテの立場が本当に危うくなるほど困らせたりはしない。そんな関係にしました。

ヴェンツェルに嫌われていなかったと知ったギーテは、通信魔法を切った後で大喜びしていそうです。

今回は何度も書き直したり、編集様にアドバイスいただいたりして、ようやく書き上げることができたお話です。

根気強く付き合ってくださった編集様には感謝しかありません。

また本作に関わってくださった全ての方々、そして読者の方々、ありがとうございました。

小桜けい

いつか陛下に愛を
Aryou presents
Illustration
氷堂れん
フェアリーキス
NOW ON SALE
1～3巻
三食昼寝付きの後宮ですが、
陛下の言いなりになんて、なりません！
「そなたにはナファフィステアの名を与える。今後はそう名乗るように」異世界に飛ばされ、妃候補として後宮に入れられた黒髪黒い瞳の《黒のお姫様》ナファ。後宮で地味にひっそり生きるつもりが、国王アルフレドの興味を引いてしまう。「今夜はそなたのところで眠りたい」「嫌よ。陛下はそこのソファに寝て」けんもほろろな塩対応をするものの、アルフレドは強い執着心を見せて一人悶々と思いを募らせているようで!?
フェアリーキス
ピンク
fairy kiss

コワモテ将軍の
甘すぎる
結婚事情
椎名秋乃
Illustration
小桜けい
Kei Kozakura
フェアリーキス
NOW
ON
SALE
「俺の婚約者が可愛すぎて、尊い……!!」
男気あふれる将軍閣下の甘いアプローチ？
婚約破棄の騒動で悪評が立ってしまったミルティーユは、隣国の将軍ヴォルフのもとに嫁ぐことに。無愛想で凶悪面の彼に身を竦めてしまうが、ミルティーユが美味しそうにお菓子を食べると、驚愕の表情を見せなぜか耳を赤くしている??　それに毎晩寝室を抜け出し甘いお菓子の匂いをさせるのはどうして？　すわ女性の菓子職人と浮気!?　ミルティーユは不安に駆られるが、彼女にも秘密があって……。
フェアリーキス
ピンク
F
Jパブリッシング　https://www.j-publishing.co.jp/fairykiss/　定価：本体1200円＋税

Kei Kozakura
小桜けい
Illustration
氷堂れん
幼馴染みが魔王になって迎えに来ました
フェアリーキス
NOW ON SALE

引きこもり魔法使いはお世話係を娶りたい

著者　小桜けい　

2021年4月5日　初版発行

発行人　神永泰宏

発行所　株式会社 J パブリッシング
〒102-0073　東京都千代田区九段北3-2-5 5F
TEL 03-3288-7907　FAX 03-3288-7880

製版　サンシン企画

印刷所　中央精版印刷株式会社

ISBN：978-4-86669-383-5
Printed in JAPAN